文
景

Horizon

社 科 新 知　文 艺 新 潮

Der trick

A
Novel
by

Emanuel
Bergmann

〔德〕埃马努埃尔·伯格曼——著

景丽屏——译

谎言守护人

上海人民出版社

目　录

1

世界以及它该有的样子

20世纪初的布拉格生活着一位名叫莱布尔·戈尔登希尔施的拉比。他是一名谦逊的人，一位受人尊敬的犹太教学者。他以探寻世界万物中的种种奥秘为己任，并全身心地投入其中。年复一年，日复一日，拉比孜孜不倦地钻研着《托拉》《塔木德》《塔纳赫》[1]以及其他类似的经典。在经年累月的学习和授课中，他渐渐认识到世界现有的样貌，以及更为重要地，世界本来应有的面貌。毕竟，在光明、崇高和恢宏的上帝造物与那灰暗、苦恼和令人生厌的人世之间，有着太多的格格不入。拉比的学生们，至少那些不是那么愚钝的，都很尊敬他。他的教诲就像烛火，给黑暗的生活带去一丝光亮。

莱布尔和他的妻子里芙卡住在伏尔塔瓦河边一间贫寒的出租屋

---

[1] 这三部书均为犹太教经典，其中《托拉》又称《律法书》或《摩西五经》；《塔木德》对《托拉》及犹太教经文中的"613条戒律"逐一做出了详尽解释；《塔纳赫》又名《希伯来圣经》，所有犹太人都要绝对忠诚地信奉它。——译者注，如无特殊说明，后文注释均为译者注

里。所谓的寓所，不过只有一间居室而已，屋里的家具更是少得可怜：一张餐桌、一个壁炉、一个水槽和一张床。每个安息日的晚上，这张床都会依照圣经的要求吱嘎作响——这是拉比夫妇在尽他们的义务。

在这样的一栋楼里居然安装了抽水马桶，这简直可以说是一个现代化的奇迹。可是马桶位于两层楼之间，这又给戈尔登希尔施夫妇的日常生活带来了很多烦恼：因为他们必须和正住在他们楼上的邻居，一个叫莫舍的蠢货分享这个马桶。莫舍是个锁匠，成天和他那不得体的老婆大声吵架。

拉比戈尔登希尔施生活在一个科技不断进步的年代，但是他对此几乎不感兴趣，世纪之交的重要改变和他的生活只有很小的交集。比如说几年前街边的煤气路灯换成了用电照明的，有人惊呼这简直是魔鬼才会想出的东西，另一些人则认为这是社会主义的象征；再比如他们在河边铺设钢轨，那是给有轨电车准备的，车子开动时会摩擦出激烈的火花。

好吧，这就是新时代的魔术。

面对这一切，莱布尔·戈尔登希尔施颇为手足无措。有轨电车可能确实是个好东西，但生活并没有因此变得容易起来，而是依然充满艰辛。拉比倔强地固守着他的旧日生活，就像几百年来其他生活在欧洲的犹太人一样，也许他们今后的几百年也会继续这样生活。戈尔登希尔施所求甚少，与此相应，他的所得也不多。

莱布尔长了一张窄长苍白的脸，留着黑色的胡子。他那深色的眼睛非常警醒，总是带着一丝怀疑观察着周围的一切。到了晚上，在辛勤工作了一天之后，他躺到心爱的妻子身边，把头靠在她头边的另一个枕头上。里芙卡是一个强壮而美丽的女人，留着深栗色的头发，有着粗糙的双手和温柔的目光。有时候，在入睡前半梦半醒的时刻，莱布尔会觉得自己的视线仿佛能够穿过天花板，探向深邃的夜空。接着他就让自己像风中的叶子那样飘浮起来，目光向下，俯视这个小小的世界。生活虽属不易，但在日常生活琐碎的面纱之后，到底藏着一份美妙壮丽，总是能够使他为之心醉神迷。

"只要存在，只要活着，"莱布尔常常这样说，"就已经是一种祷告。"

但是最近，他更多的时候只是无眠地躺着，呆呆地瞪视着前方。他很恼火，在这样一个处处是科技奇迹的时代里，似乎已经没有位置留给真正的奇迹。但他，迫切地需要一个真正的奇迹。

因为他的生命是不完整的：他缺一个儿子。他花费了那么多时间教导别人的儿子——那些蠢蛋，无一例外！每当他看向他们的脸，就情不自禁地设想有一天也能看向自己的儿子。但他的祷告至今没有得到回应。太阳一天天升起，可是那只是对别人而言，拉比和里芙卡的生命里没有阳光。不管他晚上如何卖力地在里芙卡的身上耕耘，始终不见成果。随着时间的推移，拉比家里床铺规律响动的频率越来越低了。

*

新世纪开始没多久，一场战争爆发了。这本来不算什么稀罕事，毕竟战争时有发生，就像流感也会时不时爆发一样。但这一次有所不同——尽管莱布尔和他的妻子里芙卡在一开始并没有意识到——这将是一场大战，会在不久的将来吞噬掉几百万人的生命。这不是一场感冒，而是一场瘟疫。拉比戈尔登希尔施的学生们开始提各种问题，并请求他解释。而他生平第一次发现自己遇到了不知道如何作答的情况。迄今为止，他总能在类似的情况中努力寻找上帝指引的道路，那条道路虽神秘却可信，然而战争绝非发端于神启，它完全是人类的造物。拉比束手无策，只能张口结舌地站在学生们面前。他并非不了解事情的经过和发展，可是他无法窥见其背后的深意。他当然知道，有个胆小鬼在萨拉热窝谋杀了弗朗茨·斐迪南大公。可是萨拉热窝离世界的中心那么远，在巴尔干的深处，谁在那里被谁刺杀了这样的事，怎么可能惊动文明社会呢？那些野蛮人本来就整天拿着枪瞄来射去。至于世界上是多一个大公还是少一个大公，有什么区别吗？他自然也告诉过自己，每个生命都是无价的，任何对人类生命残暴的谋害都是对上帝的亵渎。他也清楚，他，拉比戈尔登希尔施和其他布拉格居民宣誓效忠的君主——那位奥地利皇帝兼匈牙利国王——当然会愤怒悲伤，可是，说良心话，这跟他们又有多大的关系呢？

　　显然关系很大。短短的几个月之内，布拉格大街上的宁静消失了。老人们在咖啡馆里大步地走来走去，他们握着拳头，挥舞着揉成一团的报纸。每个人都试着去理解和归类这个或者那个战线上发生的最新情况。女人们聚集在瓦茨拉夫广场上，彼此交换着关于她们亲人的信息：她们的丈夫和儿子，她们的父亲和兄弟。这些男人自愿而积极地上了战场，只有非常少的人清楚，他们中的大部分都永远不会再回来了。那些因为年龄太小而无法参战的，仔细阅读着受伤者和阵亡者的名单，好像他们拿着的是足球锦标赛的得分榜。他们那边死了多少人？我们这边呢？年轻人是好战的，他们很快就会得到他们的机会了。因为战争还会肆虐很多年，而且它一点也不挑剔，它会吞噬掉所有的士兵。

包括犹太人。

就这样，在一个阳光明媚的日子里，莱布尔·戈尔登希尔施被征召进了奥匈帝国老皇帝弗朗茨·约瑟夫的军队。当里芙卡从市场回到家中，看到她那佝偻瘦弱、双腿瘦骨嶙峋的丈夫穿着军装的模样，不禁失声痛哭起来。拉比正站在房间里唯一的镜子跟前，迷惑不解地瞪着镜中的自己和身上的军装。他把他的刺刀递给妻子看。

"我能用这玩意儿干吗？"他问道。

"插进俄国人的胸膛。"里芙卡答道，感觉一股新的热泪涌了上来，她徒劳地想要克制自己，然而失败了，她只能转过身去，把脸藏了起来。

就这样，莱布尔·戈尔登希尔施迈着正步离开了家，随着部队投入到一场他依然无法理解的战争中去了。

现在里芙卡必须学会一个人面对生活了——而这一切居然如此简单！里芙卡惊奇地发现，原来在管理家务这方面，丈夫完全没有帮过她任何忙。但是她依然非常想念他。她从来没有如此思念一件无用的东西。

几乎每一天，里芙卡都会离开城市，去往离布拉格很远的森林。她带着盛满煤块的桶，去跟农民交换黄油和面包。因为她宁愿挨冻，也不想忍受饥饿的折磨。

到了夏天，白日渐长，她的冒险之旅变得困难起来。一方面她必须找到其他的交易品；另一方面因为危险无处不在，她不得不把换到的黄油藏到裙子底下。当附近有战斗的时候，她更是被迫长时间躲在森林里，一直要等到一切都过去了才敢出来，这时候黄油早就融化殆尽，化作一股热流，顺着她的大腿流淌下来。因此里芙卡常常空着手回到家。

九月的一个晚上，她回到家里，发现锁匠莫舍坐在楼梯间。莫舍穿着一件脏兮兮的新兵制服，正在伤心地哭泣。他那宽阔的肩膀抽动着，头前后摆动，深沉而痛苦的呜咽从他那粗壮的身体里传出来，这个高大男人哭泣的场景十分引人注目。里芙卡走向莫舍，询问到底发生了什么事。莫舍告诉她，自己是回来休几天假的，可是还没有来得及踏进家门，老婆就宣布要离开他。此前他也已经很久没有收到她的信息了，没有来信，什么也没有，莫舍抽泣着说。里芙卡非常同情他，她从来都对锁匠莫舍的老婆没有什么好感，现在这女人随随便便就抛弃了自己的丈夫，她觉得一点也不意外。

里芙卡把莫舍搂进怀里安慰起来，那湿漉漉的黄油还黏在她的腿间。

*

莱布尔·戈尔登希尔施在一个晴好的周三上午回到了家中。他一瘸一拐的，可是除此之外他心情很不错。当门打开的时候，里芙卡正忙着缝补一件衬衫，她抬起头，看到丈夫站在眼前——他瘦多了。里芙卡丢下针线，扑向丈夫，拉比用虚软无力的手臂接住她。天哪，他多么瘦弱啊！里芙卡能感觉到他身上的每一块骨头。拉比尽力紧紧地拥抱自己的妻子，里芙卡的脸上满是欢喜的泪水。

"好消息！"莱布尔一边说着，一边高高举起他的刺刀，"俄国佬先捅了我，我进了战地医院。"

幸运的是，莱布尔的伤势并没有恶化。他给里芙卡看自己大腿上的一道伤疤，告诉她，在指挥官的安排下，他没有再回前线，而是去了卡罗维发利的疗养院养伤。伤好了，只是留下了瘸腿的毛病，现在他是国家承认的伤病员了。莱布尔坐了下来，里芙卡给他端来面包，请求他讲一些战场上的事情。但是他唇边的笑意突然冻结了，目光似乎穿透了她的身体。莱布尔把妻子的手放进自己手里，温柔地亲吻着她的指尖。里芙卡看向丈夫的眼睛，试图获得一些回答，却只在里面寻找到一片黑暗。莱布尔摇了摇头，他们因此沉默着达成了一项协议：不再谈论这一切。

仅仅三周之后，这场延续了整整四年、被称为"终结所有战争"的战争终于结束了，和平降临了。人们在大街上欢庆：和平降临！和平！但这不是人们梦想中那带有胜利的荣光的和平，更像是从一场噩梦中醒来。幸存者们痛饮着，高唱着，庆幸自己还存活于世。有人怪叫着，舞蹈着，还有人砸碎了窗户，就像人们欢庆时惯常做的那样。但同时，一种带有耻辱感的筋疲力尽笼罩着整个国家。欧洲的各个民族都厌倦了战斗、谋杀和死亡——至少暂时是这样。德国和俄国爆发了革命。沙皇全家被处决，德皇当时正在度假，他决定留在当地。波希米亚王国则更名为捷克斯洛伐克共和国。总体而言，这些都是好消息，但它们全都比不上里芙卡告诉莱布尔的这一个：

"我怀孕了。"

莱布尔大吃一惊，他不敢相信妻子的话。这怎么可能呢？好吧，没错，自他回来之后，家里的床确实吱吱嘎嘎响了好几个晚上。但是难道现在就能察觉到怀孕的征兆了吗？不会太快吗？然而里芙卡的小腹确实已经在连衣裙下微微隆起了。

莱布尔在房间里走来走去，他的长袍翻飞，像惊飞起来的鸽子扇动着翅膀。里芙卡向窗外看去，突然，她有了一个主意：那些野蛮人[1]的教义里是怎么说的？那个号称"处女"的马利亚是怎么告诉她的约瑟的？

"这是一个奇迹！"里芙卡喊道。

"一个什么？"莱布尔问。

"上帝赐给了我们一个奇迹。"里芙卡一边说，一边垂下目光，希望自己表现出了恰如其分的虔诚模样。她迫使自己的嘴唇和双手颤抖起来，因为她依稀记得，奇迹总是伴随着颤抖。

"一个奇迹？"莱布尔既惊惧又怀疑。作为一名拉比，他认为自己在"奇迹"这个领域可以算得上是名专家，而眼前的这个"奇迹"让他觉得疑点重重。"哦，是吗！"他喊道。

"你看看四周，"里芙卡恳求道，"我们所有的一切都是上帝赐给我们的。所有的！他为什么不能再为我们创造一个奇迹呢？他知道

---

[1] 指非犹太人。

你有多么希望拥有一个儿子。"

这会是个儿子的,她感觉得到。里芙卡走向莱布尔,把手放到他的肩上,对着他的耳朵,用蜜一样甜的声音吐气如兰地说:"上帝达成了你的心愿。"

拉比戈尔登希尔施却仍然心烦意乱,不知道该不该相信这个奇迹,他的肠胃也开始不舒服,一阵咕噜作响。

"这是贞洁的受孕。"里芙卡非常权威地断言。

"胡扯!"拉比说,"所有的受孕都是不贞洁的,你的这个尤其是!说,这孩子的父亲是谁?"

"是上帝,"里芙卡也很坚决,"天使已经来拜访过我了。"[1]

拉比愤怒地把手向空中一挥,重新在屋子里踱起步来。直到黑夜降临,他也丝毫没有想出任何解决这个谜团的办法,而他肚子里的咕噜声已经变成了雷鸣声,他觉得自己需要休息一下。

"我马上就回来。"说着,他从挂钩上拿起开厕所门的大钥匙,冲出屋门,把门在身后重重摔上。他急匆匆地跑上楼梯,赶向楼层间那等待着他的"现代奇迹"。

里面有人。

一开始他还多多少少耐着性子等待,不停地换脚站着,可是几分钟之后他实在憋不住了,忍不住敲了敲门。里面传出一个沙哑的声音,有人在窸窸窣窣。终于,当他在黑暗阴冷的楼梯间站了差不多一个世纪之后,门开了。

---

[1] 圣母马利亚受孕后,有天使来报喜,并告知这将是神的儿子。

出来的是他楼上的邻居，锁匠莫舍。莫舍喃喃地说着一些听不清的话，大约是向拉比打招呼。他的眼光很快就从莱布尔身上移开，然后偷偷摸摸地从他身边经过，走向楼梯。然而莫舍的身形实在是太大了。他穿着破旧的衣衫，行动则和思想一样笨拙。真像个戈勒姆假人[1]，拉比看着他的背影想道。

　　他的脑中突然浮现出一个念头。"邻居先生！"莱布尔喊道。

　　"什么事？"莫舍瞪着拉比问道。这两个男人之间一直存在着一种敌对的气氛。拉比觉得锁匠是个蠢材，而莫舍觉得拉比是个高傲的傻瓜。莱布尔看向莫舍的眼睛，希望能从中找出些什么，比如一丝愧疚。

　　"我想问您点事。"拉比小心地开了口。

　　莫舍仍然紧紧地盯着拉比，不过从他身上显然看不出什么愧疚感。

　　"是这样的……"莱布尔·戈尔登希尔施不知道该怎么继续下去，他似乎忽然就理屈词穷了。

　　"到底怎么了？"

　　拉比重新定了定神："是关于一把锁。"

　　"它怎么了？"

　　"我打不开它，"拉比说，"我把钥匙放进去，转动它，"他组织着语言，"可是没有用。"

　　"那肯定是钥匙的问题。"莫舍带着一种行家面对门外汉的优越感，肯定地说。

---

[1]　犹太民间传说中用黏土烧成的、会活过来的傀儡假人。

莱布尔·戈尔登希尔施一个人静静地站在楼梯间半明半暗的阴影里。

忽然，他听到莫舍的声音从楼上传来："拉比，您还在那儿吗？"

"是的。"他回答。

静默。几秒钟之后，莫舍的声音响了起来。"请原谅。"他的声音在颤抖，而且如此之轻，几乎要被黑暗吞没了。

"但是为了什么呢？"

又一阵静默。接着拉比听到一声似乎从虚空里传出来的绝望的抽泣。

"我太想她了。"莫舍说。说完他拖着脚步爬上了最后一节楼梯，逃一般地进了房间，重重地关上了房门。

拉比惊呆了。

他从楼梯间的圆形窗户向外看去，月光下，被积雪覆盖的屋顶正闪闪发光。这景象如此美丽，几乎可以称得上是奇迹了。只有信仰才能决定奇迹能否成真，拉比阴郁地想。

一朵云飘了过来，慢慢向着雪亮的、近乎惨白的月亮移动。如果它能完全遮住月亮，拉比想，我就把这一切看作是神的旨意，那样的话，我就能接受妻子的怀孕是一个奇迹。

云在夜空中漫无目的地飘浮着，拉比屏息凝视着它。

月亮被挡住了，有那么一会儿，拉比完全伫立在黑暗之中，仿佛来到了创世之初。

不久，云朵飘走了，牛奶般的月光洒到了他脸上。拉比绷紧了的心弦松弛下来。他站在寒风中，颤抖着，万千思绪在胸中涌动，仿佛汹涌无际的海洋。最后，感恩与爱升上了海平面，化为两行热泪打湿了他的双颊。

拉比深吸了一口气，打开了厕所的门。他走了进去，关上门，解开裤子，撩起长袍坐了下来。每个孩子都是上帝的礼物，他想着，决定接受这个馈赠。不要挑剔，他对自己说，我会得到一个儿子的。

2

一切的终结

　　时间过去了很久，来到了 21 世纪初，在这个新世界里，有一个名叫马克斯·科恩的男孩生活在洛杉矶，再过大约三个星期他就要过 11 岁生日了。今天他父母带他来到文图拉大道的一家日本餐厅用餐，并且告诉他，他们就要离婚了。当然他们并不是立刻就把这个消息说出来的，整个晚上的大部分时间里，他们都佯装一切和平时一样。但是马克斯感觉到了不对劲——今天他们对他实在是太好了。其实他一开始就起了疑心，他在学校最好的朋友，乔伊·夏皮罗在几个月之前遭遇了几乎一模一样的事。因此班上的同学都视他为一名悲剧英雄，对他既钦佩又同情。而乔伊在尝过了这出悲剧的苦涩与甜蜜之后，则比 4A 班的所有其他同学离成人更近了一步。

　　乔伊当时给了马克斯一个明智的建议："他们肯定会带你出去吃饭，而且会问你想吃什么。"他倾身靠近马克斯，压低声音说，"我当时选了比萨，这真是个糟糕的主意。"

　　"为什么？"马克斯问，一边想着：比萨怎么可能是个糟糕的主意呢？

　　"我们去了'米奇比萨宫'。"

　　马克斯知道米奇比萨宫。那是一家专门面向小孩子的快餐连锁店，里面不仅供应超大份的比萨，还有游乐场、电子游戏，以及其他一些好玩的。马克斯正想在那里庆祝生日。

　　"那有什么不好？"

　　"我点了一份中份的香肠马苏里拉比萨。"

　　"然后呢？"

　　"然后他们就告诉我，他们要离婚了，我就那么坐在那儿，面对着我的比萨……"

　　乔伊发出一声奇怪的声响，听起来像是咳嗽，他把头扭开了。

　　"我这辈子，"他说，"再也不想吃比萨了。"

　　马克斯吓坏了。没错，有些父母会离婚，他知道，但是他一直认为比萨是生命中少数几样靠得住的东西，那种，当你要滑倒时可以拼命抓住的东西。

　　马克斯很确定，他的父母绝不会做这样的事。他们很爱他，彼此也非常相爱。他们也许还爱着家里的兔子雨果，雨果是一只特别可爱的兔子，白白的，鼻子粉粉的，大部分时间都坐在它的笼子里向外看着，样子非常讨喜。这就是他家的情况。至少他是这么认为的。可是不久之后他就发现，自己之前好像忽视了一些什么，一些指向隐藏的真相的小线索。他看到妈妈吸着鼻子，用手帕擦着眼角，妈妈平时非常注意维持眼妆整洁，现在眼影都有点花了。他发现，爸爸在家的时间变少了，他待在办公室的时间越来越长，即使周末也"有事要处理"。有时候爸爸就睡在客厅的沙发上，而电视机整夜都开着，他们可从来都不许马克斯这样做！那些以前常开着的门，现在会定时锁起来。马克斯能感觉到，家里肯定有什么不对劲的地方。

有一天，他从学校回来，随意地把自行车往草地上一扔就跑进了屋子。这时他发现自己的父母正僵硬地坐在沙发上，一副在等待他的样子。他们带着不自然的微笑看向他：

"我们去吃饭好吗？"爸爸问道。他的声音有点太响，听起来过于兴高采烈了。马克斯的脑子里响起了尖锐的警铃声。"你想去哪里都行。"他听到爸爸接着说道。

"什么？"马克斯问。

"你想吃什么？"

马克斯想了一会儿，"寿司怎么样？"他问。

爸爸妈妈惊奇地看着他。

"你确定吗，宝贝？"妈妈问。

"是的。"马克斯说。他完全不在乎今后还能不能吃得下生鱼卷那种东西。

于是他们去了寿司店。马克斯点了金枪鱼、剑鱼和海胆仔，尽管爸爸认为海胆仔不是符合犹太教规的洁净食物。这些东西难吃至极，马克斯差点吐了出来。突然，他的父母互相碰了碰手，开始告诉他他们非常非常爱他，对他来说一切都没有改变。马克斯涨红了脸，不得不努力地把眼泪眨回眼眶。他颤抖着，嘴巴里满是鱼油或者其他什么奇怪东西的味道。他只有一遍又一遍地告诉自己：比萨，至少我还有比萨。

*

直到不久之前，马克斯·科恩的生活都是平凡无奇的。他是个普普通通的 10 岁男孩，个子高瘦，动作稍显笨拙，皮肤苍白，有一头蓬松的红发。他戴着一副眼镜，眼镜上绑着黑胶带，因为有一次爸爸不小心坐到了上面，把它坐坏了，妈妈便用胶带把它修补起来。马克斯一家住在阿特沃特村的一栋小房子里。爸爸是个律师，专门代理"音乐作品使用许可"这方面的业务，马克斯并不是很懂这到底是什么意思。妈妈在格伦代尔大道开了一家小精品店，专门卖一些来自亚洲的家具和其他一些稀奇古怪的小玩意儿。当然他们家也和别人家一样，有一大堆乱七八糟的亲戚，什么舅舅啦，叔叔啦，阿姨啦，姑妈啦，表兄弟堂兄妹啦等等。其中最可怕的是他的伯伯贝尔尼和婶婶海蒂，他俩总是吵个不停。然后就是他那神经质的奶奶，跟她待在一起可累人了。奶奶住在山的另一边，在圣费尔南多谷的荒郊野外一个叫恩西诺的地方，那地方简直像是只存在于魔术世界里。

马克斯的父母快要离婚的消息就像山火一样，很快在学校里蔓延开了，尤其是在 4A 班。乔伊·夏皮罗甚至把马克斯搂进了怀里，同学们却并没有讥笑他们是同性恋。女孩子们看他的眼神也变了，就连跟他从来没有什么接触的米丽娅姆·刑也在课间特意来找他，并告诉他：

"关于你爸妈的事，我真的很遗憾。"

空洞的安慰，马克斯想。可是她毕竟只是个小女孩儿，能说出

16

多么有见地的话呢？虽然在他看来这些言辞实在有些拙劣，但他不想拒绝对方努力安慰他的善意，于是他大度地接受了对方的同情，并回答道："有什么办法呢，总之就这样了。"

从今天起他就是个男人了。现在马克斯知道了：父母的离异就是他真正的受诫礼！所谓受诫礼，就是让一个孩子变成男人的仪式。他也明白了，他的很多同学都来自"破碎的家庭"，就像那个女拉比汉娜·"女同性恋"·格罗斯曼常常挂在嘴边的一样。

一开始的时候，拥有一个"破碎的家庭"让他感觉很不赖。首先所有的一切还是原来的样子，唯一的不同只是妈妈一个人睡卧室，而爸爸睡到了客厅的沙发上。当然这还是有点讨厌的，因为电视机在客厅里，此前马克斯一直把它看成是自己的专属，现在爸爸却开始没完没了地看各种比赛。当然这件事也带来不少好处。躲在"殉难者"的外壳里，马克斯受到了很多的关注，更收到了很多的漫画，其程度和数量远远超过了他的想象。爸爸给他买了新的《蜘蛛侠》，又一口气给他买了好几本《蝙蝠侠》合集。以前他只能在漫威和 DC 漫画中间二选一。爸爸曾经说过，人在生活中必须要做选择。可是你看，这全是胡说八道。根本不必选择，你可以拥有一切！原来这就是"长大"的真谛。对马克斯的漫画收集来说，父母的离婚毫无疑问是再好不过的事情了。

但是他内心是焦虑的。他的心里深藏着一个秘密，他知道他的父母为什么要离婚：都是因为他！虽然妈妈说，他们离婚的原因是"那个婊子瑜伽教练"，可是马克斯知道真相是什么。

事情发生在吃"命运转折寿司"的几个星期前，那一天又到了马克斯清理兔子笼的时候。妈妈已经多次提醒他，这是他的工作，因为是他自己要养这只该死的兔子的。马克斯央求爸爸替他打扫一次。就这一次，求求你了，他说。因为他非常想和乔伊·夏皮罗一起去看电影。然而爸爸拒绝了。于是他俩吵了起来，马克斯失去了耐心，向爸爸大发牢骚，结果爸爸当然更不可能改变主意了。

最后马克斯不得不去清理兔子粪便，而他本来是应该坐在开着空调的电影院，大口吃着爆米花和冰激凌的。这真是太不公平了！他十分不服，当他终于一边嘟嘟囔囔地抱怨着，一边不情愿地把垃圾袋拿到屋外的时候，爸爸站在门口，不悦地看着他："小伙子，不要用这种语气说话！"他说道，"这样可不行。要是下次叫你做一点事时，你再这样不情不愿的，我们就把雨果送人。"

马克斯恨恨地把垃圾扔到垃圾桶里，感觉怒火在胸中奔腾。把雨果送人，多么恶毒的威胁！

就在这时，马克斯看到垃圾桶旁边的地上躺着一美分。奶奶曾经说过，如果你找到一美分，就可以用它来许愿。只要把它拿在手里，闭上眼睛，心里默默许愿就可以了。你的愿望会成真的，前提是你不能告诉任何人许了什么愿。

马克斯把硬币捡了起来，用尽力气闭紧双眼，心里默念着让爸爸消失，就这样消失。当他再一次张开手心，硬币仍然好好地躺在他手上。马克斯听到从圣加布里埃尔山远远传来一阵闷雷声，马上要下雨了。一阵愧疚感突然涌上心头，他向四周看了看，匆忙地强迫自己赶紧去想些其他的事，可是已经太迟了，有人——也许是上帝？——已经听到了他的祷告。

好几个星期过去了，什么也没有发生。马克斯侥幸地想，也许自己逃过了一劫——直到吃寿司的那一晚。现在他知道了，他给他的家庭下了一道诅咒。只有兔子没被殃及，迄今为止，雨果看上去一切都很好。

刚开始的时候，马克斯努力不去想他在这场悲剧里应负的责任，甚至反而享受起爸妈离婚带来的种种好处：妈妈也开始送他各种各样的礼物，也许因为她想超过爸爸。

"过生日的时候，你想要什么都行。"妈妈说。

就是为了收买他，他一眼就能看穿妈妈的心思。每个人都是可以被收买的，而他的价码并不很高。

"什么都可以吗？"

每一件新礼物，每一个新玩具，都是父母对他爱的证明。但是这些证明很快就失效了。他的生命中不再有恒定的东西，一切都在改变，而马克斯并不是特别喜欢改变。看来，来自一个破碎的家庭并不像一开始想象的那么酷，甚至正相反。马克斯渐渐明白了，这一切都是有后果的。他懂得了，自己必须去学习生命中重要的一课，就像他的偶像蜘蛛侠和他的好朋友乔伊·夏皮罗也必须得做的那样，而且这条路非常崎岖。

*

对于哈里和德博拉·科恩来说，向他们的儿子解释要离婚这件事是个非常艰难的决定。尤其是哈里，他对这一时刻充满了恐惧，因为他本身是个在生活中规避所有冲突的人。德博拉对此则比较坦然，虽然她自称信奉佛教，但是在发生冲突的时候，她的态度总是出人意料地强硬。哈里总是戏称她为"愤怒的佛教徒"，德博拉觉得这一点也不好笑。事实上，在过去的一段时间里，所有跟她未来的前夫有关的事，她都觉得一点也不好笑。仅仅是他存在这一点，就能让她火冒三丈。看看他在房子里无精打采地晃来晃去的样子！那些以前让她觉得很有魅力的个性，现在全都成了她的眼中钉。她已经忍不住要把他扫地出门了。

可是，他们还有个儿子。他们甚至考虑过，为了马克斯仍然维持住在一起的状态。严格来说，是哈里想要这样做，但德博拉拒绝了。

"我希望你能搬出去。"她坚定地说。她不是想要惩罚他，或者说，她不只是想要惩罚他。他的出轨对她的伤害深入骨髓，她只想赶紧把他扔掉，再也不想看到他。他之于她，就像一块必须被撕下来的膏药一样，动作越快越好。

"可是马克斯怎么办？"哈里问，声音里带着哭腔。

"马克斯，"德博拉回答，"没有你只会过得更好。"

然后又开始了。每一次他们都想文明礼貌地讨论问题，可最后总是以尖厉的争吵和大声的喊叫而收场。

"那我们要怎么告诉他？"终于有一次哈里问道。

"你们一定要格外小心，"夏皮罗太太以过来人的口吻建议道，"还有，带他去餐厅吧。"

德博拉专注地听着，赞同地点头，甚至在手机上写了一条备忘录。

于是，在一个晴好的上午，德博拉·科恩驱车上了通往伍德兰希尔斯的高速公路，向古铁雷斯及合伙人律师事务所驶去。这间事务所位于一座带有玻璃外墙的、品位堪忧的四层楼建筑中，里面的陈设和外观一样糟糕。前台接待室里挂着一幅油画，展示的是狗狗们打牌的场景。谁会买这样的东西啊？德博拉想。接着她就被请进了资深合伙人、离婚专家古铁雷斯先生的办公室。

古铁雷斯先生有一种与他的职业丝毫也不相称的欢喜劲儿。他个子矮胖、握手松软无力，一副总是乐于斩断情丝的婚姻杀手模样。

"我该如何为您效劳？"古铁雷斯先生问道。

德博拉向他解释了自己的处境，古铁雷斯一言不发地听着，不时点点头。德博拉和哈里之前——当然是在几经争吵之后——已经达成了协议，要走"无争议离婚"的程序。这个词儿是德博拉在网上找到的，意思是夫妻双方在法庭之外自己商议好对子女和财产的分配权。古铁雷斯先生看起来不太高兴，他本来以为德博拉夫妇需要长时间的调解，自己能在这一单上挣好多钱呢。

无争议离婚的手续从原则上来说是很简单的，古铁雷斯先生说。德博拉只需要将各种材料递交到法庭，之后它们会被转交给哈里。如果双方一致同意总体框架条件，那么申请书会被递到洛杉矶地区最高法院的某一位法官手里。在材料齐全、手续完备的情况下，双方只需在文件上各自签名，这事儿就算完成了。

只要几个星期，他们就能双双恢复单身，给曾经的共同生活画下一个句号。

这可比筹备婚礼简单多了！德博拉不禁想道。

在对待马克斯的问题上，哈里和德博拉想法一致：他们不想让儿子陪着自己经受法庭的长期摧残，甚至也不想让马克斯在俩人中间二选一。他们已经规划好了，在哈里搬出去之后（德博拉觉得这事儿已经拖得够长了），他们如何带孩子：周中马克斯由妈妈德博拉照顾，而爸爸哈里负责周五到周日的时间段。每个周五哈里将孩子从学校接走，周一早上再把他送去，这样能最大限度地减少德博拉和哈里的接触。

这段日子对所有人而言都很艰难。哈里又开始酗酒，德博拉也重拾抽烟的陋习。他们的工作也渐渐受到了影响：德博拉虽然时刻关注着电子邮件，却依然有好几次忘记跟供货商或是顾客约好的会面。哈里则不停地迟到，还经常喝得醉醺醺地出现在办公室里。同事们看在眼里，却没人指责。哈里发现大家都在同情他，办公室的女士们更是对他关怀备至。然而他没办法集中精神干活儿，相应地工作效率也下降了很多。

两个人都觉得他们的生活开始脱离正常的轨道，那种感觉就像沙子不停地从指缝间溜走。

3

奇迹

里芙卡·戈尔登希尔施诅咒着这个世界。她诅咒自己，诅咒她的丈夫，尤其诅咒那个让她怀上身孕的天使。里芙卡躺在小屋里的床上，丈夫莱布尔坐在她的身边握着她的手。哦，这个傻瓜。

"没事的。"他笨拙地安慰道，一边轻柔地拍打着她。

里芙卡的腿架在两张破破烂烂的椅子上，壁炉上面放着一桶热水，床边摆放着一些干净的布，接生婆赫德维卡坐在里芙卡的两条腿中间，等待着结果的到来。

里芙卡来自比尔森附近的一个小乡村，她是在乡下长大的。当她还是个小女孩的时候，曾多次看到过母牛产小牛。那真是个极其痛苦的过程，往往持续好几天，伴着母牛们撕心裂肺的凄惨叫声。现在她能理解母牛们的痛苦了，而她毫无用处的丈夫只会坐在那儿拍打她。

赫德维卡低头向她身下看去："我看到孩子的头了。"

里芙卡呻吟起来。

"用劲！"赫德维卡说道。

"该死的，"里芙卡大叫起来，"你以为我在干吗？"

赫德维卡并非犹太人，这个年轻的接生婆住在布拉格约瑟夫城[1]之外，是城里最好的接生婆之一。这就是说，经由她的手接生的孩子，大部分都活了下来。为了能请到她，拉比戈尔登希尔施坚持每个月都存下一些硬币摆在一旁。这些钱今天终于要派上用场了，这个正要开始的夏天即将迎来一名新的地球公民！赫德维卡用一块布擦拭着里芙卡的额头，莱布尔则继续轻拍着她。这位新公民真是不急不慌啊。

不过最后它终于来了。

赫德维卡高高拎起孩子的腿，用一把滚烫的厨房用刀切断了脐带，顺手给了孩子的屁股一巴掌。

小东西哭了起来，刺耳的哭声猛地划破了房间里凝滞在汗水中的寂静。赫德维卡小心地用清洁的毛巾把孩子擦干净，留意着不要弄痛它。

"是个结实的男孩。"赫德维卡说着，把孩子递给了里芙卡。

里芙卡把孩子拥进怀里，只看了一眼就爱上了他。噢，这是她这辈子看到的最美的东西了。

"我们给他取个什么名字呢？"里芙卡喘息着问道。她虽已筋疲力尽，但对自己和整个世界出奇地满意。

"莫舍怎么样？"莱布尔提议，声音里蕴含着一丝不易察觉的讥讽。

---

[1] Josefstadt，布拉格市中心地带的一个城区。

"莫舍？"他的妻子质疑道，"为什么偏偏要叫莫舍？"

"怎么，你不喜欢莫舍这个名字吗？"拉比反唇相讥，"这名字挺美的，不是吗？"

"跟楼上的锁匠一样？"里芙卡怀疑地问道。

"跟先知摩西一样。"[1]莱布尔回答。他的眼中有一些特别坚硬的东西，完全不容辩驳。

里芙卡屈服了。这个新生的男孩因此得名摩西·戈尔登希尔施。虽说有时候，尤其是在多喝了那么一两杯之后，莱布尔的脑中会时不时地跳出对这孩子身世的怀疑，但他总体而言是高兴的——他终于有了一个孩子。他不停地告诉自己，孩子的父亲到底是谁并不重要，并在每天晚上向上帝祷告，感谢他赐予的奇迹。

莫舍·戈尔登希尔施是个又矮又小、体弱多病的孩子。出生仅仅几个月之后，他已经奄奄一息，似乎要告别这个世界。他躺在壁炉边的摇篮里，一动不动，皮肤蜡黄，只是隔一阵从喉咙里发出一些奇怪的略略声。里芙卡坐在摇篮边上，唱着一首歌：

> 在那又高又远的天上
> 一只雄鹰在无忧无虑地飞翔
> 它听到远处的一声叫喊
> ……

---

[1] 莫舍是摩西的昵称。

然而她的歌声也无法治愈莫舍，孩子的高烧持续不退。终于，里芙卡再也坐不住了，她半夜里忧心忡忡地离开家去找医生，而莱布尔留下来照料孩子。这个名为金斯基的医生是莱布尔推荐的，里芙卡一路狂奔，从约瑟夫城来到了伏尔塔瓦河对岸，向高处的城堡跑去。夜晚的空气冰冷而潮湿，当里芙卡终于来到山上，她的额头已布满冷汗。

　　行人通道被红色和黄色的树叶遮盖住了，地上满是从树上掉下的栗子。一番搜寻之后，里芙卡终于在瑞德凯尼 [1] 附近找到了医生的家。在这里她能看到城堡的尖顶遮住了天空，甚至能感觉到圣维特主教堂屋檐上滴水兽的凝视，她觉得那凝视直直落到了她皮肤上。医生住在一栋极有品位的新艺术风格别墅中。里芙卡坚持不懈地敲着门，好几分钟之后，一个衣冠不整、满脸红晕的女仆打开了门，一边用左手把衬裙拉了拉正。当她看到门外浑身汗湿、满目迷茫的里芙卡时，不禁用冷漠的眼光上下打量起她来。

　　"我找金斯基医生。"里芙卡喃喃地说。

　　"他已经休息了。"女仆想把她拒之门外。

　　"是我丈夫让我来的。"里芙卡说道，她又补充说她的丈夫不是普通人，而是老新犹太会堂 [2] 的拉比。

　　"犹太人？"女仆显然很惊讶。

---

[1]　瑞德凯尼为布拉格的城堡区。

[2]　老新犹太教堂是布拉格最早的哥特式建筑之一，也是欧洲仍在使用的最古老的犹太会堂。

"我丈夫请我转告医生，他曾经帮助过他。"接着她又乞求地加上一句，"求求您了，我的孩子快死了。"

这句话打动了女仆的心。"请进吧，"她悄声说道，"在这儿等着。"她把里芙卡拉进前厅，锁上大门，急急忙忙地向楼上跑去。

里芙卡敬畏地环视四周。大厅装饰得非常华丽。一架座钟滴答滴答地响着，让人倍感压迫。衣帽间里挂满了昂贵的皮草和礼帽，伞架里则竖着好几根桃花心木的手杖。这时候，金斯基医生气喘吁吁地沿着铺着地毯的楼梯下来了，他已经换上了睡衣，一直紧张地试图把衣服抹平整。医生个头不高，胖乎乎的，几乎已经谢顶了。他的脸则和女仆一样，红扑扑的，不多的几绺头发直直地竖在头上，好像公鸡的鸡冠，眼镜上也蒙着一层雾气。里芙卡不禁思忖着，她可能打扰了医生和他的女仆的好事。

她一下子冲到医生面前，恳求地看着他，并伸出手。

金斯基瞪大了眼睛看着她："我想我不能跟您握手。您一定会理解我的，您是犹太教信徒……"说着，他移开了眼光，狼狈地注视着地面。

"我明白，我明白。"里芙卡热切地点头附和着。她可不想做任何引起医生反感的事情。尴尬地沉默了几秒钟之后，她在自己被汗水濡湿的裙子上擦了擦手。

"是哪一阵东风把您这位贵客吹到了我这儿啊？"医生语带讽刺地问道。

"我的孩子病了。"

"难道我是布拉格唯一的医生吗？"医生接着问。

"我丈夫说，让我来找您。一定要来找您。"

"这又是为什么呢？如果我可以问的话。"

"我们……"里芙卡停住了，她费力地咽了一口唾液，"我们没有钱。"她轻声地说着，难堪地垂下了目光。

"啊哈？犹太人也会缺钱吗？"医生问。

"我丈夫是个学者，我们没有什么钱。"

"他叫什么名字，您的丈夫？"

"戈尔登希尔施。莱布尔·戈尔登希尔施。"

医生呆住了。他站在那里，半张着嘴，好一会儿没有说话。接着，他摘下眼镜，在睡衣上擦拭着，一边问："您怎么不早说呢？"

*

里芙卡之前从来没有坐过汽车。如果不是因为忧心儿子，她一定会快乐地享受这趟旅程。然而现在她只觉得这种交通方式很不舒服。她的屁股能感觉到路上的每一处坑洼，鼻子里满是汽车发动机那股难闻的味道。而当他们终于来到里芙卡和莱布尔租住的楼前时，又花了好大一番功夫才找到停车的地方。里芙卡很确定，这种"汽车"是不会有什么未来的。

她领着医生上了楼。金斯基医生喘息着，才爬了一层楼就开始上气不接下气。当他们终于来到出租屋门前时，里芙卡简直以为医生马上就会因为心肌梗死而晕过去。她敲了敲门，莱布尔抱着孩子打开了门。看到丈夫和孩子的那一刻，里芙卡的心深深悸动了——

不光是因为孩子的脸色如此苍白，同时也因为丈夫对孩子那显而易见的温柔。他是那样轻柔地抱着这个小小的、无依无靠的小东西！里芙卡从来没有看过丈夫如此温柔地对待她的孩子。他的孩子，她在心里警告自己。

莱布尔的眼中含着泪，里芙卡小心地从他怀里接过婴儿。

金斯基医生踏进了屋子，他四处看着，神色间满是嫌弃。当他和莱布尔对视时，两个人不由自主地挺直了些身子，相互行了个军礼。

"稍息！"金斯基医生说道。

"长官！"莱布尔叫道。

接着，让里芙卡大吃一惊的事情发生了：他们互相扑进了对方的怀抱。医生和莱布尔长时间地拥抱着，真的抱了很久，他们在无声地交流着一些什么。

之后金斯基医生给孩子做了检查。他触摸孩子的额头，检视他的口腔，并测量了体温，最后宣布并不是什么严重的毛病，只是普通的发烧，可能是受寒引起的。里芙卡和莱布尔大大地松了一口气。里芙卡感觉心上的一块大石头落了地。因为从战争最后一年到现在，已经有很多孩子，甚至还有不少大人，被西班牙流感夺走了性命。而莫舍会活下来！里芙卡灌了一个热水袋，金斯基医生给孩子吃了药。莱布尔想要塞给医生几个硬币，被医生愤怒地拒绝了。很快，孩子就在摇篮里睡着了。

当莱布尔和金斯基医生道别的时候，他们又拥抱在一起，并互相亲吻脸颊，就像男性好友们经常会做的那样。但是里芙卡已经不是昨天的里芙卡了，从两个男人看向对方的目光，她能猜到自己的丈夫和医生之间曾经发生过什么。

当医生告辞的时候，莱布尔替他开了门，而当医生离开之后，莱布尔还在门边站了好一会儿，凝视着浓浓的夜色。

"莱布尔？"里芙卡开口道。

莱布尔缓缓地转过身子，"什么事？"

里芙卡看着他，感觉浑身的力气好像被抽干了。她颤抖着嘴唇问道：

"战场上到底发生了什么？"她的声音十分轻飘。

莱布尔走向妻子，坐到她的身边。他抓住她的手紧紧握着。两个人都呆呆地瞪视着粗糙不平的木地板。

"如果你不问我战场上的事，"莱布尔柔声说道，"我就不问你那件关于'奇迹'的事。"

4

他最著名的咒语

马克斯·科恩周二下午从学校回来时，看到门口停了一辆搬家的货车。一辆搬家的车！他的心中惴惴不安：已经到这一步了吗？到处都堆满了箱子和家具，兔子雨果躲在卧室的一角，嘴里咀嚼着什么。它似乎很紧张，耳朵颤抖着。家具搬运工是两个高大的南美人，一个穿着印着夏奇拉[1]的T恤和牛仔裤，另一个则中规中矩地穿着蓝色工装裤和格子衬衫。

"早上好！"穿夏奇拉T恤的男人向马克斯点了点头，用西班牙语打了个招呼。他手上的箱子里装满了纸张和文件夹。

"嘿，"马克斯回答，他注意到自己的声音在颤抖，"我父母在哪儿？"

"什么？"穿夏奇拉T恤的男人问道。显然他听不懂英语。

---

[1] Shakira（1977— ），生于哥伦比亚的乐坛天后，她将拉丁及西班牙语音乐推广至主流音乐市场，并获得巨大成功。

"洛斯帕德里斯[1]，"马克斯说，"爸爸和妈妈。"

那男人无助地看着他，耸了耸肩。马克斯瞪着男人手中的箱子。这些纸和文件夹应该是爸爸的，他是个律师，总是被这些东西包围着。对他而言这些文件纸张什么的就好像是蝙蝠侠的蝙蝠车一样不可或缺。

穿工装裤的男人向马克斯走来，手上抱着另外两个箱子。

"在隔壁。"他说。

"您在这里做什么？"马克斯问到，他的声音变得尖锐起来。

"我们在搬走箱子。"工装裤男子回答。他有一口浓重的墨西哥口音。

"快放下！"马克斯要求道。正在这时，爸爸从厨房里出来了，他也抱着一个箱子，头发乱糟糟的，胡子也没有刮。他的衬衫扣子扣错了，眼神浑浊而呆滞。爸爸的模样把马克斯吓了一跳，上一次他这么害怕还是在自己4岁的时候：当时他决定用舌头把房子后面的露台舔干净，事实上他已经完成一半了，正在此时，爸爸光着身子从房间里跑了出来，一把把他从地面上抱开。天哪！世界上不可能再有什么比看到自己老爸光着身子更可怕的事情了！马克斯看着他向自己冲过来，鸡鸡从左边晃到右边，又从右边晃到左边。这是个什么玩意儿？马克斯惊慌失措地问自己，在此之前他从来没有意识到这个身体部位的存在。马克斯的心里当时只有一个想法：这不

---

[1]　马克斯试图用西班牙语表达"我父母"，却把"Mis padres（我父母）"说成了"Los padres（洛斯帕德里斯，这是一个国家森林公园的名称）"。

是个好兆头。

而现在，他的脑海中又出现了这句话：

这不是个好兆头。

爸爸看起来好像刚从冬眠中醒来，好像他一辈子都在浓雾里面跌跌撞撞，现在才第一次看到光亮。

"爸爸！"马克斯大叫一声，冲了过去，"这里怎么到处都是墨西哥人！"

爸爸和马克斯并肩走了出去。他放下手中的箱子，两个人在通往大门的小台阶上坐了下来。台阶上的石砖被太阳晒得暖暖的，马克斯能听到附近的孩子们玩耍的声音。远方圣加布里埃尔山覆满白雪的山顶清晰可见，这是个天气晴朗、视线极好的日子。

好一阵子两个人都没有说一句话。马克斯和爸爸只是坐在那儿，无声地凝视着地平线，仿佛他俩渴望得到的所有答案都躺在那里。

最后爸爸终于开口了："我们不是都说好了吗？"

"说什么？"

"今天的事啊！我今天要搬走的事。"

"你说的是周四！"

"周二，"爸爸纠正他，"我说的是周二。"

太阳依然照耀着，马克斯却忽然觉得身上发冷。他怎么也甩不掉这种感觉，似乎爸爸是想趁着他还在学校没有放学，偷偷地溜走。害怕再也见不到爸爸的恐惧深深地攫住了他。他很担心，担心爸爸一旦离开，就会忘了自己。马克斯的眼泪几乎要夺眶而出，但是他拼命克制着自己。上帝啊！他会变成野孩子吗？

"马克斯，"爸爸说话了，"一切都不会改变的。"

马克斯知道，这是个谎言。生活是一场残酷的游戏，在这里一切都在改变。就连蜘蛛侠和蝙蝠侠也都失去了深爱的人，所以他们才穿上紧身衣，在深夜里与罪恶做斗争，而普通人则只需要坐在电视机前度过夜晚。

爸爸想要给马克斯一个拥抱，但是马克斯只是僵硬地坐在那儿。他的心中只有一个念头在熊熊燃烧：爸爸要搬走都是我的错，所以我要把这个错误改正过来！他紧紧地闭着眼睛，非常用力地想着：让爸爸留下来，让爸爸留下来！他在心中哀求着，希望收回当初的愿望。他是多么后悔曾经许愿让爸爸消失啊，他愿意在余生中的每一天都去收拾兔子的粪便。

爸爸站了起来。"我是爱你的。"他说。

"爸爸！"马克斯焦急地喊着，"留下来！你永远都不用再清理兔子笼了！"

"不行的。"爸爸回答。显然，马克斯的意念不够强大。爸爸想要再一次拥抱他，可是马克斯变得非常生气，他一把推开了他。爸爸没有勉强他。马克斯跑下台阶，可是他还没有跑两步，就被一个搬家箱绊倒，摔了个狗啃泥。箱子翻了，里面的东西在花园里撒了一地。

"摔疼了没有，马克斯？"爸爸问。

马克斯爬了起来。"没事。"他噘着嘴闷闷不乐地回答。

他的膝盖摔破了，但是他甚至都没有注意到这一点，只是猛盯着草地上的一个东西看。

那是一个扁扁的、黑色盘子一样的东西，有一半已经从套着它的硬纸套里滑了出来。马克斯知道这是什么。爸爸曾经告诉过他，这玩意儿在他出生前那个贫乏得可怜的时代里很流行。人们叫它"唱片"。马克斯立刻被这张唱片封面上的图画吸引了。这是一个戴着头巾、身披锦袍的中年男子。他架着一副厚厚的牛角框眼镜，额头上有好几道深深的皱纹，看上去正全神贯注于某件事情。他左手拿着一根短短的、黑色的魔术棒，右手托着一只可爱的白色小兔子。从他拿魔术棒的动作里，马克斯一眼就看出来，男人的手臂有点不对劲，可是又说不出是哪里不对劲，毕竟他的整条手臂都包裹在长袍里。然而这是一件怎样的长袍啊！马克斯从来没有见过如此绚烂夺目的衣物。他立刻就意识到，这个男人——不管他是谁，他就是优雅的代名词。一件全银的锦袍！哇哦！这个男人比詹姆斯·邦德还要酷。马克斯觉得自己就像一名考古学家，刚刚发现了一件早已丢失、来自被人类遗忘千年的古老文明的珍宝。他用颤抖的双手将黑色唱片整个拉了出来，只见一行黄色的大字印在唱片的中间：

　　"扎巴提尼和他最著名的咒语。"

5

雄鹰与羊羔

　　莫舍·戈尔登希尔施是个体弱多病的孩子。他的母亲无微不至地照顾着他，亲切地称呼他为"我的小奇迹"。然而母亲很烦恼，因为莫舍一直咳个不停，并且不停地吸溜鼻子。他总是第一个患上感冒的，也总是最后一个才好的。里芙卡整日为儿子的身体提心吊胆，操心劳累，却忽略了自己的健康。她的身体渐渐被掏空了，可是她太忙碌了，完全没有注意到这一点。她只为莫舍而活。

　　莫舍是个内向的男孩，他总是静静地待着。就像他父亲一样，里芙卡想。晴朗的日子里，莫舍可以在伏尔塔瓦河的岸边坐上几个小时，向水中扔着石子。或者仅仅是躺在草地上，做着白日梦。他凝视着天空中的云朵，把它们想象成宫殿和骑士。莫舍还年轻，时间对他而言没有意义，他不知恐惧为何物，生活也尚未定型。身边的世界虽然单调又灰暗，但莫舍的内心却丰富多彩。墙上的一块小缺口能让他联想到一条小路，沿着这条小路，先知摩西（莫舍的大名正来自他）引导着犹太人通向自由。马儿在寒冷的冬天里喷出的鼻息在他眼中又仿佛化为巨龙喷出的火焰。有时候，他整天耽于幻想，好几天也不和自己的父母说一句话。这并不意味着他不爱他们。不，只是他的思绪常常飘得很远很远。即使明明和父母一起坐在饭桌前，莫舍也总是看向虚无，并在虚空中飘浮。他的行动因此变得迟缓而机械。虽然他们在共同用餐，相互之间却隔着万里之遥。"我快要失去你了。"他的母亲总是带着一种忧郁的微笑说道。

*

那是在莫舍 8 岁的时候，有一天晚上，他和父亲一起回家吃饭，却发现母亲倚靠在冰冷的壁炉上，一副筋疲力尽的样子。陶罐的碎片和土豆散落一地。母亲呼吸沉重，额头上满是冷汗。

"你还好吗？"莱布尔担心地问。

里芙卡点点头，"我很好，"她回答，"我没事。"说着，她深深地吸了一口气，然后弯下腰去，开始捡拾地上的碎片。

莫舍怀疑地看着妈妈。他知道她在撒谎，他能感觉出来。一切都不对劲！世界出现了裂纹，有一些事情躲开了他们的眼光，有一些真相被隐藏了。莫舍求助地看向自己的父亲。莱布尔正关切地注视着妻子，伸手想要扶她起来。然而里芙卡虽然看上去疼痛难忍，却很不耐烦地拒绝了丈夫的这个举动。

"也许你该去看看医生？"莱布尔无助地问道。

"也许你该去看看医生。"里芙卡讽刺地回答。

莫舍知道，金斯基医生在他出生后不久曾经救过他的命，此后他就成了戈尔登希尔施家的家庭医生。而父亲时不时地就会抱怨这里疼那里痛，以便顺理成章地去看医生。

里芙卡抓过一把扫帚，把剩下的碎片扫到一起。然后他们开始吃晚饭，晚饭是土豆和带新鲜香草的奶酪。莫舍打量着母亲，心里有一股说不出来的惧意。他记得妈妈以前很高大的呀，但是在过去的几个月里她以惊人的速度消瘦了下来。

里芙卡颤抖着。

"你真的没事吗？"莱布尔再次问道。

里芙卡硬生生地压下一声抽泣，摇了摇头。莱布尔迅速地站了起来，速度太快导致椅子"咚"地一下翻倒在地上。他快步迈向妻子，把她紧紧地搂在怀里。被这样紧紧压着一定会很疼，莫舍不禁想着。然而里芙卡没有推开丈夫。莱布尔温柔地将她领到床边，帮她躺了下来。

"哦，上帝啊！"里芙卡呻吟着。

"到底怎么了？"莱布尔问道。

"没事。"里芙卡吞下一声呻吟，强撑着说道。在她的身体里似乎正进行着一场激烈的战斗。

"莫舍！"莱布尔叫道，"去请金斯基医生来。"

"别去！"里芙卡以惊人的音量厉声叫道。

她用双手抱住丈夫，把他拉到胸前，她的脸上布满了汗珠。

"你还记得吗，"她低声说道，"还记得你向我求婚的时刻吗？"

莱布尔点了点头，"是在一片田野里，你躺在一片田野里，就像现在一样。"

“你还爱我吗？”

“是的。”莱布尔回答。

她选择相信他。

*

到了秋天，里芙卡的健康状况每况愈下。她越来越虚弱，曾经的强壮离她而去。每天早晨，她要费好大力气才能起床。里芙卡经常恶心想吐，莫舍在她的床边放了一个铁桶，她就吐在那里面。当她吐完，莫舍会把桶拎到河边，倒空里面的秽物，再把桶仔细洗干净。一开始的时候，他每天只需要清理一两次，可是很快他往河边跑的频率越来越高，甚至都无法休息了。可是他从未抱怨，他只希望能做更多，他希望自己拥有魔术的力量，能够治愈母亲的疾病。然而他无能为力。而里芙卡呢，随着身体越来越糟糕，她也变得越来越暴躁。她嫉妒丈夫和孩子，嫉妒他们能够继续活下去。因为她感觉得到，自己的生命已经快要走向尽头了。秋天的夜晚越来越长，而白昼越来越短，就和她自己的日子一样。里芙卡呆滞地看向窗外，神志如被乌云覆盖，一片晦暗。她的儿子将会看到春天到来，而她没有机会了。

最后她终于虚弱到再也起不了床。莱布尔不顾她的反对，叫来了金斯基医生。当医生踏入他们的小房间时，里芙卡提防地看着他。金斯基医生给她做了检查，并做了所有他能做的——然而他能做的也不多了。

莱布尔深受折磨，仿佛离死不远的不是他的妻子，而是他自己。里芙卡一直是他生命的中心，她就是他的心。没有里芙卡的生活对他而言是无法想象的。似乎是为了表达与他那日益消逝的妻子同甘共苦的决心，莱布尔也变得越来越消瘦。他几乎不再睡觉，只要里芙卡一咳嗽，他就一跃而起，连声追问她需要什么。罪恶感一直追随着他。他曾经对妻子不忠，他出卖了自己的家庭和原则。上帝目睹了他的罪过，所以现在要带走他的妻子。莱布尔花了很多时间来祷告，然而他的祷告显然并没有被上帝听到。

金斯基医生来得越发勤快了，他总是带着这样或者那样的药来到门前。他是个好医生，总是殷勤地照顾着自己所有的病人，哪怕他们是犹太人。金斯基知道医生不仅要救治病人的身体，也要救治他们的灵魂，所以他常常和里芙卡交谈，他会说笑话，会告诉她外面的世界正在发生着什么：列宁死了，土耳其推翻了哈里发，卢切尔纳电影院里放映着刘别谦[1]的新电影……活人的世界继续轰轰烈烈地进行着，不管有没有里芙卡·戈尔登希尔施参与其中。金斯基医生让里芙卡哈哈大笑，而她的丈夫已经很久没能做到这一点了。死期将至，里芙卡对丈夫的情人越来越有好感。他对待她很认真，乐于向她解释正发生在欧洲大陆上的各类政治事件。比如说有个新民族运动的领袖，名字叫希特勒。他早些年曾经试图发动一场政变，并因此被关进牢里。希特勒发誓要把布拉格所有的奴隶和布尔什维

---

[1] Ernst Lubitsch（1892—1947），德国著名电影导演，他先是凭借历史片和喜剧片在德国电影界获得认可，后来到好莱坞发展，也取得了巨大的成功。刘别谦的电影很早就被引入中国，很受国人欢迎，所以人们给他取了这个非常中国化的名字。

克都赶走，让布拉格重获自由。金斯基医生的家族来自苏台德地区[1]，显然他非常欣赏这个滑稽的家伙，尤其是关于他对犹太人的观点。这个话题总是在戈尔登希尔施家引起令人难堪的尴尬。金斯基医生认为，正是犹太人——当然戈尔登希尔施一家除外——要为战争的失败和帝国的陨落而负责。当时犹太人密谋用他们的毒药让欧洲四分五裂，而他们差一点就要成功了！即使现在，犹太人仍然躲在幕后，孜孜不倦地想要摧毁整个西方文明，传播共产主义。

对于里芙卡来说，金斯基医生简直是个谜，在她有限的生命里，她是无法解开这个谜团了。医生既拥有智慧又富有同情心，他深富理解力，医术也精湛，最重要的是，他是一个好人。然而他的政治观点实在令人无法理解。金斯基对戈尔登希尔施一家非常温柔，但是对于犹太人整体则非常强硬。

"请原谅我，亲爱的戈尔登希尔施太太，"他说，"我不是指您。"

"我知道。"里芙卡说道，她的唇边挂着一抹浅笑，就像垂死的人惯有的那样。

"但是我真的非常担心，关于犹太人……"医生接着说道。

里芙卡回答："别说了吧，医生先生。"

"在座的各位当然不包含在内。"

"当然。"

"但是您肯定知道，这种犹太财团国际化……"

里芙卡抗议地咳嗽起来，金斯基忙着给她测脉搏、量体温，犹

---

[1] 历史地名，指"一战"和"二战"期间捷克的德语区。

太财团国际化的问题就暂时被搁在一边了。里芙卡每一次都会惊叹医生的手指有多么温柔，然后就会不由自主地联想到，他是怎样用这些手指爱抚她的丈夫的。

"您的烧退下去了！"金斯基说着，看向里芙卡，似乎在期待掌声。里芙卡点了点头，于是他接着开始谈论艺术、音乐和戏剧，谈论非犹太人的世界。里芙卡着迷地倾听着，她很感激这个奇特的小个子男人，他把世界带到了她的家中——虽然她不久就要离开这个世界了。她的丈夫莱布尔也默默地倾听着，眼神中带着一抹不易察觉的嫉妒。

小莫舍被恐慌包围着。母亲即将不久于人世这个想法简直比让他自己去死还要难以接受。他拒绝相信自己的眼睛所看到的，欺骗自己说一切都会好起来，妈妈很快会恢复元气的。然而在内心最深处，他知道这一切都是谎言。他无法理解，为什么好心而仁爱的上帝会夺走他的母亲。他祈祷着，希望用自己的命来换母亲的命，他情愿用自己做牺牲，做那代替以撒的羊 [1]。然而上帝不听他的祷告，上帝只想要里芙卡，留给莱布尔和莫舍的是一个充满了绝望的世界。

还有一个人也为里芙卡所受的折磨而伤心难过——楼上的锁匠，另一个莫舍。他也开始定期来看望卧床的里芙卡，不久之后里芙卡就觉得忍无可忍了。要想静静地死去就这么困难吗？她的病床难道是火车站台吗？必须有这么多人围在边上吗？

里芙卡给她的丈夫下了命令，除了金斯基医生，她谁也不见。

---

[1] 以撒是亚伯拉罕的儿子。上帝为了考验亚伯拉罕的忠诚，让他以儿子献祭。亚伯拉罕依命行事。上帝看到亚伯拉罕的忠诚，告诉他不可伤害那孩子，于是亚伯拉罕用一只小公羊代替以撒进行了献祭。

一天晚上，锁匠喝得醉醺醺地来到戈尔登希尔施家门前，一边乒乒乓乓地捶着门，一边大声喊着她的名字。莱布尔来到门外想劝劝他，然而不一会儿却从走廊里传来了可怕又沉闷的叫声。里芙卡高喊起来，叫小莫舍去看看到底发生了什么事。

莫舍跑出房门，看到大熊一样的锁匠正把莱布尔的脖子夹在手肘里，痛打他的屁股。

拉比莱布尔的脸因为疼痛和屈辱而涨得通红。"放开我，"他叫着，"你这个蠢货，坏东西！"

"我要见她！"锁匠吼道。

"不行！"

"我爱她！"锁匠声嘶力竭。这下，其他房间的门也都打开了，邻居们好奇地探出了脑袋。

"去你的！"莱布尔大喊着。

锁匠继续用力抽打着拉比的屁股，莱布尔像一只受了伤的野兽似的吼叫着。小莫舍试图把两个男人分开，但是他的力量如此微不足道，就像一只苍蝇想要推动石头一样，完全撼动不了分毫。这时候，他听到一个声音响起：

"别闹了。"里芙卡靠在门框上，虚弱地说道。她的身形简直像是以前的自己的一个剪影。

"里芙卡。"锁匠叫道，他松开了箍住拉比的手，莱布尔掉到了地上。

锁匠快步走向里芙卡，莫舍以为他下一秒就要把妈妈撕成两半。然而他在她面前停了下来，举起熊掌似的两只手，万分轻柔地触碰着她的脸颊，仿佛她是珍贵的瓷器做的，自己一不小心就会弄坏她。

"放开我妻子！"拉比嘶喊着。

里芙卡看着锁匠，"他说得没错，你必须放手了。"

"可是……"锁匠结结巴巴地说着，一边却收回了手指。

里芙卡握住了他的手，用一只手轻抚着。"你必须放手了。"她又说了一遍。

一声低沉的抽泣从锁匠那巨人般的身体里逃逸出来，他跪倒在里芙卡面前，把脑袋紧靠在她的身上。

"别走！"他从喉咙里憋出一声喊叫。

"你以为我想这样吗？"

锁匠又抽泣了好一会儿，终于慢慢平静下来。他看着她，眼中满是深沉的哀伤。接着他站了起来，转过身，走上楼梯。里芙卡冻得直哆嗦，她裹紧身上单薄的睡衣，看向默默站在一旁的莱布尔和莫舍，问道：

"我们现在可以回到床上了吗？"

"好的亲爱的。"拉比回答。

"真是个蠢货，"里芙卡念叨着，"还这么大声。"

"他上厕所的时间也比别人……"莱布尔正想再加两句，但是里芙卡用一个眼神制止了他。

*

死神降临在一个冬日的早晨。里芙卡从不安的睡眠中惊醒过来。她感觉很冷，想要一个热水袋。莫舍立刻给她灌了一个。但她还是觉得冷，于是又加了几床被子。然而那股寒意依然不肯离她而去——这是死亡临近的信号，她已经没有了热气。

"小莫莫……"她的声音变得很微弱。

"妈妈。"

"我的丈夫在哪儿？"

"他不在家，"莫舍说，"他在喝酒，在异教徒开的不洁净的馆子里喝酒。[1] 在乌·弗雷库酒馆。"

"我都要死了，他还在喝酒？"里芙卡愤怒地问。

"是的，"莫舍小声回答，好像做错事的是他自己，"他和锁匠一起去的。"

里芙卡一脸的不可置信。过了一会儿，她对莫舍说："来，把你的手给我。"

他照做了。

"抓紧我，"里芙卡说，"我好冷。"

莫舍钻进母亲的被窝，把自己小小的身体贴在妈妈身上，又用手臂环抱住她。

"有一天，"里芙卡说，"你会长成一个男人。你会有一个妻子，在你的怀抱里她一定会觉得又安全又温暖。"里芙卡注视着墙面，墙的颜色变淡了，有那么一阵子，里芙卡很生气，她气自己在死前看到的最后一样东西居然是这面该死的丑陋的墙。

---

[1] 异教徒指非犹太人，不洁净指不符合犹太教规矩的。

里芙卡闭上眼睛，听到莫舍在身边轻轻地哭泣。

"我要失去你了！"莫舍哭着说。

"给我唱首歌吧。"里芙卡要求。

莫舍小声地唱起他在摇篮里妈妈常唱给他听的歌：

在那又高又远的天上
一只雄鹰在无忧无虑地飞翔
它听到远处的一声叫喊

听到这首歌，里芙卡的心仿佛又活了过来，她想要跟着一起哼唱，却只发出了几声呢喃。

那是孤单诉苦的喊叫
来自一只垂死的羊羔
它的心里充满害怕与恐慌

在孩提时代，她一直以为自己是天上的雄鹰，而并非那只羊羔。现在她终于明白了，所有人都是羊羔。

在那又高又远的天上
一只雄鹰在无忧无虑地飞翔
它听到远处的一声叫喊

莫舍的歌声越来越响亮，越来越自信。一股自豪感在里芙卡胸中油然而生。这是她的儿子，她的生命，她送给世界的礼物！莫舍的手指握着她的手指，她能感觉到他身体的温度，这是她现在仅存的感觉了。里芙卡睁开眼睛，看到丈夫站在门前，就像那时候一样，就像九年前他刚从战场上回来时一样。莱布尔来到她的床边，他的嘴里一股酒气，但他什么都没说。莫舍继续唱着：

　　　　为什么我不能自由飞翔？
　　　　哦我主，我的苦难何时终结？
　　　　哦我主，我的自由何时到来？

　　这是这首歌的最后两句。当莫舍唱完，他的母亲停止了呼吸。

6

甜蜜的生活

马克斯小心翼翼地把唱片插进封套，并把它翻转过来。唱片封套的背面详细列出了穿银色锦袍的男人"最著名的咒语"："'托钵僧的奇迹'，"马克斯念道，"'神奇数字'、'青蛙魔术'。"最下面还有一行"永恒的爱"。很显然，这是一张关于咒语的教学唱片，就像唱片背面写的一样："为你的朋友和家人带去欢乐！"永恒的爱？马克斯的小脑瓜忽然飞速转动起来。

"我能保留这张唱片吗？"马克斯问爸爸。

"当然了。"哈里·科恩回答。他叹了口气，开始动手收拾在小花园散落了一地的物件。

没过多久，搬家工们就把最后一个箱子也装上了车。离别的时刻来到了。

爸爸最后一次拥抱了马克斯，而马克斯正紧张地思考着刚才想到的那个计划。

"再见，爸爸。"他喃喃地说道。

"好吧……"爸爸也讷讷地回答,"我会打电话的,而且我们周末就又见面了。"他绝望无助地看着儿子,天哪,他有那么多话想告诉他!千言万语在他胸中回荡,他张开嘴,可是又合了起来。感情的波涛渐渐退却,他感觉自己已经迷失了。他向马克斯挥手道别。

可是马克斯没有向他挥手。

哈里·科恩转过身子,离开了曾经的家。

*

"我爸爸搬出去了,"第二天,马克斯告诉乔伊·夏皮罗,"真是花了够长时间的。"

"没错。"乔伊回答。

"我觉得也是时候了。"马克斯补充道。

他们正端着托盘站在人群中,等待着领取午餐。

马克斯拿了照烧鸡肉加玉米饼,乔伊选了一份沙拉。

"为了戒碳水。"乔伊说,马克斯点了点头,做出一副完全听懂了的模样。

他们端着盘子走出食堂,来到操场最边上的一张桌子旁边坐了下来。在他们身后是银湖区那秀丽起伏的山峦。

马克斯告诉乔伊他的大发现——那张神奇的唱片。"上面有一些咒语,来自一个叫扎巴提尼的魔术师,"他说着,"如果你放这张唱片的话——"他清了清嗓子,不知为何,要告诉乔伊关于爱情咒语的事让他感觉有些不自在。

"会怎样？"

"那个，我也不知道。总之会有事发生的。魔法啦，魔术啦，就这种东西嘛。"

"那你打算怎么放这张唱片？"乔伊兴致勃勃地问，这是个决定性的问题。

"不知道，"马克斯耸了耸肩膀，"我问问我妈吧。"

不过在那之前他还得搜集一些重要的信息。

*

这个扎巴提尼到底是谁？这张唱片是哪儿来的？马克斯打定主意，等到周末要好好问问爸爸。爸爸还没有找到独立的住处，他暂时搬到恩西诺的奶奶家去住了。这就意味着，要想看到他，马克斯就不得不忍受奶奶，而奶奶真的超级麻烦！当她还在"老家"的时候，她显然曾经遭受过一些严重的创伤，据说她在孩提时代是被人从"集中营"里面救出来的，因此在她看来，活着简直是一件稀奇到不得了的事情，是一种特权，分分钟可能会被人抢走。更要命的是，每一次谈话时她都会不由自主地提到这些。集中营里最可怕的地方似乎叫作什么"箱包工厂"，这是她最喜欢的主题，总是唠叨个不停。然而家里没有谁还想再听关于箱包工厂的事了，尤其是马克斯。

"当他们把我送到箱包工厂去的时候，"奶奶开始诉说起来，"当时火车上有一个人，他随身带着个能够通向自由之地的箱子。而我……"

"奶奶！"马克斯大叫起来，一边翻了个白眼，"我在看《史酷比》呢！"

奶奶恶狠狠地看了他一眼，"我从集中营里死里逃生就是为了这个？"她用戏剧般的夸张语调问道。

马克斯又不是没有去过那种营地，他参加过以赛亚犹太教堂在雷东多海滩上举行的夏令营，那时候他们就强迫他行军，走又远又难走的路，晚上还要听导师们在篝火边用吉他演奏卡特·史蒂文斯[1]的歌。"献给灵魂的逾越节面包汤"，他们这么称呼它。

奶奶告诉他，她去的集中营可比马克斯的夏令营要难熬一千倍。那是"死亡营"，而且这个"死亡"和《星球大战》中的死亡星没有任何关系。一个星期六的下午，当马克斯又去奶奶家的时候，奶奶一边做柠檬汽水，一边告诉他那些集中营的目的和意义："他们把我们带去那里，是要杀掉我们。"她说着，擦掉了厨房桌上的一块污渍。虽然这是个温暖的夏日午后，马克斯却突然感到背上一阵寒意。

"箱包工厂里也是吗？"

"尤其是那里。"

马克斯身处奶奶那干净得过分的厨房里，他正坐在一张树脂板做成的桌子前，脚几乎够不到塑胶地板。他一边喝着甜甜的柠檬汽水，一边透过窗户看向奶奶的花园。花园里的柠檬树正在夏风中轻轻摇摆，奶奶做汽水用的柠檬就是从树上摘的。

马克斯收回眼神，看向他的玻璃杯，一颗柠檬籽正浮在水面上。

奶奶一动不动地坐在他对面。

---

[1] Cat Stevens（1948— ），英国歌手、音乐家。

"奶奶？"他叫道。

奶奶没有回答。马克斯伸手握住她的手。虽然他们之间只有一米之遥，但奶奶似乎已经到了另一个世界。马克斯明白了，老年人真的有一些别人看不见的伤疤。

*

奶奶的第二任丈夫赫尔曼——也就是他管他叫"爷爷"的那个人——几年前去世了。这件事当时并没有给马克斯留下什么印象，因为他还没有意识到，死去的人就永远死了，不会再回来。而且患有老年痴呆症的爷爷跟马克斯也没有太多交集，他只是统计数据里的一个家庭成员而已，他甚至都不是老爸的亲生父亲。马克斯只能非常模糊地回忆起葬礼那天的情景。他知道那天他们去了犹太教堂，并且那是个不太愉快的日子——事实上在犹太教堂的每次经历都称不上愉快。他还记得最后大家把一个长方形的木箱放到地上的一个坑里，然后大家吃了点很恶心的东西，还有好多大人捏了他的脸颊。

但是爷爷的死对奶奶影响很大。她给自己买了一副新的金框眼镜，把她那梳成髻的头发染成了蓝色，还开始穿起荧光色的慢跑服来——虽然她压根儿就没有出去慢跑过一次。她报了个墨西哥烹饪班，开始强迫家人吃各种奇怪的实验品：什么豆腐玉米粉蒸肉啦，犹太式墨西哥卷啦。她甚至还有了绯闻！马克斯现在可以更好地理解这个词的意思了。她还去参加各种各样引导老年人积极生活的培训班，摇身一变成了"60+魅力女人"中的领军人物。

现在老爸住过来了，奶奶的情绪不由得更为紧张。原本她就跟其他这个年龄的老太太一样，习惯把家里收拾得井井有条，可自从老爸来了之后，各种文件、文件袋、钢笔、荧光笔散落得到处都是。两个世界发生了猛烈的碰撞。马克斯一贯就觉得奶奶的房子品位庸俗，还散发着一股霉味，可是老爸的那堆杂物搬来之后，情况就变得更糟糕了。

一个周六，马克斯、老爸、奶奶、贝尔尼伯伯还有海蒂婶婶一起去吃泰国菜。奶奶不喜欢海蒂婶婶，总是叫她"小荡妇"。谢天谢地，叔叔和婶婶没有把他们那不懂规矩的孩子，也就是马克斯的堂姐弟埃丝特、迈克和卢卡斯带上。所有人都一致认为马克斯非常喜欢跟他们一起玩，可是天知道这世上根本就没有比这更令他讨厌的事情了。马克斯觉得他那三个胖乎乎的堂姐弟都很蠢，他小心翼翼地跟他们维持着最低限度的接触，就好像是小心规避着跟邻国之间一触即发的战争。

"芭堤雅海湾"是个小小的、看上去旧旧的泰国餐馆，坐落在伯班克胜利大道边的一个迷你购物中心里。餐馆入口的左边是一个超大的水族箱，餐厅则被全景壁毯装饰成了悠闲的热带沙滩模样。窗子前面摆放着塑料植物，而水族箱里面只有一条鱼，一条名叫普密蓬的 8 岁大的锯腹脂鲤。它体形硕大，样子恐怖，但不知道为什么让人觉得有点可怜。待在空空如也的鱼缸里的普密蓬一定很孤单，马克斯想。在水族箱上方，卡拉 OK 机旁边挂着一个相框，里面是泰王夫妇的照片。普密蓬正好也是泰王的名字。马克斯觉得这条鱼简直就像一位流亡的君王。

"这个咖喱里面有没有虾酱？"海蒂婶婶指着菜单上的某一行向服务员问道。

服务员微笑着点了点头。

"虾酱！"海蒂婶婶用愤怒的口吻说道。

"是啊。"服务员有点不知所措。

"我们不想要虾酱，"贝尔尼伯伯解释道，"不要虾酱。"

贝尔尼伯伯是个奇怪的人。他的肚皮圆滚滚的，而他居然还为之自豪。他总是一回家就不顾海蒂婶婶的反对，立刻脱光衣服，换上他的丝绸和服，肚子在和服底下高高隆起，然后他会去冰箱里拿一罐啤酒来喝。

"好的，"服务员说，"不要虾酱。"

"绝对不要，"海蒂婶婶强调，"不加。"

"好的，"服务员说，"不加。"

然后她就转过身走开了，看起来完全不明白海蒂婶婶到底想要什么。就像大多数的人一样，马克斯想。他看看爸爸，觉得现在正是提出他的问题的好时机。

"爸爸，"马克斯开口道，"我找到的那张唱片……"

"怎么了？"爸爸喝了一口水。

"是哪儿来的啊？"

爸爸解释说，在他的青少年时期，"伟大的扎巴提尼"或多或少称得上是一个著名的舞台魔术师。

"以前收音机里经常播放他的节目。"贝尔尼伯伯接着说道。等到了70年代，那时候贝尔尼和哈里也没多大，扎巴提尼成功转战电视屏幕。

爸爸点点头："我们那时候总是在'今夜秀'上看到他。"

"他能预言未来，还会读心术！"贝尔尼伯伯说。

"就是个骗子，"奶奶突然插话，她用筷子指了指马克斯，"你爸爸和伯伯当时可迷他了。你爸爸甚至坚持要请他来参加他的受诫礼。"

"然后呢？"马克斯好奇地问。

"难道我会请这么个蠢货来参加我儿子的受诫礼？你觉得我有这么傻吗？"

"我给他写了封信。"爸爸以一种忧伤的口吻说道，"可是扎巴提尼没有来。"

"你爷爷心软，就给他买了这张唱片，没用的破东西，完完全全就是浪费钱。"

奶奶喝了一口她的冰红茶，厌恶地摇了摇头，"简直跟在集中营一个味道。"

"那里也有冰红茶吗？"马克斯问。

"不，"奶奶说，"你知道吗，当我被送到箱包工厂……"

"别再说这个了！"爸爸翻了个白眼说道。

家里的其他人也抗议地呻吟起来。对奶奶发出抗议的呻吟是一家人为数不多的可以一致行动的事。

"你听过吗，"马克斯问奶奶，"那张唱片？"

"去听那种破烂，让我？"奶奶干咳一声，摇了摇头。

服务员把吃的端了上来。海蒂婶婶想要再一次确认里面没有虾酱。她是后来才皈依犹太教的，所以比家里其他所有的人都更为虔诚。她不厌其烦地审问着服务员，要求她报出每一样佐料的名称。最后贝尔尼伯伯不得不用一个粗鲁的手势结束了这场审讯。他的太太没必要知道，他偶尔会背着她去尝尝这种或者那种虾，甚至还享用过大龙虾。只要她没看见，上帝就更不会看见了。

奶奶也生气了，小荡妇又在公共场所搞事情！就像平常一样，她把怒火发到了大儿子身上。

"给我坐直了！"奶奶对着贝尔尼伯伯呵斥道，"我的上帝啊，你已经 39 岁了，还坐不直吗？我好不容易从集中营里活下来就是为了看到这个？"

贝尔尼伯伯叹了口气，看上去蜷缩得更厉害了。

"唱片里录的是什么呀？"马克斯把谈话引回原来的话题。

"伟大的扎巴提尼在里面一步步地解释了他的咒语。如果你严格遵照他的步骤，就能施展魔术。"爸爸说着，狡黠地眨了眨眼睛。

"真的吗？"马克斯兴奋地问。

"不，"奶奶说，"全都是些骗人的鬼话。"

马克斯乞求地看着老爸："爸爸？"

爸爸没有回答，只是无奈地耸了耸肩，表示不与奶奶争执。海蒂婶婶把服务员叫了过来，投诉说咖喱里面还是有虾酱。

她能吃出来。

*

这个周末简直就像一场酷刑。爸爸和奶奶一直在吵架，更糟糕的是马克斯还得睡在死去的爷爷以前住的房间里。这个小房间是后来加盖在房子后面的，从这里能一览无余地看到水泥露台和抽干了水的游泳池，里面堆满了腐烂的落叶。晚上的时候浣熊在落叶里窸窸窣窣地穿行，忙着把之前丁零当啷从垃圾堆里翻拣出来的食物残渣浸在泳池底部臭烘烘的小水坑里。爷爷房间的护墙板是用人造木做的，墙上还挂着一幅画，画上是一个表情严肃、留着胡子的老头。无论在房间的哪个角落，马克斯都能感受到他那凌厉的眼神。除此之外马克斯对于房间里的床也颇为畏惧，因为爷爷正是在这张床上断气的。

"我是在凌晨发现他的。"不久前奶奶眼含热泪地告诉他。马克斯知道，爷爷奶奶分床睡已经好些年了，因为爷爷打呼噜打得很厉害。"他的心脏不行了，"奶奶继续说道，"还有他的肠子。他把床上弄得一团糟。你爷爷的典型作风。"

一想到要在一个曾被死人的大便弄得一塌糊涂的床上睡觉，马克斯就觉得恶心得想吐，恨不得立刻回到亚特华德村的妈妈家里去，回到文明社会中去。他想念自己的房间，想念他忠诚的朋友——兔子雨果，当然更想念他收集的漫画书藏本。

奶奶身上最奇怪的一点，还在于她提到的几乎所有人，都已经不在世了。在她的生命中，死人的重要性远远大过活人。她不停地谈论着这个或是那个在战争中被谋杀的亲戚，似乎忘了马克斯根本没有机会认识她那些被杀害的家人。她的行为实在令人疑惑，她总觉得，那些名字啊地点啊对于马克斯来说至少意味着什么，可是对于马克斯而言，奶奶的喋喋不休丝毫不比她那干涸的游泳池水泥地面上枯萎的落叶有趣。这些人全都死了，甚至连个墓地都没有。他们全都成了历史，只有一个孤单的老太太还在不停地提起他们。等到有一天这个老太太也不在世间游荡了，他们就会被彻底遗忘，永远消失在时间的长河里，就好像从来没有出现过。在马克斯眼里，他的奶奶已经超级老了，他简直不能想象她也曾经年轻过。然而她是年轻过的，她曾经是个名叫罗塞尔·费尔德曼的小姑娘，那时她不像现在这样弯腰驼背，皮肤也不像这样松松垮垮，她也曾经有梦想，有恐惧，有未来——当然现在这些都是过去时了。

有时候奶奶会给他展示一些书，或者是泛黄的黑白照片，马克斯总是漫不经心地瞟上那么一两眼。但是有一张照片他记得很清楚，那是一本讲第二次世界大战的书里面的。照片像素不高，但还是能辨认出一座人类的尸体堆成的小山。那些苍白的尸体赤裸着，被随意地堆叠在一起。总共有四五十个人。他们的样子很古怪，好像被扭坏了的洋娃娃。一个穿着军装的人站在这堆尸体的旁边，他倚在自己的步枪上得意地笑着，仿佛认为自己是个很厉害的猛兽猎人。这是一张快照，猎人把它寄给了家人。照片背面用德语手写的祝福语也被拍了下来，奶奶把这几行字翻译给马克斯听：

"亲爱的，替我亲吻孩子们。深深地吻你们所有的人。我们在这儿过得很快活。"

马克斯已经等不及要回到他自己的快乐生活中去了。不光是因为奶奶的屋子实在太可怕，也因为他迫不及待地想要回到自己的房间里去，他知道，伟大的扎巴提尼的咒语正在等着他。

7

所有的遗物

里芙卡·戈尔登希尔施被安葬在老新犹太会堂旁古老的犹太墓地中，她只拥有一个窄小的墓穴。小莫舍一直不停地哭泣着，天这样地冷，他的眼泪在面颊上结成了冰。父亲莱布尔把他搂在怀里，他们就这样互相拥抱着，以期给对方一点安慰，尽管这安慰如此稀薄。他们念诵着卡迪什[1]，为死者祈祷着：

"那在天上赐下平安的神，愿祂赐我们以及全以色列的人们平安。阿门！"

整个仪式只持续了几分钟。很快，参加追悼会的来宾们都沉默着离开了。他们的离去悄无声息，莫舍怀疑他们的脚根本都没有碰触到结冻的地面。没有人注意到，几分钟之后，当整个墓地只剩下里芙卡一个人孤零零地躺在地底下的时候，锁匠像一条被揍了一顿的狗一样悄悄溜了进来，在她的墓地上放了一块石头——他的脸颊

---

[1] 犹太人在祈祷仪式中念诵的对上帝的赞美诗。

上也挂着冰。

葬礼结束之后大家去了西尔伯曼，这是巴黎大街上的一家犹太餐馆，被食客们称为"布拉格噩梦"。这里不光食物难以下咽，服务员的态度也极其恶劣，简直只有受虐狂才愿意来这里用餐。但是莫舍不在乎，反正他一口也咽不下。莱布尔和其他人坐在一张大木桌的边上，大家都默不作声、表情阴郁。确实也没有什么好聊的。一个生命消失了，世界上少了一个灵魂，没有任何言语能弥补这一切。一团团的雪茄烟雾在房间里蒸腾，缓缓飘过发黄的窗户玻璃。莱布尔喝醉了，最近他常常喝醉。就连莫舍也有了些许醉意。

昨天莫舍第一次接触到酒，父亲莱布尔给他倒了一个拇指盖那么多的烧酒。喝下这透明的液体，莫舍觉得喉咙似乎在燃烧，而他的父亲显然不以为意，大口吞咽着，仿佛他灌下的只是清水。酒精已然成为他最忠实的伴侣。

*

丧母之痛好像一块大石头，沉沉地压在莫舍的心头。他的时间感消失了，他无法入睡，不能集中精力，看周遭发生的一切都好像透着一层薄纱。好几个月之后，他才终于打起精神，试着重新融入人群。而这并不容易。当他和其他孩子一起玩耍时，虽然也在笑，但他的笑容是伪装的，他只是装出还能快乐的样子。在其他的事情上也是如此，他的心已经死了，现在的他只是一具行尸走肉。

然而地球并没有停止运转。冬去春来，春去夏至，时间终于来到了秋天，莫舍9岁了。他恍恍惚惚地开始了学习生涯：起床、吃饭、洗漱、穿衣、到楼梯间上厕所。他在街上和朋友们碰面，然后一起散步去学校——也就是他父亲担任拉比的老新犹太会堂。

　　老新犹太会堂历史悠久，莱布尔·戈尔登希尔施非常为他的教堂自豪，并以这份巨大财宝的守护者自居。但是仔细观察你会发现，这份财宝并没有太多值得称道的地方。教堂已经有了年岁，摇摇欲坠。而内墙，因为长时间被千千万万根蜡烛烟熏火燎，也已经染得黑乎乎的。窗户变得歪斜，不再能够纳入窗框，教堂里面还弥漫着一股发霉的味道。

　　白天，莱布尔在学校教课，他神志清晰，心情愉悦。可是到了夜晚，当他喝醉了酒，就忍不住把失去里芙卡的哀伤和愤怒发泄到莫舍身上。在酒精的控制下，他对世界不公的怨恨好像毒药一样在血液中燃烧，他把这股火一股脑儿地倾倒在莫舍身上，可怜的孩子不明白，为什么父亲转眼间就判若两人。

　　里芙卡去世之前，父亲和孩子一直亲密无间，可是现在绝望执掌了一切，并开始影响这对父子。莱布尔变得喜怒无常，一会儿甜得像蜜，一会儿苦得像苦菜——就是那种每年逾越节到来时，为了纪念犹太人在埃及的艰苦岁月，人们不得不硬着头皮吞下肚的恶心草药。每天晚上莱布尔从小酒馆回家的时候，莫舍都不知道等待着他的将是怎样的命运：走进家门的会是哭泣的父亲还是恶毒的父亲？有时候，莱布尔把他拥入怀中，有时候则趔趄着对他拳脚相加。大部分情况下他已经醉到无法真的打疼儿子，然而这并不能为他的行为开脱。况且，让莫舍痛苦的并不是身体上的疼痛。他渐渐地从心灵上疏远了自己的父亲。

莱布尔察觉到了这种疏离并深深为之忧伤。小莫舍是他在这世上的唯一羁绊，现在这孩子却越来越像一艘从遥远的海平面上飘过的小船，邈远、模糊、无法企及。

*

一个秋日的下午，莱布尔难得父爱大发。他领着儿子，沿着吱嘎作响的木楼梯爬上了教堂的阁楼。小莫舍有些惴惴不安地站在半明半暗之中，他的周围是堆积了几百年之久的尘埃。

"勒夫拉比就是把戈勒姆藏在这儿的。"莱布尔说道。他的目光清醒，嘴里也没有散发出酒气，今天他尚未沾酒。

"把什么？"莫舍问。

莱布尔示意儿子在木地板上坐下来，自己也坐到他的身旁，开始讲起魔像戈勒姆的故事来。传说魔像戈勒姆是著名的勒夫拉比用泥土造就的一种人形怪兽，他希望借助这种怪兽——愚蠢的、渴望变成人的怪兽——的力量来保护布拉格的犹太人。

"我未成形的体质，你的眼早已看见了。你所定的日子，我尚未度一日，你都写在你的册上了。"莱布尔吟诵道。

"呃，什么？"

"你上课时候没有听讲吗？"莱布尔带着一种佯装的愠怒问道。

"这是——圣经里的？"莫舍问道。这是个显而易见的猜测。

莱布尔点了点头。虽然早已知悉儿子对《塔纳赫》中的神话丝毫不感兴趣，他还是每次都会为他的漠不关心而吃惊。这些千年智慧如水一般从莫舍的头脑中流过，却没有留下丝毫痕迹。"《诗篇》第 139 章，第 16 段。"父亲说道。

莫舍也点了点头，竭力抑制着打呵欠的冲动。在这里他觉得不自在，而且感觉很无聊。外面阳光灿烂，今年还会有多少个晴天呢？他想出去和朋友们一起玩耍，即使佯装生活很有意义也好。

莱布尔站了起来，走向一个被一块粗布覆盖的大箱子。他用一个戏剧般夸张的姿势把粗布掀开来。

父亲的这个姿势将会永远保留在莫舍的记忆中：那暗示性的弯腰，他的双手刻画的半圆形的弧度，那充满期待的伸手，那抚平袖子的仪式感，他触摸布料时那坚定又温柔的手势，那迅速转动手腕的方式，以及最后的高潮部分：他掀开了布料！一阵闷响，好像远方传来的一声春雷，伴随着一阵飞腾的尘埃。尘埃在透过天窗洒下的阳光中飞舞，好像一千颗钻石在闪耀。

这个手势将会对莫舍错综复杂的人生轨迹产生深远的影响，而此时莱布尔对此却一无所知。莫舍着迷地看向那个大木箱。莱布尔轻轻地提起布料，向儿子问道：

"你看到了什么？"

莫舍走近一点，踮起脚尖，向漆黑的箱子里窥探。

"什么也没有。"

"真的吗？"

莫舍又往里看了一眼。他能看到箱子底部有一些棕色的碎片。

"我未成形的体质，你的眼早已看见了。"莱布尔重复道，"说的是人的形体。这个箱子里装着戈勒姆，它唯一留存下来的就是这些陶土碎片了。"

莫舍点了点头。

莱布尔说："希伯来语用'戈勒姆'这个词来形容'没有定型的团块'，它意味着'模型'"。

莫舍又点了点头。

"5340年[1]的某一天，勒夫拉比带着两个助手去伏尔塔瓦河边——那时候拉比们的收入比现在高，可以雇佣助手。他们在河边用黏土画出一个人形轮廓。他们塑造了它的脸，它的躯干，还有它的手臂和腿。接着，勒夫拉比围着戈勒姆转了七圈，当他完成之后，人形开始发出亮光，像火焰一样红！蒸汽升腾，魔像戈勒姆长出了头发、胡须，甚至还有指甲！"

莱布尔握住儿子的手，带着梦幻般的眼神继续说道："上帝说：'我们要照着我们的形象，按着我们的样式造人……'然后上帝就照着自己的样子造出了人，永恒的——上帝，用泥土和尘埃造出了人！"

莫舍聚精会神地盯着他的父亲。

莱布尔微微一笑，接着说道："接着，魔像睁开了眼睛，惊奇地打量着这个世界。"说完，他清了清嗓子。

莫舍再一次踮起脚尖，向箱子的深处看去，这一次他凝视了很

---

[1] 犹太历纪年。犹太历的3760年为公历元年，此处即为公元1579年。

长的时间。

"你看到了什么？"莱布尔问。

"一切。"莫舍回答。

8

永恒的爱

马克斯小心翼翼地打开通往车库的门，探头探脑地向里头张望着。车库里黑黑的，里面并没有停车，而是堆满了爸爸妈妈的旧东西。马克斯5岁的时候曾经在这里碰到过一只蜥蜴。对于那次相遇，无论是马克斯还是蜥蜴都感到相当不安。当然马克斯并不知道这一点。蜥蜴当时正端坐在一面破镜子上，那破东西有年头了，马克斯和它就像西部片里的两个神枪手，火花四溅地看着对方。最后蜥蜴转过了身，迅速爬走不见了。从此以后，车库对于马克斯来说就成了昏暗、神秘的代名词，他总是会有些害怕。但同时，神秘的东西对人总有一股莫名的吸引力，因此他又对车库充满好奇。你看那角落里的家具被灰蒙蒙的白布罩着，到处都是箱子，里面不知道藏了什么宝贝。车库吸引着他，呼唤着他，挑衅着要他来发掘它的秘密。马克斯视死如归地踏了进去。他必须找到那东西。

早上他给妈妈展示了那张唱片。"这是爸爸的，"他解释道，"他搬出去的时候我找到的。"

这件意义非凡的发现在妈妈看来似乎不值一提，"那又怎样？"她一面说，一面在烟灰缸里摁熄了香烟。

　　"这——是——爸爸的——唱片！"马克斯重重地强调着每一个词，好像是在给一个傻瓜解释世界的起源。自从爸爸搬走之后，妈妈就变了，而且绝不是往好的方向变。她要不就像陀螺一样地在屋子里转来转去，憋足了劲儿打扫和整理，要不就呆呆地坐在那儿，长时间地瞪视着虚空。这两样马克斯都不喜欢，他下定决心要做点什么来改变这一切。

　　但是为了达到这个目的，他首先需要找到一件老古董，一个被父母称为"唱片机"的东西。妈妈告诉他，那玩意儿在车库里，在奶奶的旧沙发后面。但是马克斯并没有在那里找到它。值得庆幸的是，他今天没有与任何动物世界的代表打照面。不过当他在车库里那些大大小小的箱子里到处翻找的时候，他还是不免有些小紧张，尤其是看看他都找到了些什么：打碎了的相框、发旧的塑料小人儿、烟灰缸、发黄的纸张……这些东西构成了曾经的家庭生活的遗迹。一缕阳光从车库大门上方的缝隙里溜了进来，在地上投下一道窄窄的亮光。马克斯今天身负使命，任何事都不能阻止他，包括对蜥蜴的恐惧。他没有放过一只箱子，把每一个都打开来仔细翻查，又爬到每件家具底下搜索着。

　　最后他终于在一个用记号笔写着"兄弟们的箱子"的搬家箱里找到了它！它被埋在了一堆旧衬衫和——呃，好恶心，妈妈的胸罩底下。原来唱片机是这么个又大又粗笨的东西，中间有个圆圆的盘子，旁边停着个细细的金属棒，好像小机器人的手臂。机器边上贴着一个银色的不干胶标签，上面是几个字母：Dynavox。

马克斯非常小心地把唱片机从车库里搬出来，拿到厨房，放到了料理台上。

妈妈被吓了一跳："哎呀，这个老东西。"她说。她的声音听起来有点奇怪。妈妈戴着长至手肘的黄色橡胶手套，身上套着围裙。她今天一整天都在擦地板和打扫卫生，好像中了邪一样把房子里的每一个台面、每一块瓷砖都打磨得闪闪发亮。她将海绵擦丢进一个装着肥皂水的桶里，慢慢走向唱片机，"我跟你父亲以前常用它听音乐。"

马克斯有点生气。不久前她开始改口称呼爸爸为"你父亲"，仿佛他是个陌生人。

妈妈帮马克斯把唱片机上的灰尘擦干净，问他是不是想要这个作为生日礼物，再过不到两个星期，他就要11岁了。

"不行！"马克斯强烈反对，"我要一个真正的礼物。"

唱片机上有个开关，可以打开或是关闭电源，还有个用来调节音量的旋钮。简直不敢相信，以前的人居然会用这么麻烦的东西。马克斯把唱片机抱到自己的房间里，因为接下来他需要绝对的安静来从事那个实验中关键性的一步。

妈妈略感好笑地看着他走进房间，接着她转过身，把海绵擦从桶里捞出来，又一头扎进了无止境的擦地板之中。

一切准备就绪！马克斯关上房间门，从壁橱里拿出唱片，拉上窗帘。他把插头插进插座，按下了唱片机的开关。接着，他小心翼翼地用指尖拿起唱片，把它放到转盘上。唱片开始转动起来，太棒了！马克斯将唱针轻柔地搁到唱片上面，立刻就听到了一阵沙沙声。

突然，伟大的扎巴提尼的声音充斥了整个房间。他讲话带有奇怪的口音，让马克斯想到奶奶，又有点像老黑白片里面的吸血鬼德古拉。

"先生们，女士们，亲爱的男孩女孩们，"这个声音嘎嘎地说着，"这里是伟大的扎巴提尼……"

成功啦！马克斯兴奋得像个第一次接触到文明社会的印第安人。"在这张唱片中你们将会与一种强烈的魔术相遇，它会把你们的生活变好千万倍，无效退款。"马克斯闭上眼睛。"我的魔术无所不能，"扎巴提尼继续说道，"你们想要什么？钱？强壮的身体？健全的理智？幸福？永恒的爱？"

听到这里，马克斯"嗖"地睁开了眼睛。扎巴提尼把"爱"这个词拖得长长的，尤其是在词尾，听上去好像"永恒恒恒的爱爱爱呀呀呀"。

马克斯开始不耐烦起来，他拿过唱片套查找爱情魔咒在第几条。原来是最后一条，好吧。他把唱针提起，移到唱片边缘地带，又轻轻放了下来。扎巴提尼继续唠唠叨叨着一个什么关于数字的魔咒，过了好一会儿，他终于听到了：

"下一条咒语也许是世界上最强大的魔术，对不对？爱情魔咒！"

要想跟上伟大的扎巴提尼并不是件容易的事。他说话时间越长，口音就越重。不过马克斯至少听明白了这一点：爱情魔咒的意义和目标就是让两个人陷入爱河。"用这条咒语，"扎巴提尼解释道，"能让两个人永永远远紧紧地联系在一起。"

如果这条咒语奏效，爸爸就会搬回来，妈妈就会停止擦地板，他们会取消离婚！一切都会变好的！现在马克斯必须竖起耳朵，一个音节都不能漏掉！扎巴提尼叽里咕噜呜里哇啦地说着，要先点上一根"娜烛"。OK，明白，没问题。马克斯暂停了唱片，打开门，走向厨房。

妈妈正站在冰箱前，考虑怎么煮抱子甘蓝，她怎么会蠢到买这种东西呢？

"超市在搞特价，"她向马克斯解释，"你喜欢吃抱子甘蓝的对吧？"

马克斯耸了耸肩。他小时候曾经尝过一次这玩意儿，结果立刻就吐了出来。不，他不喜欢吃抱子甘蓝。真奇怪，他想了想，觉得其他的妈妈都知道自己的孩子爱吃什么，不爱吃什么，有时候他觉得自己在家里跟个陌生人似的。

"我需要一根蜡烛。"他说。

"做什么用？"

"哎呀，不做什么。"

他在厨房抽屉里翻找着，终于找到一支宜家的无烟茶香蜡烛。他转过身大步走回自己房间。爸爸马上就要回来了！抱子甘蓝什么的都会统统消失！

"但是小心啊宝贝！"妈妈在后面叫道，"不要把家里的东西点着了！"

马克斯重重地撞上房门，把茶香蜡烛放在写字台上，就在唱片机的旁边。

他再次打开了唱片机。

"接下来，"扎巴提尼的声音在房间里隆隆作响，"我就要说出咒语了！永恒的爱呀呀呀呀呀魔咒！"

马克斯凝神倾听着。也许他该像在学校那样，做个笔记？他从书包里拿出一本笔记本和一支圆珠笔。

"永恒的爱呀呀呀呀呀呀魔咒！"扎巴提尼重复着。

马克斯把笔握在手里，他已经准备好了。蜡烛已经点燃，火苗正一闪一闪。窗帘已经拉上，几乎没有光线透进来。就连房间另一头蹲在笼子里啃着胡萝卜的兔子雨果都已经竖起了耳朵。

"永恒的爱呀呀呀呀呀呀魔咒！"

哎呀，马克斯想道，知道啦！快点继续吧。

"永恒的爱呀呀呀呀呀呀魔咒！"

奇怪，马克斯想，怎么总是这一句呢？到底怎么回事？

"永恒的爱呀呀呀呀呀呀魔咒！"

马克斯瞪着唱片，接着他发现，每一次到了某个特定的点，唱针都会微微回跳，不仔细观察根本不会发觉。马克斯把电源关掉，又重新打开，唱针再一次跳了回去。他把唱针抬起来，避开跳点，重新放下。

"伊斯特嘉禾，嘉塔，寇雅斯特。"一个声音突然响起，"非常感谢，各位女士们，先生们，亲爱的男孩女孩们，晚安！"

这下挪得太远了，他错过了咒语。马克斯又尝试了几次，分别把唱针放到不同的位置上，但他的每次尝试都失败了。唱针就像个别扭的小妖精，一会儿跳早了，一会儿跳晚了，它一会儿抖动，一会儿震颤，只有一件事情它做不到——那就是好好地把咒语播放出来。真不敢相信，旧石器时代的人类居然真的能忍受这么愚蠢的"科技"。

马克斯把唱片小心地从转盘里取出来，对着书桌台灯的亮光仔细观察着。

唱片上有个刮痕。完了，爱情魔咒没救了。

*

吃晚饭的时候，马克斯闷闷不乐地坐着，心情很糟糕。妈妈想让他快活起来，可是他只是坐在那儿，一个劲儿地用叉子叉起甘蓝和土豆，却什么都吃不下。在他眼中，世界上所有的颜色仿佛一瞬间都消失了。很长一段时间里，马克斯一直认为这可怜的世界在史前时代——也就是在他出生之前——只有黑白两色。这个想法来自他曾经在电视里面看过的一部老电影。一直到 6 岁，他都坚信是自己的出生才把缤纷的颜色带到了世间。而有了颜色，你知道，一切就都变得生机勃勃了！可是现在，餐厅刺眼的顶灯光线把他周围的一切都染成了黑白两色，一切都显得那么无趣乏味。

"你没事吧？"妈妈问。

我有事！他很想冲着妈妈这么喊。他怎么可能没事呢？爸爸都不在了！

可是他只是绷着脸说了一句"没事"。他左手托着下巴，用叉子把抱子甘蓝推到了盘子边上。

"你肯定有事。"德博拉说着，看了儿子一眼。她知道他在瞒着她什么。最近几天这孩子的情绪简直到了让人不堪忍受的地步。他晚上睡得也不好，早上根本起不来。德博拉很担心。之前她一直以为马克斯会很顺利地适应新生活，毕竟连哈里搬走这件事似乎都没有太过困扰他。她本来还挺自豪呢，她以为自己成功地使儿子免受了他那不忠的父亲的影响。

"你跟你父亲谈过了吗？"德博拉问。

马克斯点了点头。

"他说了我什么？"

"他什么也没说！"马克斯呛了回去。

不对头，她知道。说不定是哈里那个没用的东西打算利用儿子来挑事。德博拉点燃一根香烟。其实两个人刚分开的时候她努力过，一直试图不在儿子面前展露自己的烦恼。抽烟都是在外面偷偷抽，就是不想对儿子造成坏影响。可是现在她已经不在乎了。这样不好，她知道，可是她没办法控制自己，她没有那个力量。一方面她没法拒绝香烟的诱惑，另一方面她也不能伪装成一个完好健康的人——那不是她。她受到了伤害，并且无所谓别人是不是能从她脸上看出这一点。至少她是真实地活着的，她这样告诉自己。不再有谎言了。她对着天花板吐出烟圈，也许，她思忖着，也许马克斯的乖张行为是对这场创伤迟来的反应。德博拉的心很痛，马克斯根本不知道跟着妈妈有多好。这些日子以来他对她不是冷嘲热讽，就是拒人于千里之外，似乎一切都是她的错。

她觉得自己是个失败的母亲。

*

第二天，马克斯在学校里表现得相当魂不守舍，连他最好的朋友乔伊·夏皮罗都担心起来。

"你怎么啦，伙计？"

乔伊、马克斯和米丽娅姆·刑一起坐在学校食堂的餐桌前。

马克斯只是无精打采地耸了耸肩，"我也不知道。"

他不想谈他的事，更不想提那倒霉透顶的唱片。他压根儿就不想说话，反正一切都没有意义。

然而乔伊锲而不舍地追问着，最后马克斯不得不把一切和盘托出。他向乔伊和米丽娅姆诉说了有关唱片、咒语和唱片上的划痕那些事儿。

"你不是认真的吧？"乔伊问，"你不会真的以为，放一张唱片你爸爸就会搬回来吧？"他简直无法掩饰自己的窃笑。乔伊比马克斯大半岁，这意味着，他什么都知道，而马克斯一无所知。

"这也太傻了，"乔伊评论道，"你该成熟起来了。这是不可能成功的。"

"你给我闭嘴。"米丽娅姆·刑呵斥道。

"可是这样真的很蠢！"乔伊坚持着。

"你才蠢呢！"米丽娅姆反唇相讥。

米丽娅姆帮自己说话，马克斯感到很高兴，可是他担心乔伊说的是对的。也许这一切确实很傻，而他自己就是个大傻瓜。

*

最近一段时间，德博拉只敢蹑手蹑脚地在儿子身边出现，尤其是当他像现在这样臭着一张脸的时候。有时候他就和他父亲一样，这让德博拉很是烦恼。

她还能清晰地回忆起确定自己怀孕的那一天。她的月事晚了很久没有来，她变得非常慌张，因为她还很年轻，并且和哈里相识没有多久。他俩一起开车去一家药妆店买验孕棒，如果验孕棒上的那道杠是蓝色的，那就什么事都没有。

那道杠是红色的。德博拉简直要吓晕过去了。哈里和她一起进了一家小酒馆，给她买了一杯啤酒。当然这不可能是最后一杯。

"怎么可能呢？"她问。

"我们发生了关系。"

"这还用你说。也许是避孕套破了。"

"我以为你在吃避孕药。"哈里回答。

他们讨论来，讨论去，最后决定去流产。这不是个容易的决定，两个人都很沮丧。他们开车驶向洛杉矶市中心一个工业区的附属医院，可是最终两人止步于医院停车场。当他们还坐在车里、汽车发动机还没有停止突突作响的时候，德博拉和哈里交换了一个眼神，德博拉狡黠地笑了，哈里把挡位换到"倒挡"上，飞快地驶离了医院，迅捷得像刚刚抢了银行的强盗。

十年之后的现在，这个德博拉在哈里的床上一夜狂欢的结果正噘着嘴坐在她的对面，拒绝吃晚餐。

电话铃响了，德博拉去接电话。马克斯听到她在轻声说话。当她回到座位上时，马克斯追问电话是谁打来的。

"我说过了，你该吃饭。"

"谁打来的？"

德博拉叹了口气，"古铁雷斯先生。"

马克斯知道古铁雷斯先生是妈妈的离婚律师，"他想干吗？"

"这跟你没关系。"妈妈说。

"怎么可能跟我无关？"

"对你来说一切都不会改变。"妈妈带着一种不自然的微笑说道。

他已经听过无数遍了。

德博拉变换了语气，轻声说道："我只需要在几份文件上签个名。他希望我下个礼拜去一趟他的办公室。"

只要在几份文件上签个名！马克斯轻蔑地想。突然之间，他感觉到一阵恐慌攫住了他，几乎让他无法呼吸。"我恨你！"他大喊起来。

一场大战爆发了。德博拉和马克斯吵得昏天黑地，互相攻击得体无完肤。德博拉对马克斯大发雷霆，而马克斯也不甘示弱，大嚷着让她去死。

"是吗？"德博拉回击道，"同样的祝福送给你！早知道我应该当时就把你打掉，省得我今天还要忍受这些。"

马克斯拼命忍住涌上眼眶的热泪，重重地跺着脚跑进自己的房间，"砰"的一声狠狠地撞上了房门。

他倒在床上，长久地凝视着天花板上的蜘蛛侠海报。

接着他起身走向壁橱，打开了橱门。那张唱片依然静静地躺在里面。马克斯一边沉思，一边打量着唱片封面。忽然他的神志出现了瞬间的清明，他现在终于知道该干些什么了。

他必须找到伟大的扎巴提尼。

只有伟大的扎巴提尼才能挽救他的家。

9

秘密

莫舍·戈尔登希尔施 15 岁了。一天他从学校回来，发现锁匠正一动不动地站在他家门口。

"您想干吗？"莫舍问。他父亲曾经一再叮嘱，不能相信这个家伙。

"我想看看你。"锁匠回答。

"为什么？"

"我想给你看点东西。来吧。"

莫舍很怀疑，但最终好奇心战胜了疑心。他走进家门放下皮书包，然后又回到楼梯间，锁匠在那儿等着他。他看上去有点站立不稳，而且身上散发出一股啤酒味。

令莫舍大为惊愕的是，锁匠居然对着他伸出了手。犹豫了一会儿之后，莫舍终于握住了锁匠的手。真奇怪，他们的手居然如此契合。莫舍的手刚碰到他，锁匠的身子似乎就直起来了一些。他们走了出去。这是一个凉爽的六月天。

"我们去哪儿？"莫舍问。

"所有地方。"锁匠给出了一个神秘的回答。当他看到莫舍担忧的眼神，又加上一句："别担心。"

不知道为什么，莫舍选择相信他。他们离开了约瑟夫城，一直步行来到高堡区，锁匠的作坊就在这里。说是作坊，其实只不过是街边一间积满灰尘的小屋，街道上马车一辆接着一辆，轰隆轰隆、咔嚓咔嚓的声响不绝于耳。偶尔也有一辆汽车经过，喷出一团团强烈的尾气云，经久不散。作坊的窗子被煤烟和灰尘熏得灰扑扑的。莫舍好奇地四下张望：到处都是各种各样的锁，还有许多他叫不出名字的器具，所有东西都在昏暗的灯光下闪烁着。锁匠拿起几样东西塞进口袋，说道："我们走。"

他们在布拉格走了好几个小时，先是沿着河，接着跨过了查理大桥，然后继续走。高大的锁匠把自己在城中做的所有的锁都指给莫舍看，它们有的大，有的小，有的简约，有的花纹复杂。

"每一把锁，"锁匠对莫舍说，"都是一个由钢铁铸造的谜。"

他们大步走着，穿过街道，爬上山坡，又走了下来。两个人似乎都精力充沛，完全没有气喘吁吁。碰到啤酒馆他们会进去休息一下，锁匠总是给自己点上一杯，有时候是两杯。而莫舍静静地坐在那里，看着锁匠变得越来越醉醺醺的，就像他父亲一样。大人真奇怪，好像没有啤酒这种精神支柱他们就坚持不下去了一样。

最后，他们终于又回到了他俩位于约瑟夫城的出租楼。锁匠打开大门，莫舍和他一起走上楼梯。在戈尔登希尔施家的房门前，锁匠摸了摸莫舍的头，弄乱了他的头发。"是个好孩子。"他说道，他的声音出奇地温柔。

莫舍不知道该如何回答，而锁匠也只是干瞪着地面。他那粗粗的手指拿着一顶工装帽，出于紧张，他把那帽子揉得皱巴巴的。

他看上去简直像旧小说里面正要向一位处女小姐求婚的骑士，莫舍想。

"你想不想，"最后锁匠终于犹豫着问道，"跟我去看马戏？"

莫舍也犹豫着点了点头。他还从来没有去看过马戏。他的父亲绝不可能带他去马戏团那样一个充满了罪孽的地方。他既兴奋又好奇，感觉到自己的心跳都加快了，虽然内心也夹杂着一丝不安，因为他不习惯被一个成年人如此友好地对待。

"那好，"锁匠说，"那我们去看马戏，就你和我。"他笨拙地笑着，"很快就去。"

*

自从里芙卡死后，莱布尔就开始在酒瓶中寻找救赎。当然他也没有放弃在圣书中寻求帮助。然而两者都没能够提供令他平复的答案。莱布尔已经摇摇欲坠，他不仅步履蹒跚，而且内心动摇。尽管如此，他却希望把儿子打造成一个更好的自己。如果按照他的意愿，儿子必须得成为一个学者，就像他自己一样！然而莫舍对此却毫不在意，并且也没有表现出相应的天分。

只要莫舍在学堂里犯了一点小错，比如说，在黑板上写错了一个希伯来字母，莱布尔就会拿起荆条，他是个严厉的老师。

"哪只手？"他问。

一般来说莫舍会伸出左手，因为他用右手比较多。下一秒，荆条就落到了孩子细嫩的皮肤上，啪啪地响了起来。疼痛像流动的火苗，一下穿过莫舍的手臂，攥住他的肉体和灵魂，把眼泪逼到了眼眶里。

*

一天下午，莫舍又带着火辣辣的手掌从学校回来了，却看到锁匠正坐在他家门口的楼梯上。莫舍放下书包，满怀期待地看着他。

锁匠一边得意地笑着，一边拿出两张彩色的长方形纸条，在空中挥舞着，"你知道这是什么吗？"

莫舍摇了摇头。

"过来！"锁匠说着，一边把纸条递给了他。

上面印着："**魔术马戏团**。来吧！惊叹吧！我们拥有：无与伦比的**半月先生**！快来享受一整夜的魔术与神秘力量！此票供一人入场。"

锁匠解释说，这可不是一个普通的马戏团，在这儿人们不必担心会发生一脚踩进骆驼粪里之类的惨剧。不，"魔术马戏团"以"魔术表演"为主，只有少量的动物表演、杂技表演和小丑演出。而那些只是为了活跃一下气氛，让观众们开怀一笑，为主要的节目做好准备。演出主角正是神秘的"半月先生"，这一类的魔术表演是整个欧洲大陆上最新的风潮！

"你听说过哈里·霍迪尼吗？"锁匠问。

莫舍摇了摇头，没有说话。

"霍迪尼曾经是古往今来最最伟大的魔术师。他是个逃脱艺术家，在任何情况下都能脱困。不管人们把他锁在哪儿，也不管是怎么锁的，他总是能逃脱，他甚至，"锁匠狡猾地笑了起来，"能够逃脱法律的制裁。没有哪一把锁是他搞不定的，"锁匠说着，带着一份对本行业专家的佩服和崇拜，"他是为数不多的弄明白了这件事的人——锁的存在就是为了被撬开。真是个硬汉子！"

"曾经？"莫舍问。

"是的，"锁匠回答，"有一件事，是连他也逃脱不了的。"

莫舍点了点头，"就像妈妈一样。"他说。

锁匠的脸色一瞬间变得消沉，他转过脸去。不久他又看向莫舍，告诉他这位"半月先生"，也就是魔术马戏团的经理和主持人，是一位非常著名的魔术师，他还是一位男爵！一位战争老兵！

大街上湿漉漉的，天空中凝聚着灰色的雨云，正等待着不久之后浇灌下倾盆大雨。空气清新而冷冽，同样带着将要下雨的味道。布拉格的天阴沉沉的，仿佛一片黯淡的刀刃。莫舍和锁匠走在通往伏尔塔瓦河的路上，目光所及之处，所有的一切都仿佛是灰色或褐色的阴影。

所有的一切，除了那顶帐篷，奇迹将要发生的地方。那是一顶看上去有些破破烂烂的军用帐篷，只在破得不行的地方打上了一些补丁，还缀上了几个黄色的星星作为点缀。然而在暮色中，这顶破帐篷却闪烁着温暖的光芒，无数灯笼的金红色倒影映照在地面的小水塘里。

如果这里着火了可这么办？莫舍突然想到。有那么一会儿，他的喉咙仿佛被一股无法解释的恐慌扼住了。不过对于这男孩来说，类似的突发情绪并不少见，更何况他现在本来就在做着父亲禁止他做的事情，或者至少，是瞒着父亲在做。已经足够糟糕了。他强迫自己平缓呼吸。可是这里有那么多令人惊叹的东西！帐篷的后面停着好几辆吉卜赛大篷车，它们围成一个圈；地上铺着被磨得掉光了绒的红地毯，越过一节节的木头台阶通向帐篷里面；空气中则飘散着潮湿的锯末的味道。不久，莫舍发现自己和锁匠来到了一大堆喧嚣的人群当中，正被簇拥着向正门入口涌去。大部分的观众都是工人，他们穿着寒酸的外衣或是打着补丁的衬衫。但是莫舍也看到了一些穿着制服的公务员以及零星的市民阶层，他们戴着帽子、围巾，有人还戴着夹鼻眼镜。

莫舍踏入了帐篷。一开始他有些不自在，因为他的周围都是异教徒，而且其中一些还对他们投以仇视的眼光。莫舍和锁匠坐了下来。他们买的是最便宜的票，座位很靠后，离舞台非常远。锁匠并不是个富裕的人，而魔术也是有价格的。

尽管如此，莫舍还是被深深地迷住了。在演员们入场处上方有一个小阳台，上面坐着四个乐手，正用乐器弹奏着走调的流行小曲。终于，所有观众都找到位置坐了下来，正当大家兴奋地低声交谈时，小乐队开始演奏起一支军乐。红色的帷幕向两边拉开，他出现了。

他迈着自信、沉稳的脚步走向聚光灯下。

"晚上好，女士们，先生们，"他的声音低沉而洪亮，"欢迎您们的到来。"他用手臂做了个盛情邀请的姿势，摘下头上的大礼帽，深深地鞠了一躬。这是个高个子的男人，虽然难掩啤酒肚，他看上去却依然年轻而优雅，金色的头发上了发蜡，梳成大背头的样式。他身穿一件燕尾服，胸前斜挂着一条红色的绶带，戴着白色手套的双手执着一根带有银色把手的长黑手杖。然而最让莫舍着迷的却是男人的脸。他的左半边脸看上去完全正常，但右半边的脸被一个半月形的黄铜面具遮住了。莫舍完全无法移开视线，这无法言喻的出场仪式深深撼动了他，没有人能对此感同身受，尤其是身边的锁匠。

因为莫舍看到了他的未来。

"欢迎来到全世界最精彩的演出现场！"男人宣布道，"切勿相信您看到的东西，先生们女士们，您的眼睛会欺骗您！这里的一切都是真实发生的，然而它并不是真相。"说着，他又做了一个鞠躬的姿势，"大家称呼我为'半月先生'。"

观众席里响起了一阵窃窃私语。

魔术师伸长手臂，两只小小的金丝雀从他的袖管里扑棱着飞了出来。它们鸣叫着，慌张地四处张望，接着冲天而起，向着帐篷的尖顶飞去。看台上安静下来，只有几个女孩子发出了咯咯的笑声，一阵有些犹豫的掌声零零落落地响了起来。半月先生又鞠了一躬，这一次掌声变多了，当他直起身的时候，脸上露出了半边笑容。莫舍立刻明白了，刚才正是最困难的时刻：当半月先生开始讲话的时候，观众和他还是陌生人的关系，可是接着他从空气中无中生有地变幻出了两只鸟儿，从这一刻起，观众成了他的同谋。就在这一刻，所有人都必须做出决定：接受他、相信他或是拒绝他。掌声越来越响，显然他们已经做出了决定，他们所有人。他们一下子都变成了他的朋友，他的孩子，他的情人，随时准备为他惊叹的忠诚的观众。

猛然间，莫舍胸中升起一股渴望，他也想拥有为他惊叹的观众。

他向锁匠侧过身去："他为什么戴着面具？"莫舍问。

锁匠耸了耸肩，"我听说他在战场上受了伤。"

莫舍疑惑地看着他。

"敌人用了化学武器，"锁匠解释着，"一种可怕的新武器，一种煤气，能把你的脸溶化掉。"

"可煤气只是一种气味。"莫舍轻声说道。

"比那可厉害多了，"锁匠靠近莫舍，"我亲眼见过！他们的皮肤，他们的肌肉，那简直……"他突然沉默了，摇了摇头，好像要赶紧从一个噩梦中逃离出来。锁匠挤出一个微笑，"我们好好享受表演吧，好吗？"

"半月先生也经历过那些吗？"

锁匠轻轻地拍了拍莫舍的胳膊，"看表演吧。"说着，他靠回了椅背上。

*

演出太扣人心弦了。尤其是半月先生还拥有一位如此年轻漂亮的女助手。这位被介绍为波斯公主阿里亚娜的姑娘留着长长的黑头发，在一场驯狮表演和一段杂技表演之后，阿里亚娜踏进了一口大旅行箱。整场演出中，箱子一直摆在马戏团帐篷的角落里，大家都没有注意到它。现在，半月先生关上了旅行箱，一把抓住他那根手杖的银把手，刷的一声从里面抽出一把利剑。他把剑高高举起，让

84

观众们能看清它在舞台灯光的照耀下闪闪发光。接着，他拿出一条绶带，挥剑把它切成了两半，证明剑刃确实锋利异常。魔术师整了整绶带，摆出一副击剑的姿势。一阵短暂的静默之后，他突然猛地向前刺去，剑身正正地刺进了旅行箱中。观众们发出了一阵惊喊，好几位女士更是快要晕过去了。但是半月先生用一个"少安毋躁"的手势让忧心忡忡的观众们重新安静下来。他走向旅行箱，打开了它。

箱子里空空如也。

什么都没有，没有血迹，没有公主，空无一物。莫舍只能看到箱子的内层镶板。他觉得自己仿佛被麻醉了，一切都那么不真实。半月先生合上箱子，闭上眼睛，嘴里轻声地念念有词。也许，莫舍想，他是在祈祷。当半月先生第二次打开箱子的时候，漂亮女助手毫发无伤地走了出来。莫舍激动得头晕目眩，用力地鼓着掌，没有哪个观众的掌声比他的更响亮，连公主都微微转过头，似乎是注意到了他。莫舍猛然间感觉到她的目光仿佛从自己身上拂过，他红着脸停下了手上的动作。

天哪！多么神奇的世界啊！莫舍想，打开箱子就会有绝世美人走出来！

阿里亚娜公主不仅能以无法解释的方式消失又出现，换衣服的速度也无与伦比。她每一次出现在舞台上都会换一身装束，有时候是一身锦缎，有时候是一身丝绸，有时缀满羽毛，有时满身亮片。在莫舍看来，她每一次的装扮都比上一次更加令人神魂颠倒。

而半月先生一会儿变出兔子，一会儿变没鸽子，一会儿让卡牌和硬币自己移动。莫舍看得眼花缭乱，惊叹不已。突然间他明白了：

父亲的话原来一直都是对的！《托拉》中的奇迹，《卡巴拉》[1]中的奥秘——它们都是真实存在的！

最后，那一刻来到了。在绷紧神经追随着满场的魔术与奇迹整整两个小时之后，观众们终于迎来了演出的最高潮，那"最后的一击"。

"现在，我亲爱的女士们、先生们，亲爱的男孩们、女孩们，"半月先生说道，"欢迎来到本场表演的最后一个节目。现在我需要一名观众来当我的助手。"

莫舍跳了起来，把手高高地举在空中。"我来！"他叫道，"选我！"魔术师转向他，咯咯笑了起来，"一个犹太人，"他轻声地说着，"该让他上来吗？"

看台上又有几个人举起了手，然而半月先生心中已经有了人选。

"你！"他指着莫舍说道，"没错，就是你！小犹太，上来吧。"

莫舍迅速地跑下通道，差点没把头上的基帕[2]甩了出去，他不得不用左手抓紧它，观众们大笑起来。当莫舍来到舞台中央，半月先生示意他在一张板凳上坐下，接着，他重新转向观众，雄浑的声音在帐篷里隆隆作响：

"女士们，先生们，世界是个充满魔术的所在！在我们和我们心中尚未苏醒的幻梦之间，只隔着一层薄薄的轻纱。现在，请注意了！"

魔术师向旁边看了一眼，不耐烦地挥了一下手，命令女助手上

---

[1] 又称"希伯来神秘哲学"，是从基督教产生以前开始，在犹太教内部发展起来的一整套神秘主义学说。

[2] 犹太男性戴的无边圆帽，是犹太人特有的装饰物，也是犹太人身份的象征。

场。阿里亚娜此刻穿着一件白色的贴身丝绸长裙，她的皮肤苍白，眼睛是深邃的灰绿色。只见这位来自波斯的公主躺倒在一张红色的沙发上，她的手轻触着额头，好像就快要晕倒了，裙子滑落开来，露出了一条美腿。莫舍开始呼吸不畅，观众席上响起了窃窃私语。

半月先生要求莫舍集中所有的注意力。他现在需要借助莫舍的精神力量来完成最后这个魔术。莫舍严肃地点了点头，死死地盯着公主，竭尽全力地想着她。魔术师把手杖举到距离女助手的身体大约半米的位置，然后沿着她的曲线描画着轮廓，从脚趾一直到头顶，乐队则在旁边演奏着阴森恐怖的音乐配合。

公主飘浮起来，她被某种不知名的力量抬高了，水平地悬浮在空中。她的白裙和黑发飘散在她的身边，这样美丽的画面是莫舍从来没有见到过的。他不由自主地感觉到自己似乎也被一阵海浪裹挟着飘浮了起来，那是爱的波浪。他爱上了马戏团里的气味，那种混合了锯末、湿木头和经年的汗水的味道。他爱上了聚光灯的光芒、观众的掌声——但最重要的是，他爱上了美丽的波斯公主阿里亚娜。

他目瞪口呆地注视着她，无法理解眼前发生的一切。

半月先生走向莫舍，半跪下来，方便他看着少年的眼睛。半月先生指着公主，问道："你看到了什么？"

"她飘浮着，先生。"莫舍回答。

"你觉得这是个戏法吗？"

莫舍摇了摇头，"不，先生，"他说道，"她真的浮在空中。"

看台上响起零零星星的笑声。半月先生笑得高深莫测。他用没有被遮住的那只眼睛紧紧盯着莫舍，另一只眼睛则藏在黄铜面具的阴影当中。忽然他转身朝向观众席，大声吼道："先生们，女士们，千真万确，公主浮在空中！"

观众席中爆发出一阵潮水般的掌声，观众们沸腾起来。

半月先生转向莫舍问："你愿意给她一个离别之吻吗？"

莫舍难以置信地看着魔术师。

半月先生冲着他点了点头，鼓励道："去吧，孩子，去吻一下她的脸颊。"

莫舍犹犹豫豫地站到凳子上，那是他刚才坐在上面的那张凳子。他弯腰看向阿里亚娜，她的眼睛闭着。莫舍先是紧张地抓住了她的手，他很担心她会突然坠落。他微微颤抖着，就像人在神面前那样。

在他眼中，她的手宛若全世界最珍贵的财宝。她是多么苍白啊，她的手指细长而优雅，指尖涂着红色的蔻丹。他觉得自己仿佛找到了无价之宝，情愿一辈子都站在这里，就这样拉着她的手，看着她的脸。

"怎么？"半月先生发问了，"你还在等什么？给她一个吻。"

莫舍误解了这条指令。他俯身靠近公主的脸，并没有在她的脸颊，而是在她的嘴唇上印上了一吻。观众们被逗乐了，爆发出一阵哈哈大笑。半月先生沉下脸来。但是莫舍确信自己在公主的脸上看到了一丝微笑，虽然只有很短暂的一瞬。他从凳子上跳了下来，忽然间灵光一闪，落地后深深地鞠了一躬。观众们欢呼着，拼命地鼓掌。半月先生的笑容有些扭曲，他再一次握住了莫舍的手，拉着他一起来到舞台的边缘。他们再次双双鞠躬示意，接着半月先生松开莫舍的手，向他告别。

从舞台上下来的一瞬间，莫舍仿佛从一个美妙的梦中惊醒，突然回到了他冰冷狭小的房间。他几乎立刻就开始怀念台上的灯光和热烈的掌声。然而观众们热切的眼光已经消散，他又回到了真实的世界。

*

夜已经深了，莫舍蹑手蹑脚地溜回住处。他的父亲还没有睡，莱布尔带着满脸痛苦，忧心忡忡地坐在厨房的桌边。

"你去哪儿了？"他厉声喝问着。

莫舍没想到被抓了现行，"我，我只是出去了一会儿。"他瞪视着地板，吞吞吐吐地回答。

"出去？"莱布尔继续呵斥着，"去哪儿了？去干吗了？你是要吓死我吗？"

真相渐渐浮出水面，原来莫舍竟然是和锁匠一起去看了马戏。莱布尔暴跳如雷，在莫舍的记忆中，还从没有见过父亲这样气急败坏的模样。一场激烈的争吵爆发了，最后莱布尔下狠手修理了儿子，比往常更为严格和残暴。

莫舍的屁股受了重创，他不得不侧躺着。就在这天晚上，当他蜷缩在火炉前的床板上迟迟无法入睡时，一个念头在他的心里渐渐清晰起来。

*

接下来的几周中，父子间的仇恨持续升级。莫舍直到现在才认清这股强烈的恨意。长期以来，它都被日常生活的平静表面给掩盖了。

某一天下午，趁着莱布尔还在犹太教堂没有回来，莫舍把他为数不多的家当塞进一个背包，又拿了一些干粮，带上自己的随身小刀和证件，离开了父亲的住所。

他去了墓地，来到母亲的坟前。他用指尖抚摸着母亲冰冷的墓碑，恳求母亲原谅他将要采取的举动。拜祭完母亲之后，他转过身子，带着既沉重又轻快的心情，向河边走去。

帐篷消失了。马戏团已经离开，杂技演员、小丑和魔术师都不在了。唯一留下来的是被踩踏得不成样子的棕色草地，还有破碎的瓶子和垃圾。一阵寒风呼啸着吹过，在附近的小巷中引发起哀号一般的回响，残破的节目单被吹在空中飞舞。莫舍梦游一般地行走在空空如也的草地上，这里是如此荒凉而没有生机，简直就像一块荒芜的沙漠。

突然，一根广告柱吸引了他的注意，柱子上贴满了各种各样的海报和广告。莫舍奔上前去，围着广告柱寻找起来。在这儿！他找到了魔术马戏团的海报！海报已经变得脏兮兮的，只有一半还粘在柱子上，另一半正被风吹得猎猎作响。半月先生微笑的脸从下巴处被撕开了，这让他看上去具有了一丝恶魔的气息。

莫舍把整张海报都撕了下来，拿着它走向附近的一间书报亭。一位胖胖的老妇人正坐在灯光昏暗的报亭里读着报纸，她的整张脸几乎都埋在了羊毛围巾的后面。莫舍向她走去，展示了那张海报。

"也许您知道这个马戏团去了哪儿？"他问道。

老妇人抬起头来，看了海报一眼，缓缓地点了点头。

10

寻觅

快到八点的时候马克斯来到好莱坞大道和切罗基大街的交会处。天已经黑了。天上飘着蒙蒙细雨，洛杉矶的街道都被网进了这阵秋雨之中。马克斯和妈妈吵架之后就翻窗逃出了家，跑向公交站。他的计划非常简单，也极其鲁莽。

从法律角度来看，他现在是个潜逃者了。他正在逃亡！也许警察，甚至是联邦调查局，已经开始追踪他了。妈妈可能会担心的，但他现在管不了那么多了。他必须找到扎巴提尼，不管路上会遭遇什么。只要这个人还活着。可是如果他已经死了……哦，天哪！马克斯根本不敢去想这个可能性。

他乘坐公交181路向东而行，一直坐到最后一站，来到庞大而媚俗的剧院门口。这座剧院里面只上演一部剧，那就是《猫》。两年前，马克斯铁了心要来看这场音乐剧。爸爸妈妈虽然极不情愿，却仍然陪他来看了。然而马克斯对这部剧失望透顶。他本以为会看到很多可爱的小猫咪，事实上只有一群画着奇怪妆容的大胸女演员，穿着亮闪闪的紧身衣，在舞台上一个劲儿地嬉戏打闹。谁会想看这种东西？一部叫《猫》的剧，不就应该给人看猫吗？难道这种想法居然算要求太高了吗？这不是少年马克斯生命中第一次经历失望，也肯定不会是最后一次。现在他只希望，他逃出家门的这个冒险行为不是白费力气。伴随着熟悉的嘶嘶声，橙色公交车的车门打开了，马克斯下了车，向着西边走去。他清楚地知道自己要找的是什么。

"好莱坞魔术店"位于大道南端，是一家有些潦倒的店铺。橱窗中展示着一件真人大小的达思·韦德[1]道具服，而大门上方的灯箱招牌已经不亮了。当马克斯推开玻璃门走进去时，电动门铃发出一阵古怪的蜂鸣，好像野猫在叫春一样。

马克斯怀着敬畏的心情踏入店中。店里光线很亮，天花板上吊着很多霓虹灯。事实上这只是一个两边都摆着玻璃陈列柜的狭长空间。马克斯看到有给小孩子的魔术套装、紧身衣、腹语娃娃、穿晚礼服的猴子——唔，它们看起来特别受欢迎，还有带毛绒兔子或是不带兔子的魔术帽、为女巫准备的飞行扫帚、数也数不清的书和DVD，都是关于魔术师和各种魔术技巧的。墙上则贴满了老旧泛黄的广告画，上面都是些备受赞誉的著名魔术师：霍华德·瑟斯顿、老哈里·布莱克斯通、戴·弗农、影子大师……还有些马克斯叫不出名字来的魔术师。一对穿着昂贵的设计师品牌服装的日本情侣正在柜台前试戴着塑料眼镜，不时发出咯咯的笑声。眼镜让他们的眼睛发生了极其夸张的变形，每当男人戴上一副新眼镜时，女人都会

---

[1] Darth Vader，电影《星球大战》里的头号反派。

哈哈大笑着鼓起掌来。

马克斯从来没有看到过这么多这么酷的东西堆在一起，他梦游一般地穿过商店，感觉眼前的一切都那么不真实。柜台后面站着一个55岁左右的男人，他体态有些发福，剃了个光头，留着一撮小胡子，穿着黑裤子和黑色高领毛衣。他正给一对上了点年纪的黑人夫妇展示玩牌的绝活，两人都穿着鲜艳的运动套装，男人正用一根吸管从杯子里吸着可乐，妻子则聚精会神地注视着，看着纸牌一会儿出现在这里，一会儿又跑去那里。马克斯也站到他们旁边，希望能够一探究竟。

"这张，"光头男说，"是方块A。"他高举起一张牌。夫妻俩虔诚地点着头。接着他把牌背面朝上放在一块绿色的丝绒垫子上，用手指在上面轻点着。"或者，也可能我们搞错了？"他夸张地问道。夫妻俩都肯定地摇着头，光头男得意地笑了，他再一次举起牌——现在它变成了一张方块Q。黑人夫妇大吃一惊，他们又请光头男多露了几手，最后买了一副牌离开了商店。

现在，光头男转向马克斯。"需要帮忙吗？"他有一副优雅低沉的好嗓子。

马克斯紧张地点了点头。"我想找个人。"他回答道。

"找谁？"

马克斯拉开背包，取出那张唱片。他把唱片递给男人，男人接了过去，忍不住吹了一声口哨，显然深受触动。他小心翼翼地拿着唱片，仿佛那是一个宗教圣物。"扎巴提尼，"男人说道，"这样的东西我可好久没见到啰！"

"您认识他吗？"

"我们曾经相识，不过那是很久以前的事了。"男人说着，向马克斯伸出了手，"我叫路易斯，不过你可以叫我滑稽。"

"滑稽？"

"我以前是个小丑，"路易斯说，"小丑'滑稽'，后来我成了魔术师，呵，那可是个大转变。我得不停地跟观众们解释我不再是'滑稽'了。可是我最终还是没能摆脱掉这个名字。"他叹了口气，"所以我还是'滑稽'，"他认命地说道，"一朝是小丑，永远是小丑。"

"这是您的店吗？"

滑稽点了点头。"没错，"他说，"已经超过 30 年了。"他指了指外面，朝向好莱坞大道的方向，"扎巴提尼以前总是在城堡里演出。"

"城堡？"马克斯问。

路易斯点了点头，"在上面的好莱坞山上。这儿看不见。可是它就在那儿。那是整座城市最大的魔术师剧场，甚至可能是整个加利福尼亚最大的。"

"那这个男人，这个扎巴提尼……"马克斯小心地询问着。

"嗯？"

"他是个出色的魔术师吗？"

路易斯思考了一会，开口道，"并不算特别出色。"

"真的吗？"马克斯一直以为，敢取这样一个名字，伟大的扎巴提尼肯定是他行业中的佼佼者。

"真的，他并不算特别有天赋。有一段时间他确实相当有名，六七十年代的时候。他是第一批上电视的魔术师之一。可是没有人能听懂他说的话，他的口音实在是……"

马克斯点了点头。没错，他的口音确实是一个问题。

"他是哪里人？"马克斯想知道。

路易斯耸了耸肩，"不清楚，东欧吧，或者是其他什么地方。他是战后来到这里的，日子过得并不顺心。因为口音的问题，还有他的手臂，有很多魔术他压根儿玩不起来，比如说用硬币的那些。"

"他的手臂？"

"是啊，他的左臂残废了，他没法正常地移动它。"

"他真的不厉害吗？"马克斯不敢相信。

路易斯再一次耸了耸肩，"还行吧，过得去。"

"唱片上说，他的法力非常高强。"

"他们都这么说。"

"他能看到未来。"

"每个人都可以。他是个心灵魔术师。"

"是个什么？"

"他会读心术。"路易斯做了个攫取的动作，又指了指店门口的陈列柜，"告诉我，你看到了什么？"

马克斯向那边看了一眼，转向路易斯说道："都是些玩具。"

"说得很对，"路易斯说，"是玩具。"接着他又指向面前的柜台，"这里呢？"

马克斯弯下腰看向玻璃柜里面。他看到几枚硬币和一些小木盒。他重新站直了身子，"一些小玩意儿。"

"小玩意儿？"路易斯不赞同地说道。忽然，他的声音变了，变成了之前跟黑人夫妇说话时那种神秘莫测的语调："这可不仅仅是什么小玩意儿，这是心灵魔术师的工具。"

马克斯惊奇地眨着眼睛看着他。路易斯的身影变得模糊起来。马克斯明白过来——他的镜片上沾了水汽。他取下眼镜，在衬衫上擦干了。

"你刚进来时看到的，确实都是些寻开心的小玩意儿，"路易斯一边说着，一边摇了摇手，"小孩子玩的东西，不值一提。可是如果你仔细看，那可就不一样了！每多走一步，你都会更靠近未知世界的大门。我们现在就站在这里！"

马克斯重新戴上了眼镜。"好吧……"他不确定地说道。

"看起来没什么稀奇的对吧，但是心灵魔术……那可是魔术的最高境界。"

"那个，"马克斯问，"心灵魔术师到底会些什么？"

路易斯注视着马克斯，"请你想一种蔬菜。"

"什么？"

"蔬菜，"路易斯重复了一遍，"集中精神想一种蔬菜，随便什么蔬菜都行，但不要告诉我。"

马克斯努力想着，他似乎一下子就想到了胡萝卜。于是他朝路易斯点了点头。

路易斯专注地盯着他，马克斯觉得自己快被路易斯的眼光射穿了。

很快，路易斯拿了一张黄色的便签，在上面写了一个词。"这是不是你刚才想的蔬菜？"他把纸条递给马克斯。

上面写着："胡萝卜。"

马克斯惊呼一声。"您是怎么猜到的？"他难以置信地问。

"这就是了，"路易斯一边说着，一边用两根手指敲了敲自己的太阳穴，"这就是心灵大师的艺术。心灵大师是思想的魔术师，能解锁灵魂的秘密。他们是预言家、读心术大师、催眠大师。他们中最伟大的那些人确实令人害怕，他们能窥视人们的内心深处，操纵人们的想法。"

正是我需要的！马克斯在心中暗暗地想。"扎巴提尼就是这样的一个心灵大师？"

"这个，"路易斯说，"他是个……"他停顿了一下，"这么说吧，他并不是其中最厉害的。"路易斯整理了一下思绪，大声宣布道："伟大的扎巴提尼是世界上最最具有普通水准的魔术师！"

听上去很震撼，马克斯想。"您知道我在哪里可以找到他吗？"

路易斯摇了摇头。"不清楚，我甚至不知道他是否还活着。"他叹了口气，看了看手表，"对不起，我要打烊了。"

马克斯忧郁地看着路易斯穿上雨衣，把玻璃柜台一个个地锁了起来。

当他做完这一切，两个人走出来，一起迈进了湿漉漉的夜晚。路易斯把店铺外面的卷帘门拉了下来，雨下得更大了。马克斯不知道何去何从。接下来他该干些什么呢？他和路易斯分手告别后转过身。往哪里去呢？他的寻觅之旅刚刚开始就结束了。他耷拉着肩膀沿街走着，突然听到身后传来一阵重重的脚步声。

"等一等！"路易斯叫道，"等一下！"

马克斯转过身来，"怎么啦？"

"如果我是你的话，"路易斯说，"我会去养老院找找看。"

"可是去哪家呢？"马克斯反问道，"肯定有好几百家呢。"

"你说得对，"路易斯有点不知所措，"但是你要找那种便宜的，扎巴提尼从来没有大富大贵过。"

突然间，他的整张脸亮了起来。

"嘿！去'大卫王'试试看！"

"在哪儿？"

"在费尔法克斯大街，"路易斯说，"'大卫王'养老院。那儿住着很多上了年纪的演员之类的人。"他在包里搜寻着，翻出之前那张写着"胡萝卜"的便签，在反面写上了"扎巴提尼""大卫王"和"费尔法克斯大街"。

"祝你好运。"他把纸条递给马克斯时说道。

"谢谢。"

接着他就离开了，十月夜晚的浓雾很快吞没了他的身影。只留下所有的灯光，所有破碎的好莱坞大道之梦在黑暗中闪闪发光。

11

波斯公主

在德累斯顿附近的一块大草坪上，莫舍终于赶上了马戏团。他感觉自己已经走了一辈子的路：又饿又累，精疲力竭。脚上长了泡，浑身骨头疼，他还从来没有离家这么远过。

在旅途中，莫舍确认了一点：他不喜欢乡村生活。他是个与生俱来的大城市人，他最怡然放松的时刻，是脚下踩着铺路石、身边围绕着人群时。空旷的田野不能给他带来什么享受，极端的天气变化更让人难以忍受——暴雨会让山林里的地面变得泥泞不堪，而厕所的奇缺也让人无比尴尬。好几天的时间里，他沿着伏尔塔瓦河前行，在每一个旅馆、每一家农舍都停下来打听，问有没有一个巡演马戏团经过。有些人非常乐于助人，给了他一些吃的，甚至给他找了一个地方睡觉。另一些人则越过右肩吐痰来诅咒他，让他早日下地狱。在一个叫梅尔尼克的小城他终于从一个女面包师那儿打听到，马戏团曾经来过这里，现在往德累斯顿去了。

在穿越波希米亚的旅途中他遇到了一群吉卜赛人，他们自称罗姆人，莫舍被他们的开朗活泼和互助友爱深深地打动了。他们把自己本就少得可怜的食物与莫舍共享，还允许他睡在动物们中间。晚上他们燃起篝火，吃着土豆烧牛肉，喝着格罗格酒。一个满嘴烂牙的老人拉着小提琴，那声音如猫爪刮擦金属，极其刺耳，然而却阻止不了他的同伴们沉醉其中，感动得热泪盈眶。一阵深深的孤单击中了莫舍。他想念遗弃了他的母亲，也想念被他抛弃的父亲。在这个夜晚，没有什么念头比回到布拉格的家中更让他辗转反侧。

*

几天之后，他来到了赫任斯科，这里临近萨克森州的边界。他被易北河的美震撼到了：两边的树木相连成荫，一派翠绿色的庄严美丽，阳光洒在平静的河面上，如镜子一般闪闪发光。

边检关卡不过是一间小屋，位于一条尘土飞扬的羊肠小道的尽头，门前设置了一道横杠，小道旁边坐落着一家旅馆。莫舍看到右手边有一条铁轨和一个小小的火车站。德国边检处的士兵们懒洋洋地靠在关卡栏杆上，解释说没法让他通过关卡。因为他没有有效的签证，他的身份证明上有"犹太人"的字样，因此他要是想进入帝国境内，必须获得特别的许可。但如果他是苏台德德国人的话，他们说，情况就完全不一样了。对于此事，边检士兵们显得颇不好意思，莫舍礼貌地向他们致谢，离开了边检站。他来到旅店，一进门就被饮酒作乐的人们的喧嚣和阵阵烟气包围了。

莫舍在壁炉边的长凳上找到一个狭小的位置坐了下来。和他同桌的是两个来自普雷斯堡的泥瓦匠，他们说他们定期去布拉格、华沙和德累斯顿找活儿干。他俩穿着粗劣的工作服，指甲下有一层砖灰颜色的污垢，脸上的褶子里也满是砖灰。两人中的一个，一位小个子男人，身材圆滚滚的，头发花白并乱七八糟地竖在头上，他显然已经喝醉了，用胳膊搂着莫舍，开始唱起《塔特拉山上的暴风》[1]。莫舍听过这段旋律，他曾经在乌·弗雷库酒馆和其他酒馆里听到那些异教徒唱这首歌。他不会斯洛伐克语，因此用希伯来语哼唱着。泥瓦匠们唱着他们的国歌，而莫舍成功地把《希望之歌》[2]的曲调插入其中。当店主托着满满一托盘啤酒杯走向桌子，询问莫舍要点什么时，男孩只是礼貌地微笑着耸了耸肩。他没有钱。然而另一个泥瓦匠，一个又高又瘦的帮工，不接受莫舍的托词。"他是我的客人。"他用不甚流利的德语宣布。

"那您的这位客人，"店主问道，"想喝点什么？"

莫舍最后点了一杯罗德伯格，据店主介绍，这种啤酒是在距离德累斯顿很近的地方酿造的。

"不来点儿吃的？"店主语气中带着一丝怀疑地问道。似乎拒绝他的食物是对他的侮辱。莫舍摇了摇头。他了解这些波希米亚人，并且猜测那些德国异教徒也不会有什么不同。他们什么都吃，甚至是猪肉，他们不是还有一种香肠叫"血肠"吗？太恶心了。但是他确实饿了，最后在瘦泥瓦匠的劝说下，他到底吃了几片加有奶酪和

---

[1] 这首歌是当时捷克斯洛伐克国歌的一部分。

[2] 后为以色列国歌。

黄芥末的黑面包。

喝醉了的斯洛伐克人唱着，摇晃着，莫舍有一种晕船般的感觉，然后，他的基帕小帽从头上掉了下来。

矮胖的泥瓦匠把帽子捡起来，惊诧地看着。

"这是什么？"他问。

莫舍感觉到自己的脸红了。"我的帽子。"他轻声说着，一边转开了目光。

"只有犹太人才戴这种帽子。"另一个泥瓦匠说，"你不会是犹太人吧？"

"我是，"他结结巴巴地说，"很抱歉。"

这个新获得的信息让两个泥瓦匠张口结舌，无言以对。其实任何一个清醒的人第一眼就能判断出莫舍的身份：他穿着正统派犹太教的长袍，头戴基帕，侧边刘海垂下，遮住了太阳穴——他根本不可能是其他种族的人。但是对于醉汉来说，类似的秘密只会缓缓揭开自己的面纱。有那么一会儿，三人之间充斥着一阵尴尬的沉默，突然矮个子把手中的基帕扔进了火炉。"我呸！"他说道。

"我呸！"另一个泥瓦匠也附和着。

莫舍眼睁睁地看着火苗吞噬了他的基帕，感觉身体里的一部分也跟着被点燃了。

"现在你不再是犹太人了。"矮个子说，"因为犹太人都是狗屎，而你是我们中的一员。"他举起啤酒杯，"干杯！"

"干杯！"瘦子也叫道。

莫舍也小心地举起酒杯。也许不当犹太人真的更好，谁愿意是狗屎呢?

"干杯!"他叫道,他已经决定了,现在他要当个其他人,一个新人。他不想再当犹太人了,他不要再在各类办公大楼里长时间等待,求爹爹告奶奶地请办事员们给他这张或是那张表格,他不想总是恳求了,他要喝猪血!从今天开始他就是个异教徒了!

就这样连续喝了好几个钟头之后,异教徒莫舍踉踉跄跄地来到旅馆后面的林子里解手。完事之后他坐到了地上,背靠一株苔藓丛生的树干,抬头向星空张望。世界在他眼中是如此广阔而充满希望,他闭上眼睛睡着了。

*

第二天早上醒来的时候,他因为宿醉而浑身疼痛。太阳火辣辣地直射下来,刺得他眼睛生疼。莫舍站了起来,跌跌撞撞地向旅馆走去。旅馆的门窗都紧闭着,周围一片寂静。

莫舍先是上了个厕所,接着蹒跚着走向水槽,他渴得嗓子直冒烟。可当他一眼看到自己在水中的倒影,昨晚的记忆立刻涌回了脑海:他想起那两个醉酒的泥瓦匠,他们把他的基帕丢进了火炉里。猛然间,父亲的面孔浮现在水面上,莫舍感到仿佛有一根尖刺在扎着心脏,他是多么想他呀!泪水涌上眼眶,父亲的影像消失了,莫舍又想起了自己的誓言,他发誓不再做犹太人了。他从背包里拿出折刀,剪掉自己的侧边刘海,脱下黑色的长袍,露出里面的白衬衫和旧裤子。他又看了看水中的倒影,发现自己仍然很像一个犹太人。

看来光靠一个晚上是没法彻底摆脱昨日的身份的。

他又上路了。既然不能通过边检，他打算直接从森林里穿过去。

到了下午，他已经把捷克斯洛伐克抛在了身后，深入到萨克森州的密林当中。忽然间，他听到一个男声响起：

"一路平安！"

"什么？是谁？"莫舍吓得心怦怦直跳，他四下张望着，却什么都没有看到。

"在上面。"那个声音说。莫舍抬起头，在桤木树枝间看到一个穿着绿色毛料西装、戴着同色宽檐帽的男人。他的帽檐上插着一个类似于刮须刷的东西。这是个森林管理员，他沿着木头梯子从高处爬了下来。把猎枪挎到肩上，向莫舍伸出了手。莫舍小心地和他握了握手。这对他来说是个新体验，一般情况下，异教徒们会避免碰触他。

"你这是要去哪儿？"护林员问。

"去德累斯顿。"莫舍回答。男人友好地向他解释该如何行走，又给了他一些水，就让他离开了。

夜幕快要降临的时候，莫舍看到了魔术马戏团。帐篷支在一块大草坪上，依然是粗糙的布料，上面缝着星星做点缀，温暖的光线和阵阵掌声从帐篷里传出来。但是这一次，莫舍没有入场券。他绕着帐篷走了半圈，经过马戏团的大篷车、驴子、马和一大车干草。接着，他轻手轻脚地从后面靠近帐篷，他听到了呼喊声和响亮的掌声。莫舍深深地吸了一口气，跪了下来，小心地掀开了帐篷的一角。

原来他正位于舞台的正后方，离演员入口很近，而演员入口的上方就是供乐队演奏的小乐池。

他能看到半月先生的后背，在闪亮诱人的舞台灯光照耀下，只能辨认出一个模糊的黑色剪影。

他看到了波斯公主。她正飘浮在空中，一位来自观众席的少年正绕着她转着，试图理解这无法解释的一幕。这怎么可能呢？这位女士怎么可能就这样浮在空中呢？少年脸上的表情和莫舍不久之前曾经拥有的一模一样。莫舍胸中涌上一股妒意，他看着少年亲吻了公主，重新回到观众席中。掌声潮水一般地响了起来。

演出结束了，灯光熄灭了。有那么一会儿，莫舍眼前一片漆黑。但是突然间，他看到波斯公主疾步向他走来。他惊呼一声，松开了掀起帐篷的手，惊慌又无助地四下看着，但是现在想要躲起来已经太晚了。一只手从后面拍了拍他的肩膀，他直直地看着她的脸。

女子目不转睛地看着他。莫舍被她的美貌震慑住了，她的眼中闪着热烈的光芒，黑色的头发不时地轻抚过肩膀，这就是他一直以来想象中公主的模样！

"你这小贼到底是谁？"她用方言呵斥道。这声音把他带回了现实世界。

"我……我……"莫舍吞吞吐吐地说。

阿里亚娜把手伸进头发，在莫舍还没来得及说出第二个词语之前，她把头发从脑袋上摘了下来，莫舍大吃一惊。在假发下面，她真实的头发是短短的金发，上面沾满了汗水和化妆粉，乱七八糟地竖在头上。

"我认得你。"她说。

莫舍点了点头，她的声音，她的语调，他从没有听到过这样的德语。莫舍还不知道，这位波斯公主是在柏林街头长大的，她的语言沾染了柏林的粗鲁与温柔，苦涩与讥诮，这音调立刻就征服了他。

"你不就是那个小犹太么？"她突然开口，"布拉格那个，还亲了我的，哈？你到这儿做啥来了？"

莫舍摇了摇头，"我不是小犹太。"

"看上去就是！"

"现在不是了，"莫舍说，"现在我正常了。"

"真的？"公主说，"那好，你把裤子脱下来，让我看看你到底多正常。"

莫舍脸红了，后退了一步。公主哈哈大笑起来，那笑声像杠铃一样，又粗又响。接着，她转过身，快速走向自己的车厢。莫舍看着她大大咧咧地登上木台阶，所有公主的优雅都无迹可寻。就好像拿掉假发之后，现在的她变成了另一个人。

莫舍既迷惑不解又神魂颠倒。这时，女子转过身来看着他。

她从裙子里掏出一包香烟，在门框上划亮一根火柴，把火递到烟头前点燃。她深深地吸了一口，接着从鼻孔中喷出一股浓烟。她上上下下地打量着莫舍，似乎深感有趣。

"你到底来不来？"她问。

"我能不脱裤子吗？"莫舍想知道。

"当然了，"她说，"要不然你会被揍的。"

12

心灵大师

费尔法克斯大街上的"大卫王"养老院建于 60 年代，这一点人们从建筑风格上就能看出来。马克斯推开玻璃大门，发现自己来到了一个装饰着黄铜和印花布的大堂。他惊奇地四下打量着，这可真是个展现庸俗风格的天堂：墙上贴着发黄的黑白签名照，大约是来自某些早就去见了上帝的休闲音乐歌手和西部片演员，他们的脸都有些曝光过度，不太像真人。马克斯猜测他们都曾经是这里的房客。进门处摆着一张紫色天鹅绒的沙发，旁边立着几张折叠的轮椅，轮椅上用透明胶粘着一张纸，上面写着"已坏"的字样。一盏青铜吊灯从天花板上垂下来，屋子里有一股浓烈的消毒水的味道，闻起来甜滋滋的。"大卫王"是无处可去的老人们的最后一站。马克斯在街上的时候就透过窗户看到了两个高龄的老太太，穿着印满小花的褂子，僵尸一样地走来走去。养老院的门上还挂着去年的光明节装饰，一切都让人沮丧。

谁会喜欢老人呢？马克斯问自己。根据他的经验，老人们常爱哭哭啼啼，身上的味道也很奇怪，就像他爷爷赫尔曼一样。马克斯还能清楚地回忆起不得不亲吻爷爷那胡子拉碴的松弛脸颊时的感觉。真是恶心。

大堂的另一端有一个窗口，后面坐着个看起来百无聊赖的护士，正在涂指甲油。她年纪不到三十，大约是夜班护士吧。马克斯紧了紧背包带子，羞涩地向她走去。他手上拿着路易斯给他的纸条，在窗口前停了下来。

护士正吹着指甲油，一边说道："请讲。"

"对不起，"马克斯开口道，"请问您能帮帮我吗？我想找个人。"

护士把手甩来甩去，想让指甲油快点干。"找谁？"她简短地问。

"一个名叫扎巴提尼的男人。"

"不在我们这儿。"她说。

马克斯震惊地看着她，"您确定吗？"他追问着，"也许这不是他的真名，他是个魔术师。"

"原来是这样，"护士用另一只手按下了对讲机的按钮，"老板，您能出来一下吗？"

接着她就无视马克斯的存在，继续忙着涂指甲油了。马克斯只好沉默着站在窗口前，心里非常忐忑。

这时，他看到台上有一个夹板，上面夹着一张纸，这是访客记录，访客们要在里面填上自己的姓名和地址，这样养老院的人就知道这些来来往往的都是谁了。马克斯一向遵守规矩，他填写了自己的信息，接着把笔放在一边，不停地换脚站着。

角落处终于出现了一个留着小胡子的胖男人，他身穿一件不太干净的医生大褂，里面是一件条纹衬衫，手上抓着个三明治。

"非得是现在吗？"他砸巴着嘴问道。

护士歪了歪脑袋指向马克斯的方向："他要找人。"

胖男人带着一脸难掩的敌意，看向马克斯。

"我想找一个魔术师。"

"你说什么？"男人问。

马克斯把纸条递给他，"这儿，您看。"他说道。

男人从他手上接过纸条扫了一眼，"上面写着'胡萝卜'。"

"另一面！"

他把纸条反过来看了看，耸了耸肩，"这儿没有什么扎巴提尼。"

"我说过了，这可能只是他的艺名。他是个心灵魔术师，会读心术，还有他的左手手臂坏了，我只是想……"

他会怎么想呢？马克斯觉得自己的行为无异于大海捞针。凭什么扎巴提尼一定会在这儿呢？也许他根本不在洛杉矶了，也许他已经搬家了，也许他已经死了。

没想到胖男人挑高了眉毛，"手臂坏了？"他一边问，一边走向一扇门，推开了它，"试试 112 房间，不过这家伙可不会读心，他只会读色情杂志。"

*

马克斯道了谢，沿着一条短短的走廊来到内院。内院四周整齐排布着养老院的普通房间和平顶小屋，这样每个人都能看到中间的游泳池。天井里长着许多棕榈树和芭蕉树，角落里一个小喷泉正突突地喷着水。

马克斯来到一间小平房前，房门上 112 三个数字闪闪发光。他敲了敲门，等待了一会儿，又敲了敲，没人回应。他向四周看了看，发现自己是这片热带丛林风格的内院中唯一的人，院子里唯一的声响来自小喷泉的潺潺流水。马克斯靠近一扇窗户，向平房里面张望着。他看到厨房地板上有一条老男人的腿。其他就看不到了。他只能看到这条腿，一条老人的腿，皮肤苍白，青筋暴露。这条腿套在棉质运动短裤里，疲软的脚上是一只蓝色的塑料拖鞋。身体的其他部分都被墙挡住了。马克斯很不安。他思忖着是不是要把这事儿告诉那个胖男人，或是大堂里的护士。可是，他还有时间去做这些吗？如果是急性突发事件怎么办呢？也许他该撞开房门？可是那样一来胖男人和护士肯定都会生气的。

也许这个人只是睡着了？也许他只是在长长的一天结束后让自己舒舒服服打个盹儿？

可是，在地上？

接着他闻到了煤气的味道。

马克斯拼命敲着门，"嘿！"他叫道，"嘿！"

躺在地上的男人毫无动静。马克斯一个急转身，抱起书包就冲进了大堂。护士已经不见了。他小心地轻触着柜台上的铃铛，一声单调而清脆的铃响渐渐消散在一片寂静之中。

什么都没有发生。

马克斯又冲回 112。现在怎么办？他问自己。也许他就是应该把门撞开？在电影里他经常看到这样的镜头，可是生活中还从来没有遇到过。他助跑了一段，用右肩撞向房门，立刻感到一股剧痛。泳池边上有一张塑料花园椅，他把它搬了过来，举过头顶，狠狠砸向房门。该出现的结果还是没有出现，马克斯把椅子推向一边，开始用脚去踢门。

"这到底，"一个声音问道，"是在干吗？"

马克斯迅速转过身来。穿着医生褂子的胖男人正站在他身后，恶狠狠地看着他。

"您闻不到吗？"他着急地说。

"你父母在哪里？"

"这是煤气的味道！"马克斯说道。他再一次冲向房门，没想到门竟然被撞开了。有那么一会儿，马克斯就这么悬浮在空中，仿佛是个宇航员，又好像动画片中的威利狼。接着，他砰的一下摔在了地上。

"这门坏了算你的！"胖男人喊着。

"那儿！"马克斯说着，一边指向地上那一动不动的腿。

"莫舍！"胖男人大叫着，野牛一样跳着脚冲进了房间，"快醒醒！莫舍！"

在生命的某个阶段，来自布拉格的莫舍·戈尔登希尔施——莱布尔、里芙卡以及可能是楼上锁匠的儿子，突发奇想，认定"扎巴提尼"是一个比"戈尔登希尔施"更好的名字。为了成为前者，摆脱后者，他花费了不小的力气。当然现在这一切都没有什么区别了。现在伟大的扎巴提尼正一动不动地躺在地毯上，跟死了也没有什么太大的差别。而他非常享受这种状态。他觉得自己飘浮了起来，飘到了一切东西的上方，下面是费尔法克斯大街的养老院、二手店和洁净美食专卖店。他朝下瞥向内院，心中感到无比平静。带着一丝幸灾乐祸，他看着"大卫王"那体重超标的经理龙尼把他失去生命体征的身体费力地拖出平顶屋。一个男孩好像在身边帮助他。乳臭未干的小孩，扎巴提尼想。但是无所谓啦。这些都跟他无关了，他自由了！

他转过身，想要继续向着漆黑的夜空飘飞，然而他飞不走了。好像忽然间有人抓住了他的脚踝，把他直往后拉。他挥舞着双臂，就像纪录片里企鹅常做的那样，但没有效果。其实这个动作也帮不上企鹅什么忙，它们是一种不会飞的鸟类。

他也不会。

眼前突然一片漆黑。

*

扎巴提尼住的平房由一个厨房和一个卧室组成。失去意识的时候，他肯定正好站在连接两间屋子的门槛上。在马克斯的帮助下，胖男人终于把老头拖出了房间。马克斯留在老人身边，而龙尼——这是胖男人的名字——再一次进屋，用扳手把煤气开关拧紧了。

老头呻吟起来，他肯定年过八十了，也许年轻时也曾经是个帅哥，可是年纪把这一切痕迹都抹去了。他的脑袋上没留下几根头发，脸颊上的皮垂了下来，眉毛倒还很浓密，鼻子则像个球，右耳上挂着一副黑色的牛角框眼镜。这是一张悲伤的脸，经历了年复一年失望的洗礼。老人穿着一件褪色的夏威夷衬衫，脖子上挂着一条细细的金链子，底下有个大卫星的小挂坠。他的左边胳膊变了形，好像一根弯弯曲曲、远离树干的树枝。

这条胳膊！马克斯想着，他的心跳加快了速度，这肯定就是他了！

龙尼和马克斯把昏迷的老人架到泳池边的一张躺椅上。

"莫舍！"龙尼叫道，"快醒醒！"

老家伙一点要醒的样子都没有。

"我们得把他弄醒，"马克斯说，"也许您该扇他几个耳光。"

"不如你来扇？"龙尼说，"毕竟他不是我的朋友，是你的朋友。"

龙尼显然不太喜欢这老头，他已经好久没有交房租了。

"我？"马克斯反问，"我甚至都不认识他。"

"你从没打过人吗？"

一年级的时候马克斯曾经打过戴着厚厚眼镜的小威利·布卢姆菲尔德，那家伙马上跑去沃尔夫太太那儿告了他一状。不过那不算，威利是个傻瓜。

马克斯摇了摇头。

"很简单的，看着。"龙尼示范了一下，老头的身体在响亮的耳光下颤抖着，好像一个洋娃娃。

"就这样。"龙尼说。

"好的。"马克斯说。他伸出指尖轻轻触了触老人的脸颊。

"不是这样，"龙尼说，"重一点。"

"我肩膀疼。"马克斯道歉说。

"得给他点滋味尝尝。"龙尼说，"我去倒点水，马上就回来。"

马克斯看着龙尼走开了。他摇摇摆摆地向大堂走去，显得志得意满。他似乎对自己很满意，只有对自己很满意的人才会这样摇摆着走路，马克斯想。他从躺椅边后退了一步，不由得回忆起自己几个月前在电视上看的一部老电视剧《功夫》。里面有一集，说的是大卫·卡拉丹，当他被迫使用武力时，他总是先集中注意力，然后非常精准地出击。马克斯闭上眼睛，深深地吸了口气，然后呼了出来，用尽最大力气给了老头一巴掌。挂在老头耳朵上的眼镜被打得飞了出去，"扑通"一声，掉进了游泳池里。

"啊啊啊—————！"老头惨叫起来。

他猛地睁开眼睛瞪着马克斯，满脸的绝望与迷惘。

马克斯仿佛被魔法定住了，手还维持着高高举起的姿势，正打算来第二下。

太尴尬了，他想。

马克斯清了清喉咙，把手放了下来，不好意思地拽着自己的 T 恤衫。老头那下垂的右脸颊现在又红又肿，他用失去焦距的目光四下搜寻着，接着喃喃说了一句："我爱你。"

他用双手捂住脸，哭了起来。

马克斯跪到他身边，把自己的手臂小心地搭在老头残疾手臂那一边的肩膀上。"我……"他口吃了一下，"我也爱你。"

老头抬起头来，难以置信地看了马克斯一眼，鄙夷地说："我说的又不是你！"

"是我救了您……"马克斯壮着胆子指出这个事实。

老头摇了摇手，"你觉得这是个义举？我想被人救吗？这还叫日子吗？叫吗？"

"可是煤气……"

"要是我死了该多好！"老头大声诉苦道，"这种日子就是一摊狗屎，狗屎！"

"对不起。"

"你应该让我去死的！"

"下次我一定注意。"马克斯回答。他发现，这男人的口音跟唱片上的声音一模一样。

老头把躺椅调直了一些，沉思地打量着满是裂纹的水泥地。

马克斯轻手轻脚地站起来，"您是伟大的扎巴提尼吗？"他问。

"你给我闭嘴，一直叨叨个不停！"老头很不耐烦。

马克斯听话地闭上了嘴。有那么一会儿，俩人就这样各自沉浸在自己的思绪中，谁也没有注意到龙尼提着一桶水，从后面走了过来。

马克斯只听到"哗啦啦"一阵响，他抬起头来，看到老头浑身尽湿，仿佛刚从水里被捞起来一样。老头带着听天由命的目光又把躺椅的靠背调了回去。他看了看自己从里湿到外的夏威夷衬衫，然后撩开了垂落在脸上的不多的几缕头发。

龙尼手中的桶"噔啷"一声掉在了地上。"对不起。"他道歉说。

老头用谴责的目光瞪着龙尼："你打了我。"

龙尼指着马克斯："是他干的！"

"现在你还想把我淹死！"老头尖叫起来。

"那是因为你晕过去了。"龙尼无力地回答。

老头做了个既往不咎的手势。"算了无所谓了。"他咕哝着，一边明显很费劲地从躺椅上爬了起来，拖着脚向自己的小屋走去。

"我的门怎么坏了？"他问。

"这个……"马克斯吞吞吐吐，不知如何回答。然而老头只是精疲力竭地挥了挥手，示意他不用再说了，一些水花随着这个动作从老头身上喷射出来。马克斯合上了嘴。

"无所谓，"老头说，"一切都无所谓。"

"您屋子里满是煤气。"马克斯说。

"有关系吗？"老头问道，一边小心地跨过坏掉的大门，还不忘对龙尼说："要是有薄煎饼的话记得叫醒我。"接着，他在裤子口袋里翻找起救心丸来，毕竟他可不想突发心肌梗死。

13

一位艺术家

阿里亚娜公主的真名其实叫尤利娅·克莱因，她也并非来自波斯，而是来自柏林施潘道区。她是在弗里德里希大街上的"温德嘉登"游艺演出剧院——那是城里最著名的小型歌舞剧场之一——认识半月先生的。

温德嘉登在中央饭店的一楼。有些晚上，在结束了店里一天的工作之后，尤利娅会来到饭店入口处，站在那些庄严雄伟的石柱前观看。穿着制服的门童会拉开马车或是汽车的门，柏林上流社会的先生女士们就这样从车上走下来。女士们穿着貂皮大衣，戴着设计大胆、插有孔雀羽毛的宽檐帽，挽着身着燕尾服的先生们的手臂，骄傲地穿过装饰繁复的对开门，消失在黑暗中。尤利娅只是站在那里默默地看着。她能够感觉到剧场里涌出来的热气，能听到音乐声和观众的笑声，她甚至认为自己闻到了剧场里的烟味。她多么渴望获准踏入这个精致的世界啊，一次就好。她不光想逃离外面的冷雨，还想逃开她的整个生活。尤利娅一次又一次地研读着饭店门口张贴着的节目单。讽刺剧！爵士乐！魔术师！终于有一天晚上，她向朋友贝亚特借了一条并不合身的裙子，走了进去。

温德嘉登里面光线很暗，烟雾缭绕。穿着黑礼服的侍者们满脸倦容，脚步却飞快，在餐厅里不停地奔忙。每个人都找碴一样地故意撞击着别人，而且一点儿也不客气——毕竟这里是柏林。没有穿惯高跟鞋的尤利娅一不小心，脚趾撞到了桌子腿，旁边一个端着巨大托盘的矮壮侍者不禁翻了个白眼，咬牙切齿地给她指了个最靠后的位置。从她的座位上几乎看不到舞台——她被迫跟一对小情侣分享一张桌子，那两个人完全挡住了她的视线，而桌子上也只亮着一盏迷你小灯。舞台前的乐池里一支小型爵士乐队正在吹奏着一首流行小调《偏偏是香蕉！》，尤利娅看到乐手们的黑色皮肤，感到非常吃惊。他们让她想起父母家地窖里的黑色煤炭。她每天都得拿个桶到地窖里提一桶煤饼上来，妈妈需要在厨房的火炉里添上这个，要不然整个家都会冻成冰窖。可是，他们真的是人吗？非洲人就是长这样的？不可能。非洲人，她从威廉·布施[1]那儿知道，他们扁扁的鼻子上插着骨头。也许这些乐手来自那个神秘莫测的大陆——美洲？毕竟最新的音乐、福特汽车、好彩香烟和一种名叫可口可乐的棕色泡沫液体都来自那里。那这些煤炭一样的人儿也来自那儿也就不足为奇了。呼，那个美洲，可真是个奇妙的地方。

几首歌曲之后，红色的幕布缓缓拉开，主持人来到台上，这是个个子不高、体格偏瘦的男人，头上涂着发油。他伸手拿过一个话筒。

---

[1] Wilhelm Busch，德国著名诗人、画家、儿童教育家，创作了多种儿童漫画故事。

“女士们、先生们，”他生硬地说，“欢迎来到温德嘉登。请允许我欢迎您的到来，并预祝您拥有一个充满魔术和奇迹的夜晚……”

这位主持人用这种絮絮叨叨的风格又说了好一会儿，终于宣布“伟大的克勒格尔”即将登台，“我们保证，这位先生将永远改变您的生活。”

对于尤利娅而言这个预言一点儿也不夸张，这位先生确实彻底改变了她的生活。但那天晚上她看到的表演本身实在平淡无奇，没有什么值得夸耀的地方。克勒格尔的观众稀稀拉拉，看他的表情更多是带着讥诮。尽管如此，他依然维持着风度，礼貌地鞠躬，并始终保持微笑。不知是他笨拙表演中的哪一点打动了尤利娅，总之，他激发了她胸中的母性本能。她几乎立刻就明白了，这个男人需要她的帮助。

从此以后她每天晚上都来。她用自己做售货员辛辛苦苦挣到的钱，来看“伟大的克勒格尔”的演出。她有了一个计划。

一天晚上，克勒格尔的表演特别糟糕，尤利娅终于鼓起全身的勇气，决定去他的更衣室找他。在一条狭窄的走道里，她看到那些煤灰一样黑的乐手在洗脸，黑色的妆从他们脸上溶解，流进水池中。妆容之下他们的皮肤像象牙一样白。尤利娅询问“伟大的克勒格尔”的化妆间在哪儿，一个乐手用拇指指了指后面。

“那边。”他的话里一股柏林腔。

天哪，还有多少奇迹在等着她？

尤利娅敲响了门，一切就是从这里开始的。

“进来。”克勒格尔说道。

尤利娅畏畏缩缩地走了进去，行了个屈膝礼，就像他们在女校教她的那样。

"你来做什么？"克勒格尔问道。他名叫鲁迪。

鲁迪没有看她，他正看着镜中的自己，忙着卸妆。尤利娅不知道到底怎么开口。她能说些什么呢？她恨自己的家，想离开它？肯定不行。但她知道，男人很容易受她吸引，在这样的情况下，最明智的做法是一言不发。她说得越少，越有可能得到她想要的东西。果然，这招这次也奏效了。

当晚他就带她出去吃饭。晚餐有香槟和龙虾，只不过是靠赊账。尤利娅·克莱因简直幸福到眩晕。她试着用所剩无几的理智也对着克勒格尔施展魔术，她视他为通往更好生活的免费门票。

尤利娅已经略有醉意，开始说起自己的家庭。她的父亲曾经参加过凡尔登战役，现在在工厂里上班。他酗酒，总是滔滔不绝地谈论政治，一边骂粗野的脏话，让尤利娅面红耳赤。他规矩大，执行起来很严格，有时候连女儿也打。甚至，她忍不住向克勒格尔倾诉说，有一次她爸把粪便到处乱扔，最后竟然涂在了卧室的墙上！全家人都知道他疯了，可是这实在太过分了。家里没人能接受，到处扔屎是一种对 20 世纪所发生的事件完全正常而理智的反应。

就像大多数人一样，尤利娅对政治和粪便都没有特别的兴趣。她唯一的心愿，是逃离这个狭小而令人绝望的世界。她告诉克勒格尔，她想要离家出走，而一个魔术师肯定是需要一个女助手的。就在这天晚上，他们在勃兰登堡门前亲吻了彼此。夜空中的星星在他们头顶见证了这一幕。

不到五天之后，鲁迪·克勒格尔和尤利娅·克莱因抛弃了自己原先的生活和名字。他们重新塑造了自己，现在他们是克勒格尔男爵——传奇人物"半月先生"以及波斯公主阿里亚娜。这个"半月先生"的主意是尤利娅出的。她知道鲁迪是个退伍军人，而很多退伍军人的脸都被毁了，为什么不用这来做噱头呢？在一个卖小玩意儿的店里她找到一个来自威尼斯的狂欢节面具，一个半月形的黄铜面具。从现在开始，他要以具有悲剧性过往的贵族形象来经营自己。鲁道夫，这位克勒格尔男爵，因为狡诈的敌人的武器，被永久地毁容了。

克勒格尔觉得自己有义务把那些伟大的欧洲舞台魔术师的事业传承下去。他向尤利娅讲解巴尔托洛梅奥·博斯科、马斯基林、让·欧仁·罗贝尔－乌丹，带领她走近魔术艺术的历史，不久后更带领她走向他的床。而尤利娅一直全情投入地跟随着他。这时距离他们第一次在温德嘉登见面不过几周的时间。他是尤利娅的第一个男人。在她的梦想中这应该是个极其特殊和重要的时刻，然而在现实生活中却相当无趣，甚至引起了些许不适。

就这样？她想，我们相爱吗？

似乎刚开始就结束了。她站了起来，走向两人暂时栖身的小旅馆的坐浴盆，仔细地清洗自己。

床上的克勒格尔一点儿也不像魔术师，但无论如何，对尤利娅来说都好过继续和越来越痴呆的父亲和受苦的母亲住在一起。虽然克勒格尔一点就爆的脾气时时让她心烦意乱。他可以上一秒还温顺如羊羔，下一秒就因为一点芝麻绿豆大的不顺心而大发雷霆。真是一位地道的艺术家！

尤利娅和他一起打造了一整套无缝衔接的魔术表演，并一次又一次地完善它。在经过上百场演出之后，一套看起来较受观众欢迎的流程稍具雏形。在温德嘉登之外，他们还去其他歌舞厅和话剧厅表演，有时在柏林，有时在柏林周边地区。当他们渐渐攒到足够的钱之后，克勒格尔和尤利娅买了一项旧的军用帐篷，把它缝缝补补，拆拆改改，最终改成了一顶马戏团帐篷。**魔术马戏团**就这样诞生了。他们招募到一小批乐手、杂技演员和驯兽师，好让克勒格尔的表演有足够的层次，然后大家就一起踏上了巡演之路。这是尤利娅迄今为止有过的最好的生活。他们到过加利西亚、白俄罗斯、匈牙利和捷克斯洛伐克。

　　然后突然间莫舍·戈尔登希尔施出现了，他吻醒了沉睡的公主。

＊

　　现在年仅15岁的青涩少年莫舍正坐在尤利娅·克莱因的马车里喝着加了烧酒的茶。能待在她的身边他感觉太幸福了。莫舍没有预料到的是——他能待在这里并不是因为他足够幸运。尤利娅当然早就发现这男孩对她一见钟情，她自己也不过才18岁，非常享受男人们的爱慕和殷勤，但她会很快地回绝他们，声称他们配不上她。但是她没有拒绝莫舍，不不不，莫舍是上天赐给她的礼物。因为在这个魔术马戏团里，有一件事像瘟疫一样让她厌憎——那就是清理马粪。人和马总是在制造粪便，简直一刻不停，无休无止。鉴于马戏团的其他成员都是些"受过最好培训的专家"，其技能和经验都断断不允许他们拿起铲马粪的铁锹，因此这不讨喜的活儿就落在了尤利娅身上。现在，该轮到莫舍出场了！尤利娅竭尽全力，要让莫舍在她和检票员阿恩特女士共享的马车里感到自在和受欢迎。事实上她根本无须多费口舌，小犹太早已跪倒在她的石榴裙下。

"这种生活一定非常棒！"在尤利娅胡扯了好几个漂亮的谎言之后，莫舍带着敬畏的心情说道。

"在这儿每天都好像在冒险。"尤利娅回答，聪明地选择不告诉他，大部分情况下他们经历的都是些什么样的冒险。

尤利娅的脸有一种真正的古典美，她那深邃的眼睛是灰绿色的，莫舍担心自己会在里面溺毙。男孩把杯子放了下来，低头猛盯着双脚前方的木地板。尤利娅非常清楚，现在会发生什么。

火炉里的火噼噼啪啪地烧着，小小的马车被烘得暖洋洋的。屋子里塞满了锅碗瓢盆和各类日常生活用品。莫舍四下打量。他看到了尤利娅的化妆桌、挂在柜子里的演出服、各种面具和道具，还有她和阿恩特女士晚上睡觉时铺在身子底下的稻草，以及贴在镜子上的五彩缤纷的节目单。一句话，他激动异常。

"您觉得，您的马戏团会收我吗？"莫舍害羞地问。

尤利娅看向别处。千万不能流露出太兴奋的表情，这很重要。

"我不知道，"她轻声地说，"你得去问老板。"

*

老板和他的员工们正站在空空如也的帐篷里。他不满意。有一个地方完成得不好：当公主从大旅行箱里钻出来的时候，观众们在哈哈大笑。这有两种解释，第一种，是康拉迪·霍斯特的魔术有问题，这显然不大可能；另一种，就是箱子摆错了位置，有些观众看到了禁区里面的机关！当尤利娅和莫舍向他走去的时候，冯·克勒格尔大人正对着整支队伍大喊大叫，把他们骂得猪狗不如。

"亲爱的！"尤利娅用她那沙哑低沉的声音喊道。这声音总是能让半月先生彻底疯狂。它也让莫舍疯狂。尤利娅的身姿窈窕动人，看上去像个舞蹈演员，然而事实上她有些笨手笨脚。她金色的短发依然杂乱地竖在头上，给她平添了一丝淘气狡黠之气。她穿着一件白色的衬裙，这是她花心思挑的，突出了胸线，脚上套着一双胶靴，因为人人都知道，马戏团生活可不是什么野餐会，你可能会踩到任何东西。尤利娅已经洗去了脸上的汗水、彩妆和白粉，现在正性感地吸吮着一支香烟。

"亲爱的！"她又叫了一声。

冯·克勒格尔转过身来看着她："观众们看到你了。在箱子里的时候。"

她不感兴趣地耸了耸肩："我所有的动作都跟平时一样，你知道。"

"我知道的，宝贝。"男爵咕哝着说，"不是你的错。"

从近处看起来他的面具亮得可怕。白色妆容混合着汗水正顺着脸往下淌。直到这时候半月先生才看到了莫舍。

"这是谁？"他问。

尤利娅搭着莫舍的肩把他往冯·克勒格尔的方向推去，"是我发现他的，他躲在帐篷的后面来着，想加入我们。"

男爵紧盯着男孩。他的身上同时散发出陈旧的汗酸味和新鲜的烧酒味。

莫舍很害怕。他的喘息变得粗重起来。

"你是谁？"

"我的主人！"莫舍喊了起来，"为了加入您的魔术马戏团，我抛弃了我的父亲。"

"你是犹太人？"

"曾经是……"莫舍的声音颤抖着。

但是冯·克勒格尔挥手打断了他，"省省吧，我们是在马戏团里。我们所有人都是平等的。"

这样的话莫舍之前从未听说过。"您是当真的？"

"对，是真的。你会铲屎吗？"

"我？"

"对，就是你。你看到这儿还有别人吗？"

"您真的是一位男爵吗？"莫舍害怕地问。

"在剧团里，"冯·克勒格尔回答，"每个人都是贵族。我们是艺术家，没有什么比艺术更高贵的了。"

确实如此，莫舍想。

"霍斯特！"冯·克勒格尔叫道。一位正拿着扫帚打扫观众席的老男人抬起头来。"这男孩想知道你是谁！"

"艺术家！"霍斯特用嘶哑的声音喊回来。接着他低下头继续扫地。

"看到没？"男爵说，"那个扫地的男人也是个艺术家。这儿的每一个人都是艺术家。"

莫舍几乎无法压抑满心的冲动。"我也要成为一名艺术家！"他说道。

冯·克勒格尔微笑起来，递给他一把铁锹。

"欢迎加入，大师。"他说。

14

一千盏灯

马克斯·科恩和老头的面前堆满了烤牛肉三明治、薯条和薄煎饼。他们正坐在费尔法克斯大街犹太餐厅"坎特佳肴"的某个角落里。现在已经过了十点，可是这家餐厅的生意却还是像往常那么好。餐厅里的灯光是黄色和橘色的，在光线的映照下，老头那堆满皱纹的脸显得越发可怕。这儿的座椅包裹着棕色的人造革，桌子是沙石色的，在一大堆吃的东西旁边，还竖着芥末酱和番茄酱瓶子。在客人们喧闹的声音之间，马克斯能听到从厨房里传来的厨师和服务员的吆喝声。

马克斯喝着一杯可乐。老头正忙着把洋葱从他的三明治里面抠出来，搁在盘子旁边的桌面上，一边不赞同地摇着头。

"要是我吃了这些洋葱，"他嘟囔着，"会放屁的。"

"好吧。"马克斯说。

"洋葱，"老头悲伤地重复着，"到处都是洋葱。"

马克斯吸着可乐，"您是魔术师吗？"

他的同伴对这个问题不予响应。他掀起上面那一整块黑麦面包，怀疑地审视着自己的三明治。一位穿着黄色围裙、上了年纪的服务员拖着脚啪嗒啪嗒地走过来，夸张地叹了口气。她的头发染成了亮红色，和她的唇膏颜色非常相配。她涂着蓝色的眼影，硕大的胸脯垂了下来。服务员用左手撑在桌上，另一只手在围裙的兜里摸索着，最后终于找到了她的笔和点单簿。

　　"我的髋关节，"她解释说，"越来越糟糕了。"

　　"我的三明治里面为什么会有洋葱？"老头问，"都是些什么狗屎？"

　　"您给我闭嘴！"服务员训斥道，"这儿有孩子呢！"接着她换了一种甜蜜的口吻，"先生们，请问还需要些什么吗？"

　　"为什么他们要在所有东西上面加洋葱？"看样子老头不愿善罢甘休。

　　"因为人们喜欢洋葱，那些正常的人。要来点咖啡或者其他什么吗？"

　　"咖啡？"老头愤怒地说，"想让我整晚睡不着吗？"

　　"我就是问问。"服务员回答。

　　马克斯不明白，她怎么可以如此平静。老头的举止让他尴尬万分，但很显然，在坎特佳肴里，这种语气很正常。

　　"咖啡！"老头鄙夷地说，"我呸，给我滚！"

　　服务员把账单放在桌上，离开了。

　　马克斯把他的问题重复了一遍，"您是魔术师吗？"

　　老头摇了摇头，"不是。"

　　马克斯不安起来。他找错人了吗？那老头残疾的手臂怎么说？路易斯，更为人所知的名字是小丑滑稽，他不就是这么告诉他的吗？

"您知道'好莱坞魔术店'吗？店主叫路易斯。"眼看老头没有反应，马克斯继续说了下去，"路易斯会读心术，他让我想着一种蔬菜……"

"又来了，又是这种胡说八道！"老头大声驳斥着，"安静一点，别吵吵了。"

"您真的不是魔术师吗？"

"你看看我，我看上去像个魔术师吗？我就是个老不死的！我想死！可是不行，他偏偏要救我！"

马克斯打开背包，拿出了那张唱片，"这个人看上去很像您。"

老头看都没看那张唱片一眼，他用叉子叉了一块薄煎饼吃了起来。过了一会儿，他终于一边大声地砸巴着嘴，一边不情不愿地承认道："没错，这是我。"

"您确实是一位魔术师！"

老头摇了摇头，"不，我曾经是一位魔术师。现在我退休了。所以，别再提了。"

"您知道吗，"马克斯不放弃，"我遇到了一个问题。我想，也许您可以帮帮我。"

"我不帮别人。"

"事关我的父母，"马克斯不为所动，"他们想要离婚。"

"好得很，"伟大的扎巴提尼说道，"你知道为什么离婚这么贵吗？"

马克斯摇了摇头。

"因为它确实值这么多钱！"扎巴提尼挂着恶狠狠的笑容说道。

马克斯能看到老头嘴里嚼烂的薄煎饼。这场谈话的走向跟他设想的实在太不一样了。

"可是我不想让他们离婚。"

"我还想让我的屎和金子一样香呢。"

马克斯还想再尝试最后一下。"唱片上有一条关于'永恒的爱'的咒语。我想学会它，然后……然后使用它。可是唱片坏了。我原本想，我本来希望……"他沉默下来。过了一会儿他又鼓起勇气，"我本来想，或许您可以教给我这条咒语，或者我不知道还需要什么。总之我想让我的父母再次相爱，我想让爸爸回到家里。"

扎巴提尼听得目瞪口呆。终于他举起叉子指了指马克斯说道："这都什么乱七八糟的，我从来没有听过比这个更胡说八道的东西。"

马克斯脸红了。他缄默着，拼命地想要忍住眼泪。

"胡萝卜。"扎巴提尼忽然说道。

"什么？"

"你想到的蔬菜是胡萝卜，对不对？"

马克斯偷偷抹去眼角的泪水。"您怎么知道的？"

"每个人都会这样说。总是胡萝卜，人们想到的第一种蔬菜总是胡萝卜。我也不知道为什么，一种老掉牙的戏法。"

马克斯赞同地点了点头。扎巴提尼做了个鞠躬的动作。他的脸上有一丝微笑一闪而过，忽然间显得年轻了许多，也不再像先前那么不友好了。

"再多说一点您的事情吧，"马克斯提议，他不想放过这个好时机，"您是怎么来到这里的？"

扎巴提尼诧异地看着他，"走过来的。我饿了。"

"不不，我不是说怎么来坎特佳肴，"马克斯说，"我是说来美国。"

"啊——，"扎巴提尼明白了，"我是和美国军队一起来的。"

"您是士兵吗？"

"那倒不是，"他摇了摇头，"我是俘虏。"

马克斯吓了一大跳，"您犯了法？您是帮派分子吗？"

"什么玩意儿，"扎巴提尼粗暴地回答，"我是犹太人。"

"我也是！"马克斯高兴地说，很开心他们有这个共同的特点。

"那时候，"扎巴提尼继续说，"身为犹太人可不是什么好事儿。"

马克斯点了点头。类似的话奶奶也曾经说过。

扎巴提尼讲述了解放那天的事情。那是 1945 年 1 月 27 日，他永远也不会忘记那一天。他当时和成千上万的人一起被关在集中营里，那时候他还年轻，很能干活，正是因为这个，再加上一小撮运气的成分，他才在集中营里活了下来。

"后来红军来了。"扎巴提尼说道，又咬了一口薄煎饼。

"谁？"马克斯问。

"谁？苏联人！"扎巴提尼喊道。

在战争的最后几天扎巴提尼得了痢疾，只能虚弱不堪地躺在棚屋里。他拉肚子拉得非常厉害，担心自己的生命已经走到了尽头。最迟到下一次早会，如果他依然没有出现，那就说明他的时间到了。他们会像杀死一条狗一样杀死他。然而再也没有早会了，扎巴提尼躺在棚屋里，一面发着高烧，一面呻吟着，当他抬起头来，看到一个穿着陌生军装的男人站在他面前。

"看起来像个中国人。"扎巴提尼说。

"中国人？"马克斯不解地问，"我以为是苏联人。"

"他是苏联人，"扎巴提尼解释道，"苏联人，来自蒙古还是哪里。边疆地带的人。苏联是个巨大的国家。"

马克斯点了点头。

那一切仿佛又展现在扎巴提尼的眼前：散发着臭气的棚屋，他的木板床，穿着军装的匈奴人正朝他眨着眼睛。他只说了一句话："Towarisch。"

"什么意思？"马克斯问。

"这是俄语，"扎巴提尼解释说，"是'朋友'的意思。"

那一刻，他明白，他得救了！一种幸福感冲刷着他的全身，这是他很少体验到的感觉。苏联人把他送到了野战医院，给他用药，甚至给他准备了汤。几天之后，他就渐渐恢复了气力。接下来他又在一个难民营里休整了几个礼拜，然后就开始向西出发。那是一段艰难而漫长的旅程，德国已经成了一片废墟。

在汉诺威附近他看到一具男尸挂在一棵树上。刚看到这一幕时他差点吐了出来，尽管如此他还是仔细地打量了死者一番。尸体应该已经在树上挂了好几天了，乌鸦把他的眼睛都啄了出来，但扎巴提尼还是认出了他。他吓得差点晕倒。

这时他听到一个说英语的声音在身后问道：

"你认识他吗？"[1]

扎巴提尼转过身来。对面是一个美国军人，正用一只手系着裤

---

[1] 本章楷体字部分原文为英语。

扣。几米开外的地方停着一辆吉普车。很显然这个男人刚才正在撒尿。吉普车里还坐着另外两个士兵，正在分享一支香烟。

扎巴提尼强忍着恶心点了点头。眼前的尸体散发出阵阵强烈的恶臭。

"他是谁？"少校问道。

"一名警官。"扎巴提尼回答。

"一个警察？"

扎巴提尼给出了肯定的回答。

"一个纳粹？"少校问。

扎巴提尼不确定地点了点头。是啊，严格意义上来说这男人确实是个纳粹。严格意义上。他转过头去。死者的模样着实让他伤心。他曾经很喜欢他。

"他叫什么名字？"

"埃里克·莱特纳。我曾经帮助他追捕过一个杀人犯。"

"你也是警察吗？"少校问。

扎巴提尼摇了摇头。"我是个心灵魔术师。"

"一个什么？"少校没明白。

扎巴提尼向他解释，自己具有看穿别人思想的能力。少校显得很怀疑。

"您有本子吗？"扎巴提尼问，"和一支笔？"

"当然了。"少校回答。

"请想着一种蔬菜，随便什么蔬菜，然后把它写下来……"

谈话渐渐地上了正轨，扎巴提尼跟马克斯分享了他一生中更多的轶事。马克斯知道，老年人最喜欢的莫过于谈论过去。他们生活在过去。他们那一眼就能望到头的未来还剩下什么呢？无非是助力车、便盆和痛风。

扎巴提尼告诉马克斯他是怎么移民到美国的。

"弗曼少校帮了我很大的忙。"他又吃了一块煎饼，眼光变得迷离，仿佛又看到了当年的场景。他骄傲地说："战后我成了美国军队的上校！我甚至还有一套军装。非常时髦，非常绿！"

马克斯深受震动。"太酷了，"他说，"您的工作是什么？"

"我负责感知共产党。"

"什么？"

"共产党。我的任务是找到他们。"

"共产党是什么？"

"共产党是那种，梦想拥有更好未来的人。"

马克斯挠了挠头，"我不明白。"

"我也不明白。不过当时这是被禁止的。"

"更好的未来？"

"共产主义。"

扎巴提尼说，自从在德国遇到了少校之后，他就开始作为读心师为美军工作。他的任务是找出渗透到军中的共产党，作为回报，他获得了军装、军衔、固定收入以及，最后但也是相当重要的一点，他得到了美国国籍。

1948 年他来到了纽约。

"我没法向你描述，"他对马克斯说，"我第一次看到自由女神像的心情。我是从汉堡过来的，坐船。当我们到达纽约的时候，天已经黑了。当时非常非常冷，风非常大，那个雨啊！但是我们所有人，不管是老的少的、病着的健康的，我们都上了甲板，就为了看它一眼。"

他把眼镜摘了下来，用一张餐巾纸把它擦干。

"太美了！曼哈顿就像黑夜中的一颗钻石。雾中有一千盏灯在闪耀。然后那座雕像……就好像她在向我们允诺着一些什么。"

"允诺什么？"

扎巴提尼耸了耸肩，"一个更好的未来。"

"自由女神像也是个共产党吗？"马克斯问。

扎巴提尼摇了摇头，"不，不，不是这个意思。当我看到她的时候，我只是在想：现在自由会稍微多一点了，纳粹会稍微少一点了。"

他中断了叙述，好像在梦中又看到了当年的盛景，而他不愿意从这个梦中醒来。过了一会儿，他开始向马克斯讲述他是如何加入"超级 MK 项目"的。

"什么项目？"马克斯没听懂。

扎巴提尼点了点太阳穴。"思想控制。中情局。一个秘密项目，为了控制那些蠢蛋。"

"思想控制？"

"是的。"扎巴提尼回答。

"那，"马克斯很想知道，"管用吗？"

"当然不管用啦，你这个笨蛋！所以我才离开了中情局，去了中央统计局。"他一边响亮地啜吸着冰茶，一边说，"都是骗人的，全都是些愚蠢的花招罢了，魔术都是假的。你爸爸不会回家啦，你也没什么可以做的。现在付钱吧！我得出去了，我要上厕所。"

马克斯用快要窒息的声音问道："您真的什么也做不了吗？"

扎巴提尼摇了摇头。"做不了。"他指着账单，"付钱。"他说。

马克斯惊讶地看着那张小纸条。真的需要他付钱吗？他已经习惯了大人为一切买单。他把账单小心翼翼地拿到手里，就好像担心那上面有什么传染病毒一样。然后他说："我没有这么多钱。"

"什么？"扎巴提尼大喊起来，"你没有钱，那你还带我来这里吃东西？"

"我没带您来。"马克斯说。

"是你的主意！"

"您说想吃薄煎饼。"

"当然了，谁不想吃薄煎饼呢？我总是想吃薄煎饼。薄煎饼和女人。"

"可是我没那么多钱。"

扎巴提尼看着他，"这不是我的问题。"

说着，他站了起来，非常平静地离开了餐馆。马克斯一个人留在那里，思忖着自己现在该怎么办。他身上有将近五美元，但这不够。痛苦地思索了几秒钟之后，他做出了目前貌似唯一符合理智的选择。

马克斯感到心脏在身体里面怦怦直跳，他看向服务员，趁着她转身的瞬间，他从人造革长椅上一跃而起，以最快的速度直奔玻璃门。

他没能跑出多远。服务员的双手像鹰爪一样紧紧地抓住了他的肩膀。

"你想去哪儿？"她问。她的手很用力，把马克斯抓得生疼。

马克斯的脸不由自主地羞红了。"我……我只是想出去呼吸呼吸新鲜空气。"

"先付钱。"她说，"老家伙去哪了？"

马克斯瞪着贴着瓷砖的地面。"走了。"

"走了？所以是你付钱啰？"

马克斯结巴起来，不得不拼命地喘着气。最后他终于承认："我钱不够。"

"啊哈！"服务员回答。

马克斯认为自己从她的声音中听出了一丝讽刺的意味。

"吃完烤牛肉三明治和薄煎饼，然后说自己没有钱。你父母在哪儿？"

马克斯开始向她解释自己是从家里逃出来的，目的是找到一位已经退休的魔术师，说服他，让他用魔术来帮助他父母重新爱上彼此。不幸的是，几秒钟之后她就已经懒得再听他的辩解，而是叫来了经理，一个身穿坎特佳肴黄色 T 恤衫、眉毛很浓、皮包骨头的中年男人。审讯刚开始，马克斯就崩溃了，把妈妈的电话号码报了出来。此时他正作为人质被关在经理的办公室里。房间里满是旧照片和一堆堆的文件。某堆文件上面有一台黑色的老式电话机，有拨号盘的那种。很明显，在坎特佳肴连时间都停住了。经理拨了号码，把听筒递给马克斯。妈妈在电话刚响第一声的时候就接了电话。

"哈罗？"她的声音听起来很慌乱。

"妈妈，是我，是马克斯。"

马克斯听到她呼了一口气。她生气了吗？还是松了口气？

"你在哪儿？"她尖声质询，"我担心得快死掉了！我要杀了你！"

"我在坎特佳肴。"马克斯回答。

"坎特佳肴？"她难以置信地喊道，"我的老天啊，你在坎特佳肴干什么？"

"我吃了一个烤牛肉三明治，"马克斯解释道，"还有薄煎饼。"

好几分钟之后，她才平静下来，却仍然气得发抖。接下来的两个星期马克斯会被关禁闭，并且"没有网，不许看电视！"。接着妈妈和坎特佳肴的经理就赎金交付问题的细节进行了谈判。妈妈宣布，她马上就过来付账并接回人质。经理把听筒又交回给马克斯，但是妈妈已经挂上了电话。马克斯把听筒搁回电话机上，开始诅咒起那个又老又蠢的所谓的魔术师来。

15

美丽的谎言

　　莫舍·戈尔登希尔施很快就发现，马戏团的生活比他一开始想象的要严酷得多。尽管如此，他却很喜欢这儿。他喜欢这种居无定所的生活和马戏团的人们。只是有时候，在万籁俱寂的夜里或是太阳升起之前，父亲的脸会浮现在他眼前。他想象着，年迈而孤独的父亲会怎样走遍布拉格的大街小巷，寻找他那失踪的儿子。因此他给父亲写了一封信，在信中他请求父亲的原谅，为自己离开他而道歉，向他解释自己是要去寻找属于自己的生活，并且现在已经找到了。他告诉父亲自己已经永远放弃了犹太教的信仰，并走上了一条命中注定的道路。

　　莫舍并不明白他的这些话对于父亲意味着什么。事实上这表明他抛弃了他的父亲，拉比莱布尔所有奉为真理的东西。他违背了所有善的核心，并把上帝的光从心中驱赶出去。当莱布尔收到这封信，当他颤抖着手指、眼含泪水读完这些句子，不由得发出一声撕心裂肺的悲喊，彻底崩溃了。他的眼前、他的心中浮现出一个又一个漆黑的深渊。在被无尽的担忧噬心刻骨了好几个星期之后，再也没有什么比儿子的叛教更让他痛彻心扉的了。这段时间以来，伤痛中的拉比已经变得老态龙钟，满头白发。现在，他用癫狂的手势把信一片片撕得粉碎，扔进火炉一把烧掉。他知道，从这一刻开始，他再也没有儿子了。

与此同时，莫舍正享受他崭新的世俗生活。马戏团里除了男爵和他的助手尤利娅，还有四个乐手；检票员阿恩特女士——她还兼管做饭和洗衣服；一个爱发脾气、烟不离口的小丑，名叫西吉；一个酗酒成瘾的杂技女演员希尔德；一个叫洛维奇的驯狮员，这名字真是有意思；[1] 还有艺术家霍斯特，他专门负责处理那些对其他人而言过于低级的事务。

现在又加了一个小犹太莫舍，不过这孩子一天比一天不像犹太人。尤利娅将他纳入了自己的羽翼之下。她送给他一条松松垮垮的裤子，一件罩袍，还帮他剪了头发。他那习惯了翻动神圣经书的柔软手指，现在长满了老茧，变得十分坚硬，莫舍对此非常骄傲。铲马粪的动作每一下都让他浑身肌肉疼，可是没过几个月，这位布拉格来的小男孩就脱胎换骨了：他长高了，变得强壮，也变得自信了。他不再是个男孩了，他长成了男人。

只有一点还困扰着男爵：他的名字。"莫舍听上去如此……如此与众不同。"

莫舍耸了耸肩，"可是我就叫这个名字。"

---

[1] 洛维奇的德语名字是 Löwitsch，而德语中 Löwe 是狮子的意思。

"名字如云烟，不过是些回响之声。它们本身并没有意义，同时却又是最本质的，它们是所有一切的本源。莫舍·戈尔登希尔施，"冯·克勒格尔抱怨地说，"这都是个什么名字啊？"

"我的名字。"莫舍有点被吓到了。

他们正坐在男爵的马车里，这里空间很大，墙上贴着桃花心木的面板。车里有一只壁炉，甚至还有个专用卫生间，每天都有人来清洁。冯·克勒格尔向后仰靠在他的红色扶手软椅当中，开始抽起烟斗来。尤利娅生起了火炉，火焰映照在男爵的面具上。他搅了搅他的茶，拿起一块冰糖塞进嘴里，咬碎它，然后哧溜一下吸了一口茶。莫舍还从来没有见过像半月先生这样爱吃糖的人。

"你的名字就是你真正的自己。"冯·克勒格尔解释道，"观众首先就是通过名字了解你。你的名字应当传递出你打算成为谁、真正的你究竟是谁。"

"我是莫舍·戈尔登希尔施。"

"不，你不是。你投靠了我的马戏团，就是为了不再当莫舍·戈尔登希尔施。现在你想成为谁就能成为谁，关键是：你到底想成为谁？"

关于这一点，莫舍从来没有思考过。他看向尤利娅，她美丽的脸庞在火光的映照下更显柔和。他想成为谁？她的情人，这点他很清楚，可是在这方面他没有取得一丁点儿进展。到底该怎样才能取得一些进展，对此他也毫无头绪。因此他只能回答："我不知道。"

"那就好好想！"冯·克勒格尔对着莫舍嚷道，"你总不想永远当个铲屎的吧？啊？"

莫舍摇了摇头，"我想成为魔术师。"

尤利娅微笑起来。

"魔术师。"男爵皱起眉头，"你就不能当个小丑吗？"

莫舍又摇了摇头，"我想成为您这样的人。"

半月先生点了点头，平静下来，"我懂了，你想当我的学徒。"

"是的。"

男爵朝莫舍扔了一枚硬币，莫舍接住了。

冯·克勒格尔点了点头，"再来一次。"

他又向莫舍扔了几次硬币，每一次莫舍都在半空中接住了。

"不赖，"男爵说，"让我看一下你的手。"

莫舍把手伸了出去。冯·克勒格尔握住了这双手，把莫舍拉得更加靠近自己。他动作生硬地检查着他的手指和掌心。"好吧，"他粗声粗气地嘟囔着，一把推开莫舍，"条件还可以。我会考虑的。但是——"男爵竖起食指，"这就意味着，你的名字将由我来挑选。"

看到莫舍目瞪口呆的样子，男爵解释道："这是自古以来的规矩，贵族骑士需要负责为忠心耿耿的侍从赐名。"

"啊？"莫舍回应。他此前还从未听说过有这样的规矩。

"我房间里似乎有股淡淡的造反的味道？"

"我什么都没闻到。"莫舍说。

"你不会是布尔什维克吧？"

莫舍摇了摇头。

男爵点点头。"给我按摩一下脚。"他对尤利娅说道。尤利娅跪到冯·克勒格尔盘踞着的躺椅旁边，开始去拉他右脚上的马靴，她花了好些力气，最后终于胜利了，随着一声令人满意的"扑通"，靴子脱离了男爵的脚。一股气味弥漫开来，不过那并非造反的味道。

"要带点儿波斯风情的。"半月先生沉思着说。

"波斯风情？"莫舍不懂，"为什么？"

"我已经有一位波斯公主了，"半月先生解释道，"也许你是她留在故乡的同父异母兄弟。"

莫舍没有说话。他不确定自己想不想做尤利娅留在故乡的同父异母兄弟。

"我们生活在特殊的年代，我的朋友。纳粹去年在选举中胜出了。"

关于这一点，莫舍已经听说了。他知道，犹太人的处境变得更加艰难。到处都是煽动性的话语，到处都是仇恨的攻讦。但是在马戏团里他觉得自己很安全，仿佛外面的世界无法伤害到他。

"他们觉得自己是雅利安人的后代，而雅利安人来自波斯。"

"他们真的是吗？"莫舍问。

"当然不是！他们都是些没有受过教育的乡下蠢货！可是他们也是我们的观众，如果我们的观众想听我们说他们是王子的后代，那他们就是王子的后代。"

莫舍点了点头。观众想要什么，就该给他们什么。

"可是，"半月先生继续说道，"波斯波利斯 [1] 真正的王子正坐在这个房间里。"

"谁是……？"

半月先生傲慢地画了一个大圈，把在场的人都囊括了进去。"我

---

[1] 波斯波利斯曾是波斯帝国的首都，在波斯语中意为"波斯人的城市"。

们，"他说，"我们才是雅利安人。"

莫舍又一次目瞪口呆地看着他。

"我们是魔术师，不是吗？"男爵说道，"在我们这一行，最先从事魔术的正是他们，波斯波利斯的高级祭司们。"

莫舍很高兴。几分钟的时间里，他从留在故乡的同父异母兄弟升级成了高级祭司。

"我们是他们的后人，至少从精神上来说是这样。我们是神的代言人，一个永恒的真相的守护者。"

"正是！"莫舍激动起来。"关于什么的真相？"他问。

"关于谎言的。"

"谎言怎么可能有真相？"

"怎么不可能？人们千方百计寻求被骗的感觉，他们想要相信一些较大的东西。而我们给他们一些较小的东西。只有这样，他们才会回来。魔术是最美的谎言。"

几天后，当莫舍正在清理狮笼的时候——他们现在驻扎在维尔茨堡，狮子路德维希已经老得掉光了几乎所有的牙，在经历了漫长的笼中生活之后，它现在只对打瞌睡这件事情感兴趣——忽然看到半月先生正隔着笼子的栅栏打量着他。

"嘿，小子。"男爵喊他。他的衬衣敞开着，露出了粉红色的大肚子。面具在清晨的微光中闪现出油画般的光泽。他正吸着烟斗，身子轻微地摆动着。

"哎？"莫舍回答。

"过来。"半月先生命令道。莫舍匆匆忙忙地从笼子里跑了出来，左手还拿着铲屎的铁锹。天色尚早，多云的天空刚刚泛起了鱼肚白。也许冯·克勒格尔才起床，还带着宿醉的疲倦感。莫舍听到乌鸦在附近的林子里嘎嘎叫，强劲的风撕扯着他的衣服。

"今天星期几？"半月先生问道。

"星期六。"莫舍说。

"在星期六清理狮笼，不会违反你的信仰吗？"[1]

莫舍耸了耸肩："我没有信仰。"

男爵微笑起来。显然这是个正确的答案。"跪下。"他说。

莫舍不解地看着他，眨了好几下眼睛。

"跪下！"半月先生忽然大吼起来，"我是你的领主！"

莫舍吓得跪倒在又冷又硬的泥地上。

"把铁锹给我。"冯·克勒格尔说。

莫舍赶紧照做。男爵举起铁锹，放到离莫舍的脑袋不远的位置。男孩变得很不安。这是什么意思？男爵想要打他的头吗？如果答案是"是"，那是出于什么理由呢？

"跟着我说，"半月先生用一种极其庄重的语调说道，"我，一个魔术师，起誓……"

"我，一个魔术师，起誓……"莫舍重复着。

"……永远不会把任何魔术的秘密透露给一个会死的人……"

"会死的人？"

"闭嘴！说！"男爵命令着。

---

[1] 星期六是犹太教的安息日，这一天为休息日，不应该工作。

莫舍顺从地重复着这些话。

长长的誓言终于结束了，半月先生姿态庄严地举起铁锹，在莫舍的两边肩膀上各轻敲了一下，最后又敲了一下他的头。莫舍高兴得容光焕发。他跻身贵族了！就在这条烂泥路上！他现在是个魔术师了！

"从现在开始……"男爵掏出一个扁酒瓶，凑到嘴边，喝了一口，清了清嗓子，"……你就叫扎巴提尼了。这就是需要被世人熟知的你的名字。"

"什么？"莫舍问。

"扎巴提尼。"半月先生重复了一遍，"这名字来自安息日[1]，只是在后面加上了'提尼'的词尾，并且把 S 换成了 Z。不错吧？哈哈！"

"我不知道……"莫舍喃喃说道，一边挠着头。

"你给我闭嘴！"冯·克勒格尔大声吼着，"这个名字好极了，光彩照人！而且听上去非常波斯。"

"如果您这么觉得……"

"我就是这么觉得，你个狗屎玩意儿！"半月先生一边骂着，一边把铁锹丢到烂泥地上，蹒跚着离开了。

莫舍·戈尔登希尔施，这个今后将以"扎巴提尼"的名字被世界熟知的魔术师，依然跪在泥地里。

---

[1] 安息日的德语是 Sabbat，而扎巴提尼的名字是 Zabbatine。

16

信徒

    扎巴提尼走回养老院。那个小白痴请他吃了美味的薄煎饼，可他还是满心郁闷。他已经活腻了。伟大的扎巴提尼已经活过 88 个年头了。虽然他的身体已经肉眼可见地衰弱了，但他的头脑还和从前一样灵活，这是他所经历过的最大的失望，这简直是对他身体的背叛。他感觉自己的脚踝仿佛系上了砖块，每一块关节都好像一根旧铰链，嘎吱嘎吱作响。浑身上下没有一个地方不疼痛，拖着这样一具身体继续前行，他觉得实在太艰辛了。他不想活了。煤气开关并非他无意间扭开的。在过去的一段时间里，只有威士忌和电视里的猜谜节目还能让他乐呵一会儿，大部分时候他都烂醉如泥。他的生命中还有什么在等着他？顶多不过就是癌症和大小便失禁罢了。

    可是现在，在"大卫王"的大堂里另有一个令人不快的意外在等着他。经理龙尼正坐在柜台的后面紧盯着他，手上高举着一张纸。

    "今天的煤气到底怎么回事？"龙尼讽刺地问。

    "别烦我。"扎巴提尼说。这是他的口头禅，只要有人敢对他说话，他就会这样怼回去。

"门的钱你出！"龙尼说。

"我现在还活着，这简直是个奇迹！"老头喊叫起来。他开始威胁要去告"大卫王"，因为他们的煤气管道漏气。然而龙尼不为所动，他坚持要让扎巴提尼出换门的钱。他们已经查明了，有人把烤箱上的煤气阀拧了下来。龙尼有一个明确的怀疑对象。

"我只是转了转那个小阀门！"老头为自己辩护。

"你把它拧下来了，那个小阀门！"

"那塑料玩意儿是自己掉下来的，难道这也是我的错？"

龙尼把他之前拿在手里挥来挥去的那张纸放到了柜台上。那是一张驱逐令。扎巴提尼还有24个小时去找下一个栖身之处。

老头用一个疲倦的手势把文件推到一边。别来烦我，是他目前唯一想到的。他拖着脚步走进自己的小平房，想把门狠狠地撞上，才发现他已经没有门了，只留下地上一些没打扫干净的木头碎片。他抓住一瓶威士忌，让自己跌落到椅子里。

我想死，扎巴提尼想着，把酒瓶送到了嘴边。

*

虽然在怀孕初期德博拉有过疑虑，但儿子马克斯出生的这一天依然是她生命中最幸福的一天。这种狂喜部分要归因于医院给她开的药片，当然，只是部分。生产的过程不像她担心的那样糟糕，最后，护士把一个婴儿塞到了她怀里。不是任意的一个婴儿，而是她的孩子，马克斯·科恩。让她惊奇的是，当她刚一看向新生儿满是皱纹的、红通通的小脸时，一股深沉而温暖的骄傲感就油然而生，她此前从来没有过这种感觉。从某些方面来讲，她其实还没有对马克斯的到来做好心理准备。他就这样出现了，把她的生活搞得天翻地覆。可是现在他就在他们面前，而德博拉和哈里都爱着他。带孩子在刚开始还是相对容易的，大半夜被哇哇大哭的婴儿从睡眠中惊醒当然也是非常不愉快的体验，但至少那时候德博拉知道孩子需要什么：有时候是因为要换尿布了，有时候是要喂奶了。后来就是要把印有超级可爱的红脸颊宝宝头像的米糊罐头的盖子打开，用塑料勺子把里面的东西一勺勺塞到不愿张口的自家孩子的嘴巴里。

在孩子出生之前的几个星期，哈里和德博拉结婚了。仪式简单却异常激动人心，他们的婚礼在马利布的一个静修院举行，从那儿可以看到沙滩。他们当时站在一片草地上，头顶上是传统的彩棚。太阳照耀着他们，轻柔的风吹拂着。德博拉的肚子当时已经很圆了，她穿了一件简洁的白色礼服，边缘处缀有流苏，有点类似 70 年代的风格。她和哈里都说了"我愿意"，接着静修导师就宣布他们成了丈夫和妻子，并加了一句：唵嘛呢叭咪吽。

虽然德博拉一直以佛教徒自居，但她的现实身份是非常明晰的：她是个来自贝弗利山的犹太女人。她的父亲是个成功的牙医，专门帮富豪美女们把牙齿整得更白、更亮、更整齐。年轻的德博拉成长于贝弗利山富裕安全的街区，一直承受着炫富的攀比和巨大的同辈压力。她的家庭很传统，德博拉如此痴迷于有种种清规戒律的佛教，也许正是对所受严格教育的一种抗争性的反弹——她是在如皇宫般富丽堂皇的宅院里长大的，家里有专门放肉和放奶制品的冰箱。

嘴上说着菩萨这个，菩萨那个，可是当马克斯出生时，德博拉很自然地决定他要在犹太教信仰下长大，也许可以带一点点远东神秘主义色彩。哈里和德博拉搬到了城东居住，在社会阶层分界线拉谢内加大街的后头。他们在那儿为马克斯找到了一家犹太幼儿园，两个人都想给孩子提供一个稳定的、尚算传统的，同时也较为注重精神培养的家园。对于哈里能否胜任丈夫的角色，德博拉的母亲从一开始就完全不看好，但无论如何，他是大屠杀幸存者的孩子。在洛杉矶西部的犹太人社区里，这可以算得上是一种贵族血统。嫁给一个大屠杀幸存者的后代，简直就好像跟一位肯尼迪结婚了一样。

他们的婚姻一开始进行得很不错。哈里把德博拉捧在手心里，同时全心全意地照顾小马克斯。哈里是个热心而开怀的人，跟他生活在一起乐趣多多。年轻的时候他想成为音乐家，可惜梦想如空中楼阁，早已烟消云散。现在他已经成人，他需要，见鬼的，养活一个家！法律系毕业以后，他很快在一个小公司找到了工作。这个公司的主要业务是为广告用歌和电影用歌签发许可证。在德博拉父母慷慨的资助下，这对年轻的夫妇在阿特沃特村买了一栋房子。德博拉开了一家名叫"甜蜜佳苑"的精品店。店里生意还行，哈里的工作也上了正轨。

回望过去，德博拉满心悔恨地发现，他们曾经共度了很多幸福的时光。我们到底做错了什么？她扪心自问。

也许关于如何经营婚姻，存在一个秘诀。可惜的是，德博拉和哈里不了解它。德博拉回忆起她结婚的那一天，太平洋上波光粼粼，好像千千万万的太阳碎片在跳舞。她想起冲向海岸的海浪，它们你追我赶地涌过来，到达最高点，又慢慢消失了，就像他们的幸福，就像他们共同的生活。

最后什么也没有剩下。

什么也没有，除了那些约定——谁什么时候来接马克斯，谁什么时候把他送到哪里去。除了开着她那辆老切罗基吉普车——马克斯就是在这车里怀上的——沿着洛杉矶荒凉的水泥路面仿佛无止境地向"古铁雷斯及合伙人律师事务所"飞驰。幸运的是，古铁雷斯先生是个有耐心的人，在他的办公室里她可以随心所欲地放声大哭，这简直可以算作一种治疗。古铁雷斯先生也总是会在手边准备好纸巾，这也是服务的一部分。

*

德博拉和马克斯大吵了一架，之后她去敲他的房门，想向他道歉，但是没有回应。也许他还在生闷气，她想。德博拉回到厨房，点着了几支香薰蜡烛，冥想了二十分钟。随后，她高喊起他的名字。当她再一次敲门却依然得不到回应的时候，她受够了，一把推开了门。

"你以为你是……"她开口，可是立刻就愣住了。

马克斯不在房间里。窗开着，湿漉漉的晚风吹动着窗帘。德博拉脑子里警铃大作。她立刻搜寻了整个房子，接着是车库，然后是街道，最后是整个社区，在这个过程中，她越来越绝望。

当她还是个小姑娘的时候，德博拉曾经亲身经历过一个邻居的手被割草机铰断的事故。当时机器已经被卡住了，但是邻居不知道马达还开着。带着一种病态的痴迷，德博拉观察着割草机如何重新工作起来——邻居丢了两根手指。德博拉清晰地记得，那两小团粉色的小香肠是怎样在深蓝色的天空背景下飞过，最后落入草丛当中的。邻居的妻子拾起指头，把它们放在冰块上。一辆救护车把严重失血的男人和他的两根手指一起送到了医院。手指被接上了。从那以后，邻居手上就多了几条疤痕，并且再也不能利落地使用手部了。德博拉永远都无法忘记她看到那一幕时胃里强烈的恶心感。

她现在就有同样的感觉。甚至更糟糕，现在是她自己的手指头进了割草机。她的儿子失踪了，这就好像是有人从她身上割了一块肉一样。

她给哈里打了电话。就像平常一样，他什么忙也帮不上。她能听到背景里人声鼎沸。他在酒吧吗？或者是餐馆？

"你在哪儿？"她问。

"不关你的事。"

"我找不到马克斯了，他在你那儿吗？"

"他为什么会在我这儿？今天轮到你。"

"他失踪了，不在家里，他见了鬼的到底在哪儿？"

"我不知道。"哈里说，现在也开始着急起来，"你怎么不看好他呢？"

在这通谈话变成真正的吵架之前，德博拉说，她要挂电话了。她要马上打给警察局。哈里保证说，他会尽快赶到。

警察在电话里只告诉德博拉，她目前无须过于担心。24 小时之后，她才能发布寻人启事，现在就担心会发生最糟糕的状况为时过早。德博拉却觉得这番劝慰不能让自己平静下来。对于她而言，什么时候开始担心最糟糕的状况都不能算为时过早。她决定在社区里再细细地搜寻一遍，也许她上一次忽略了什么呢？这一次她挨个地敲了邻居家的房门，但是没有人知道马克斯到底在哪。

过了没多久哈里出现了。

"你怎么这么久才来？"她盛气凌人地训斥他。

"对不起。"他怒冲冲地回答。

"你儿子不见了！"她急躁地说，"你刚才在哪儿？"

哈里·科恩刚才是和他的情人，也就是德博拉口中的"坏女人"——那个瑜伽教练在餐馆吃饭，可这事儿他当然不会告诉德博拉。和埃莉诺——这是她的名字——共度的这个晚上并不顺利。他问她，他搬到她那儿住怎么样。而她则故意不回答这个问题。不是什么好兆头。当他去握她的手，想告诉她现在他们可以开始共同的新生活时，她把手抽走了。沉默，气氛降到了冰点。几秒钟之后德博拉打来了电话。能够提早结束这顿失败的晚餐，哈里简直松了一口气。他付了账单，来到了曾经的家中。

他们开着德博拉的车去了所有马克斯喜欢逗留的地方：游乐场、电影院、漫画书店。哪儿都没有。

他们绝望到无以复加，只能回到家里。这时候电话响了。

是马克斯！他正坐在费尔法克斯大街上的坎特佳肴里头，身上的钱不够付账！德博拉花了好几分钟狠狠地骂了儿子，直到经理把话筒接了过去，请她立刻赶过去，赎回这个男孩以及——她是怎么教出这么个浑小子的？

在她一生中，德博拉还从来没有如此轻松过。

此外她发誓说，她一定要扭断这个浑小子的脖子。

*

回家的路上德博拉和哈里一句话都没有说。看到父母像漫画《雷神》里的冰巨人一样坐在那儿，马克斯真希望自己是在其他地方，比如说奶奶家，即使在奶奶家也比在这儿强。如果能把自己瞬间移走就更好了，他经常有这样的想法。马克斯觉得瞬移是一种特别高级、特别酷的超能力，他不明白，为什么科学要比漫画中展示的落后那么多。要是能像电脑游戏里的人物那样发射火球也不错，那样他就可以用火球来攻击他的老师了，或者他的父母。

德博拉在伊登赫斯特大街向左拐去，当车子终于停在家门口时，她突然尖叫起来："你见了鬼的这么做到底是为了什么？"

"回答你妈妈。"哈里难得一见地和德博拉站在了同一战线上。

马克斯垂下脑袋，喃喃地说了些道歉的话。这种时候他就很需要一些火球。

"我已经做了最坏的猜测，"德博拉说，"我以为你已经死了！"

我也希望我死了，马克斯想。

他父母想知道他为什么离家出走。马克斯吞吞吐吐地说了半天，始终给不出一个能让人信服的答案。他们锲而不舍地继续盘问他：他到底哪根筋搭错了要去坎特佳肴？他去坎特佳肴干什么了？他是想把店吃空吗？

最后马克斯终于忍不住吐露了真相："我是去找一个魔术师的。"

他的父母交换了一个迷惑不解的眼神。

"魔术师？"妈妈问，"这又是为什么？"

妈妈开了门，三个人一起走进家门，就像以前一样，马克斯苦涩地想。

他跟他们讲了爸爸的唱片，讲他如何去找伟大的扎巴提尼。他没有提到那条爱情咒语。妈妈看着他的眼光仿佛他已经失去了理智。爸爸坐在沙发上，那样子好像他自己就是苦难本身。妈妈进了厨房，打开冰箱，端出一个盘子。

"把你的晚饭吃了。"她心灰意冷地说。

马克斯闷闷不乐地捣着冷冰冰的土豆泥。

德博拉让他上床睡觉，自己则坐到了即将成为她前夫的男人身边。对于儿子的行为，她完全摸不着头脑。但两个人都心存愧疚，因为他们清楚，这一切都和他们离婚这件事有关。但是为什么偏偏要跑去找个魔术师呢？

他们没有注意到，马克斯正隔着房门偷听他们的谈话。爸爸离开之后，马克斯倒在床上，陷入不安的睡眠之中。

*

第二天课间休息的时候，马克斯心情很坏地坐在操场边的一张长椅上。他的计划失败了。伟大的扎巴提尼证明了自己一点也不伟大。马克斯必须接受这个现实——世界上不存在什么爱情咒语。

在他这个年纪，儿童的天真梦想逐渐褪去，而无情的现实世界缓慢却坚定地露出了本来面目。直到去年，马克斯才刚刚发现一个令人沮丧的事实：圣诞老人根本不存在！所有的一切都是骗人的，所谓的圣诞老人原来是爸爸套着一件可笑的袍子扮演的。其实马克斯心存怀疑已经有一阵子了，他俩之间有一些无法让人释怀的相似性：动作、声音、使用的须后水的味道。而且，该怎么解释每年圣诞老人来的时候，爸爸永远不在这个疑问呢？当马克斯去年圣诞节期间——没错，即使一个犹太家庭也无法彻底躲开圣诞节的轰炸——推开父母的整体衣柜时（他当时正在寻找兔子雨果，小家伙在他打扫兔笼的时候逃走了），他当面撞见了爸爸，他穿着一件红袍子，正准备贴上白胡子。

尽管遭遇了这样的精神打击，马克斯还是想要相信一些什么，一些比他熟悉的世界更真实的东西。放弃非理性的世界对他而言很不容易，尤其是现在。父母的关系越糟糕，他就越不理性。当他熟悉的一切如空中楼阁一样轰然倒塌时，他不由得转向信仰以寻求救赎。他的内心世界分裂了：一边是虔诚的信徒马克斯，一边是怀疑一切的马克斯。把所有的希望寄托在一张损坏的唱片和一个身上有怪味、脾气又不好的老人身上的，是虔诚的马克斯。他不是第一个这样做的人，很多人终其一生都没有走出这个阶段真正成长起来。马克斯也很害怕觉醒，因为那意味着童年的完全终结。他还想裹着谎言的温暖毛毯，继续打会儿盹，做做梦。他不想醒来，不想体验光脚板下冰凉的地板。他还没有准备好。虽然有足够多的证据证明那些他不愿意相信的才是事实的真相，可是马克斯依然紧紧抓住自己的信念——他相信那些不可能的事。

米丽娅姆·刑向马克斯走来，坐到了他身旁。她拿自己吐司的碎屑喂着松鼠。

"你还好吗？"她问。

马克斯耸了耸肩。他不想和她说话。她身上有些东西让他紧张。有时候她会突然发作，就像上一次乔伊问她朝鲜是不是也有冰箱的时候一样。结果她把他臭骂了一顿，大骂他是个彻头彻尾的蠢蛋，她家来自首尔，那是世界上最酷，也是冰箱最多的城市之一！

不过现在她像绵羊一样温顺。"你父母怎么样？"她接着问。

他能说什么呢？"我不清楚。"他避重就轻地嘟囔着。

他们沉默地观察着一只正在开心啃面包的松鼠。"长着毛绒尾巴的老鼠"，奶奶总是带着鄙视的语气称呼这种可爱的小动物。

"我妈妈说，我应该试着让你想点儿别的。"米丽娅姆解释道。

马克斯只是嘟囔了几句。突然间，他被自己吓到了，因为他听到自己在说："我好想他。"他的声音很轻，说出这一点很困难，尤其是面对着米丽娅姆。

她握住了他的手，而他居然没有反抗，这点也让他惊讶。

然后她开口了："你还有面包可以喂松鼠吗？"

17

无中生有

魔术马戏团的足迹踏遍了许多国家。他们经过巴伐利亚，穿过奥地利，来到匈牙利，最后一个急转弯，经过萨格勒布，又回到了德国。对于莫舍·戈尔登希尔施而言，这些年很辛苦。半月先生是个非常严格的老师，但出乎他意料的是，他居然也是个很好的学生。在他生命中，这是头一次，他也能做好一件事。

刚开始的时候，男爵把他带到空空如也的帐篷里。他拿出一条红色的手帕，两次从手中抽过，到了第三次的时候，手帕变成了蓝色。这在行话里叫"变形"；还有一种"瞬移"，是指把某个东西从一个地方变到另一个地方；当然还有"飘浮"，是指让东西飘浮在空中。这是莫舍觉得最美妙、最无法解释的魔术。他永远也无法忘记自己爱上飘浮着的波斯公主的那个瞬间。

除此之外还有"生产"。半月先生伸手向空中一握，手上立刻就多出了一束纸花。"变魔术的时候，"他解释道，"我们会从'无'里面创造出东西来。"相对应的魔术叫"消失"，一件东西会消失在空气中，或者变得看不见。冯·克勒格尔打开那个大旅行箱，每一次尤利娅都会消失在其中。他让莫舍向里头看。

莫舍只能看到箱子的内衬，"什么也没有。"

"确实。"男爵说。他把纸花放入旅行箱，锁上它，然后再次打开。

纸花不见了。

莫舍眨巴着眼睛。"怎么做到的？"他问。

半月先生把手伸进箱子，突然间莫舍看到他的手指变多了。

"一面镜子。"莫舍说。

男爵点了点头，把镜子反转朝向后面。"箱盖中隐藏着一个反转机关。机关的一面是镜子。箱子锁起来时，镜子会自动翻下去，这样人们就只能从镜子里面看到箱子的内衬了，箱子看起来就好像是空的。"

"我明白了。"莫舍说。一切都那么简单朴素。当人们明白了其中的道理时，所有的魔术就一下都消失了。

"然而事实上这并不是魔术艺术，只不过是个工具。"冯·克勒格尔轻蔑地说，"每个人都可以买这么个箱子。真正的魔术艺术，"他继续说道，"是那种张力，是幻觉，是我们提供的娱乐。"

"那把剑又是怎么回事？"莫舍问。

每天晚上，半月先生都会从他的手杖中拔出那把剑，刺向旅行箱。不过莫舍从来没有看到有人受伤，也没有见到过血迹。冯·克勒格尔向莫舍展示了两根一模一样的手杖，一根里面有真正的剑，另一根里面只有一把钝刀，男爵用手心轻触刀尖，刀刃就立刻缩回了刀鞘里。"刀刃是活动的。"他说，"我用真剑斩断绸带，证明它确实很锋利。在真正变魔术前我会拉好我的斗篷，迅速交换两根手杖。有真剑的那根我会藏到箱子后面去。"

*

莫舍不仅要学习魔术技巧，还需要学习被师傅称为"艺术史"的东西。通过这个，他了解到舞台魔术起源于古老的巴比伦。当时米底王国里有个名叫"玛杰尔"的部落，魔术师（玛吉尔）的名字就是由此而来。这些玛杰尔担任祭司，从那以后，一个不幸的传统拉开了序幕，并一直延续了千年，那就是：舞台魔术和宗教结合到了一起。

半月先生给莫舍讲了一个古埃及的预言家的故事，这个预言家号称能让人起死回生。"这是个古老的谎言。从人类历史一开始的时候，就有祭司和先知号称知晓了永生的秘密，这是我们的保留曲目。如果我们允诺他们会有来生——最好是一个没有现在这么劳累的——观众们就会高高兴兴地把他们辛辛苦苦挣到的硬币交给我们。要不然，那些占卜师和行骗者早就失业了。"

但那个埃及预言家差点因为这个而掉了脑袋。法老听说他拥有起死回生的能力，想要亲眼见到这个奇观。他提议马上处决几个奴隶，以供重生之用。好在预言家成功地让法老打消了这个念头。他转而用鸭子演示了这个法术，后来据说又用在了一头牛身上。

"也许他只是及时地更换了那些家禽。"

"但牛是怎么回事呢？"莫舍不解地问。

"大小并不是决定性的，霍迪尼甚至把一头大象变没了。"

"真的？"

"在纽约的某个舞台上，"男爵回答，"那头大象叫贝琪。"

半月先生讲到了"魔术的黄金年代"。随着 19 世纪的到来，理智以及科技进步宣告出现了一个新时代，魔术的本质也发生了变化。在伟大的魔术师们，例如意大利的巴尔托洛梅奥·博斯科等人的努力下，魔术逐渐摆脱了"蹩脚的迷信"这样的固有形象。博斯科相信有一种"真诚的魔术"。新时代的魔术师们不想再和招魂术或是骗术有什么瓜葛，他们视自己为纯粹的演出者，专注于提供表演，不做本职以外的事。舞台魔术师同时充当宗教祈福师的时代应该永久地成为过去。很多著名的魔术师，男爵解释说，原本都是手工业者。黄金时代最著名的魔术师当属让·欧仁·罗贝尔－乌丹，他就是钟表匠的儿子。在他去世之后，他充满传奇色彩的一生——以及他的名字——给一个名叫埃里希·魏斯的年轻男人带来了灵感，后者逐渐成为一颗冉冉升起的新星，并把隐藏术发展到了前所未有的高度：他后来改名叫哈里·霍迪尼。"关于他，"男爵说，"无须赘言，世界上没有一把锁是他打不开的。"

莫舍不由自主地想到了布拉格的邻居——锁匠。不知道他怎么样了？他想。他父亲怎么样了？那些被他遗弃的人的脸孔，依然常常在梦中出现。

*

整整两年时间，莫舍都在充当半月先生的门徒。他知道了原来舞台魔术只不过是一种讲述故事的形式。每一个招数都是一个剧本。魔术师，或者说叙述者，在第一幕里先要创造一种期望，到了第三幕，这种期望在得到满足的同时又必须突然反转。莫舍明白了，真正的魔术其实仅仅发生在观众们的头脑当中。魔术的真谛不是依靠行云流水的手法或者道具来展示莫测的变化，魔术的本质在于改造观众的感觉。在这个过程中，重要的是说正确的话。而大多数情况下，说话越少效果越好。

"舞台魔术师，"半月先生傲慢地说，"只怕一件事。"

莫舍抬眼看着他的老师。天色已晚，男爵正懒洋洋地躺在沙发上。

"魔术。"他说，"魔术师怕魔术，因此他们表演时要么就在进行杂耍，要么就在喋喋不休。"

半月先生教导莫舍，最好的撒谎方式就是不撒谎。"要说实话。实在不行，就沉默。如果你说，现在你手里拿着一个非常普通的大礼帽，观众们就会怀疑你。"

"那我该说什么？"莫舍问。

"闭上嘴。"男爵说，"把帽子举高，什么也不用说。"

男孩点了点头。

莫舍有一种到家了的感觉，他觉得已经来到了目的地。虽然他依然需要负责清理马戏团动物们的粪便，但是在他学徒期快要满的时候，男爵给他机会让他和其他人一起上台表演。只有一点是不被允许的：表演真正的魔术。唯有男爵能够独享这份特权。莫舍的角色是"魔术小丑"。他穿着一件可笑的戏服，这样别人一眼就能辨认出他是丑角：戴着大礼帽，穿着超大的鞋子和一条带红点的泳裤。

他在观众席间穿梭着，给大家表演卡牌魔术，用滑稽戏逗笑观众。人们都嘲笑他，他们有时候对着他扔花生，有时候甚至扔啤酒瓶。但他都不放在心上。人们的轻视淬炼着他的心灵。

有一天晚上情况却有所不同。他们来到了黑森州，在法兰克福北边一个叫吉森的城市演出。

下午，他们在施瓦讷泰西附近的大草坪上支起帐篷。当地人的行为举止非常粗鲁，即便是在本身风评就差的黑森人当中，他们也算臭名昭著。与此同时，他们自以为很有求知欲，对待所有可能是欺骗的东西都充满了警惕。这些人大部分是农民，既固执又骄傲。而这些人中不是农民的那一小撮则比农民还要糟糕得多：都是些知识分子。

纳粹冲锋队 [1] 地方小组的成员们也不想错过魔术马戏团的演出。近年来，国内的氛围已经明显发生了改变。纳粹党每天都能吸收到新成员，一方面，是因为他们的政见——都是犹太人的错——实在太受欢迎了，另一方面，他们来者不拒，不论是暴徒、小偷还是虐待狂，他们都能容忍并张开双臂欢迎。在这儿，他们找到了组织，在这儿，他们觉得很惬意。但是其他那些正派的德国人也想加入进来。对于穷人，纳粹党保证会给他们一个未来，一个本来就应该属于他们的未来。他们不是失败者，而是即将脱胎换骨的上等人。种族主义者、民族主义者、大学生、学者、农民、工人、法学家、企业家，纳粹党为每个人都准备了点什么。纳粹党就是他们期待已久

---

[1]　希特勒 1923 年创立的武装组织，成员穿黄褐色卡其布军装，故又称褐衫队。

的答案。

吉森的冲锋队成员们好像都被自己的傲慢以及啤酒灌醉了。他们属于最难讨好的那类观众：已经喝醉了，而且有疑心病。他们非常热衷于让扎巴提尼摔倒，因此只要有机会，就会上去搞破坏。莫舍发现自己没法以普通的方式来娱乐他们，他们津津有味地品尝着他的痛苦。他们的幽默感非常残酷，冲锋军们把他撞来撞去，好像他不过是个皮球。莫舍很快就害怕起来，他需要努力地抑制自己的泪水。他甚至开始担心他们能穿透他厚厚的小丑妆容，看出他是个犹太人。

突然间灵光一闪，他知道如何才能从当前的险境中脱身了。

他抓住一个冲锋军的手臂，他的嘴唇开始颤动起来，眼睛睁得大大的，一动不动地注视着眼前的人。

"做什么？"那人问。这家伙肥头大耳，脸颊绯红，脑袋剃得没剩几根毛。他局促地扫视着自己的亲信，莫舍故意拖延着，现在他浑身都颤动起来，其他的冲锋军们不由自主地后退了一步。

突然间，莫舍猛地一阵抽搐，好像刚刚从虚幻中回过魂来。

"怎么了？"那个人又问。

莫舍平静地看着他，满脸的同情。他倾身对着他的耳朵低语道："你会在一年之内死去。"

那人粗喘一声，猛地向后跳去，他的脸色变得像尸体一样苍白。莫舍转过身来，穿过观众席，走出了帐篷，没有人拦着他。

刚来到帐篷外面，他就欢呼着把拳头举到空中。他做到了，他让那家伙感觉到了害怕。真不敢相信，人们居然会相信这么拙劣的谎言。他的预言就跟一个乡巴佬说的一样不可信，尽管如此，那个人还是相信了他。他，莫舍·戈尔登希尔施，把冲锋军吓得瑟瑟发抖！

然后他听到一个声音在身后响起。

"你对他做了什么？"

尤利娅从帐篷里走了出来。她白色的裙子外面披着一件皮大衣。冬天快要过去了，大草坪上还残留着一些雪。尤利娅的裙子和她的皮肤在莹白色的月光下泛着微光，她的美让他头晕目眩。晚风中，他能看到她嘴里呼出的热气，他多么渴望碰触她。

她给自己点了一支烟。

"我做了一个假的预言。"他回答。

"所有的预言都是假的。"她说。

莫舍点了点头。"可是他不知道。"

"你跟他说了什么？"

"他马上就要死了。"

尤利娅大笑起来。"他相信你了？"

"看上去是这样。"他向她走近一步。刚才的成功让他深受鼓舞，他又说出了一个预言："今夜结束之前，你就会爱上我。"

她对着他微笑起来。"我第一眼看到你就爱上你了。"她说。

这不是真的，但听起来很不错。

"哦。"他有点不知所措。这可是很重要的信息！他很高兴，可同时也非常困惑。她为什么从来没提起过呢？这几个月以来，她为什么一直让他受苦呢？"这真的是……"他结结巴巴地说，"非常好，不是吗？"

"是的，"她说，"非常好。"

他四下张望了一下，十几只野兔在尚覆盖着积雪的草坪上蹦蹦跳跳。它们还穿着厚厚的冬衣，看上去非常忙碌。

尤利娅满怀希望地看着他。她的眼睛显得更大、更深邃了，就像一片海洋，而他不会游泳，他每一秒钟都可能在其中溺亡。

他突然很害怕。

尤利娅采取了主动。他感到手上有什么东西，当他低头的时候，看到她纤细的手指攀着他的手。

他渐渐想到，也许他应该吻她。

他还从来没有吻过别人。没有人告诉他该怎么做。他的父亲整日都在唠叨早已过世的塔木德圣贤，而半月先生则只关心怎样才能把鸽子变没了。

他才17岁，他不知道现在到底该怎么做。但是尤利娅已经20岁了，她非常清楚地知道，接下来该发生什么。她吸了一口香烟，朝一旁吐出烟圈，防止烟飘到他们脸上。接着，她把手指插进他浓密的黑发，把他拉近自己，吻了他。

当她放开他的时候，她用手背抹了一下嘴唇。

"真好。"莫舍无措地说。他的唇上还能尝到她嘴里烟草的辛辣味道。

她耸了耸肩，"还可以更好的。"

"哦。"这真是一条毁灭性的判决，他沮丧地想。

"你太紧张了。"她说，"让我来教你。"

她扔掉香烟，开始给他上起课来。

18

马克斯和魔术师

马克斯下午回到家的时候，看到扎巴提尼躺在前厅花园的一张躺椅上睡觉。在他身边的草地上，放着一只大箱子。老头穿着一件夏威夷衬衫，呼噜打得震天响。

马克斯的心情，至少可以说是相当震惊。他放学之后就去了妈妈店里，在那儿做完了家庭家业——那真是无聊到爆的两个小时。他在甜蜜佳苑感觉不太舒服，那儿没有任何令他感兴趣的东西，都是些家具啦，衣服啦，还有些远东地区的无用小玩意儿。妈妈要照顾顾客，因此也不能陪他，他已经习惯了。所以他一做完作业就骑自行车回了家，现在却看到这一幕。

马克斯向老魔术师走去。

"哈罗？"

没有应答。马克斯小心地摇着扎巴提尼的肩膀，没有反应。他又死了吗？马克斯摇得更用力了一些，扎巴提尼猛地一抽搐，呻吟着睁开了眼睛。

"干吗啊你？"他生气地说。

"您睡着了。"

"那又怎样？人还不能安静地睡觉了？"

"您在我家的草地上做什么？"

"睡觉。"他用优雅的手势拍了拍衬衫，其实那上面根本就没有灰尘。

"您怎么知道我住在哪里呢？"马克斯问。

扎巴提尼微笑看着他。这是一种多年的舞台经验训练而成的微笑，完美地融合了魅力和狡黠。"我不是个魔术师吗？或者我不是？"他准备做个鞠躬的姿势，却一下子痛呼起来。

"没事儿吧？"马克斯问。

"我的脖子。"扎巴提尼从紧闭的牙缝间挤出这么几句，"抽筋了，我动不了了。"

马克斯扶着老人家，小心护送他进了屋，帮他坐到了沙发上。

扎巴提尼松了一口气，他揉着后颈说道："太棒了！还有沙发，简直跟做梦一样。遥控器在哪儿？"

马克斯把遥控器拿给他。

"我需要更多的靠枕，"扎巴提尼宣布说，"为了我的脖子。"

马克斯奔进妈妈的卧室，拿出来几个靠枕。当他回来的时候，看到扎巴提尼正颤巍巍地用手指在遥控器上一阵乱按。

"这东西到底怎么开？我要看'花花公子'频道！"扎巴提尼嚷着，"我要看女人。"

他四下张望着，好像希望下一秒就能看到他渴盼的女人们出现在客厅里。可现在他的眼光落到了一张精挑细选的丑陋画作上。那是德博拉不顾家人们的强烈反对硬要挂在大门边上的：画作以黑色丝绒为背景，展现了一张小丑的脸。小丑的脸颊上挂着泪珠，涂得鲜红的嘴唇边是一抹硬挤出来的微笑。他那雪白的脸仿佛呼之欲出，要从黑丝绒里向观看者飘过来。马克斯觉得这幅画可怕至极，可是对他妈妈来说它好像具有一种神秘的意义。她看重的并不是这幅画的艺术价值，而是它传递的情感。当她还是个孩子的时候，她就把这幅画挂在房间里了。

扎巴提尼嫌恶地看着它。忽然间，他好像想起了什么："你去过'珍宝小丑屋'吗？"

马克斯摇了摇头。

"在好莱坞大道上，威诺纳角那边。比'花花公子'频道还要棒。"

"那儿有小丑吗？"

"小丑，胡说什么！"扎巴提尼说，"那儿有大胸裸女。"

马克斯脸红了。

"天堂啊！"扎巴提尼继续说道，"女人和威士忌。"他突然停住了，"我怎么没有喝的呢？"

马克斯冲向厨房，给客人端来一杯自来水。

扎巴提尼出离愤怒了。"我看上去像条鱼吗？我要喝酒！威士忌！"

"我家……我家没有威士忌……"马克斯小心翼翼地说道。

"你家没有威士忌？"扎巴提尼难以置信地瞪着他，就好像刚刚得知，他的毕生所爱嫁给了另一个男人。

马克斯摇了摇头。

"狗屎！"扎巴提尼说，忽然他的脸又亮了起来，"我看到街角有家商店，他们那儿有烧酒什么的卖。我钱包里有钱，给我弄瓶威士忌来，或者啤酒也行。"

"他们不会卖酒给我的。"马克斯说。

"你说什么？"

"我还未成年。"

"我知道，"扎巴提尼说，"又不是你喝，是我喝。"

"我们有冰红茶。"马克斯提议。

"我不想喝冰红茶，"扎巴提尼嚷道，"而且这个电视怎么打不开？"

马克斯从他手里拿过遥控器，打开了电视。

扎巴提尼脸上浮现出笑容，"终于！"他叹息着说。

看了一会儿智力竞赛节目之后，扎巴提尼饿了，他想吃东西。马克斯来到厨房，冰箱里还有点儿印度玛莎拉奶酪，装在打包盒里。几天前马克斯和妈妈光顾了街道拐角处的印度超市，那儿提供热的自助餐，店里还有一台平板电视，循环播放着艾西瓦娅·雷或是沙鲁克·汗跳的浮夸的印度舞蹈。马克斯盛了满满一盘子玛莎拉奶酪，把它放进微波炉加热了一下，轻轻放到扎巴提尼面前的沙发茶几上。老魔术师大口大口地吃了起来，还不忘抱怨说，只会用些剩菜剩饭打发他。终于，马克斯鼓起勇气问了那个已经折磨了他一个小时的问题："您为什么要到这儿来？"

扎巴提尼放下叉子，故作惊讶地说："是你请我来的呀。"

"我？"

"对呀，就是你。这儿还有其他人吗？"

"没有了。"

"啊哈！"扎巴提尼带着胜利的口吻说道，继续挖了一勺玛莎拉奶酪放进嘴里。几颗米粒掉到了他的夏威夷衬衫上，粘在了上面。

"我没有邀请您。"

"要是有杯啤酒就好了。"扎巴提尼用抱怨的语气说道。

马克斯叹了口气。这老家伙简直快把他逼疯了。他到底来这儿干什么？但更重要的是：他怎样才能在妈妈回来之前把他弄走？

扎巴提尼把盘子推到一边，打了个饱嗝，开口道："不是你说想让我施展爱情魔咒的吗？"

马克斯吃惊地看着他："什么？"

"永恒的爱。我唱片上的。"

"所以您才来这儿的？"

扎巴提尼在脖子允许的范围之内，艰难地点了点头。"所以我才来这儿的。永恒恒恒的爱爱爱！"他的声音又变得像德古拉一样，"唱片，记得吗？它坏了，不是吗？"

"是的，"马克斯说，"哦，不对，没错，唱片坏了。"

"你看到了吧。"扎巴提尼得意地笑着，"所以我来了。"

马克斯高兴得快要蹦起来了："您说真的？"

"真的，为了让你父母重新爱上彼此。"

马克斯冲向扎巴提尼，拥抱了他。从来没有跟孩子特别亲近过的老魔术师扎巴提尼，此刻脸上的表情好像是他踩到了一堆狗屎。"够了够了，"他说，"感情别太丰富了。"

"您真的要帮助我？"

"真的，就像我的名字叫扎巴提尼一样真。"

马克斯愣住了："可这是您的真名吗？之前养老院那个男人说，没有人叫……"

"第一，"扎巴提尼打断了他，"那不是个养老院，而是一个'阳光老前辈生活共同体'。"

"好吧。"

"其次，那个男人，是个傻瓜，一个蠢货，一个讨厌鬼。"

"为什么？"马克斯问，"他做了什么？"

老头故意装出一副若无其事的样子。他没有告诉马克斯的是：他，伟大的扎巴提尼，别名莫舍·戈尔登希尔施，今天早上被赶出了"大卫王"养老院。

是龙尼——谁叫他是养老院的负责人呢——把他赶出来的。龙尼就这样大步跨进 112 号房间，把正在电视椅上睡觉的扎巴提尼从瞌睡中叫醒，把那张驱逐令一直递到他鼻子跟前。

"可是我该去哪里住呢？"扎巴提尼恳求他。

"反正不能住在这儿。"这是龙尼唯一的回答。

扎巴提尼大部分的家当都被截留下来，毕竟他已经好长时间没有交过房租了。煤气开关的事其实只是压死骆驼的最后一根稻草，现在这个不要脸的老东西必须彻底离开。

这就是今天早上，88 岁的扎巴提尼正式变得无家可归的经过。他先是在公交车站坐了几个钟头，用烟蒂去弹鸽子，忽然间他有了一个主意：昨天的那个小白痴！那个不停追问爱情魔咒的小东西！这么个蠢蛋娃娃肯定也有一对蠢蛋父母。而这家人肯定得有个住的地方。

他又回到"大卫王"，探头探脑地向大堂里张望。上帝保佑，里面一个人都没有，龙尼没有坐在接待处。他迅速地溜了进去。一点没猜错，那男孩乖乖地在登记单上留下了地址。

就这样，在这个世界上已经了无牵挂的扎巴提尼，决定来阿特沃特村拜访一下马克斯·科恩。

"您觉得您真的能做到吗？让他俩再次爱上对方？"马克斯充满希望地问道。

"当然啦。"扎巴提尼有点受伤地回答，"我可是著名的扎巴提尼。我会很厉害的魔术。伟大的魔术！"

"但是您说过，魔术都是骗人的。"

他说过吗？他怎么这么蠢！扎巴提尼先是在嘴角挂上一个极富魅力的微笑，然后说道："只要你相信它，就会梦想成真。"

19

孩子的骸骨

1937年秋天，魔术马戏团在泥泞的乡村道路上艰难地向着北方挺进。他们先是在戈斯拉尔演出了几场——莫舍觉得那真是个可怕的地方，而且全是纳粹分子——之后又来到布伦瑞克，"北方巴黎"是更贴切的称呼，接下来他们要去汉诺威。总体而言，莫舍不太喜欢下萨克森：地势太平坦，天空过于低垂，而且到处都是砖房！他想念家乡布拉格那种高耸入云的建筑。捷克人的追求是向着天空的，莫舍想，而下萨克森人呢，就想着紧紧地粘在地上。

但有一个人却很高兴来到这里，那就是他们的老板。半月先生在这个一直下雨的城市里待得特别惬意。有一天晚上，他一边享受地含着一块冰糖吸吮着，一边告诉大家，他们今年就要在这里过冬了。这个自封的男爵对真正的贵族有一种特别的偏爱，希望汉诺威本地的领主能够赐予他的马戏团以无上的荣光。不久之后，流言就在马戏团里流传起来，据说布伦瑞克公爵，恩斯特·奥古斯特三世殿下本人将要来拜访他们。虽然这个流言很可能只是来源于半月先生的强烈渴望，他们依然在帐篷里专门隔出了一个"公爵包厢"。

然而公爵并没有出现，包厢一直无人造访。

与此同时，莫舍·戈尔登希尔施和尤利娅·克莱因已经背着半月先生开始了一段真正的暧昧关系。尤利娅很快就喜欢上了莫舍。这男孩真是个不错的消遣，他崇拜她，而她喜欢被崇拜。那些马戏团帐篷后面秘密发生的热吻，不小心互相碰触到的指尖。有时候，在某些短暂的瞬间，尤利娅甚至有一种错觉，觉得自己真的爱上了莫舍。虽然她知道这不可能是真的，这小家伙不过是个驱赶无聊的工具罢了——最好，她根本不要再动脑子去想它。可是两人中的另一个却把这段关系看得严肃得多。对于莫舍来说，尤利娅就是他的天，他的地，他的一切。他被幸福冲昏了头脑，在青少年那种无边无际的乐观主义的支撑下，他认定这份幸福将永远不会终结。周围的一切都散发着芬芳，所有的事物尝起来都如此甜蜜：空气、水，尤其是那些秘密的热吻。

这可能是莫舍生命中最激动人心的改变：他开始窥探到爱情的模样，从心灵到身体。他尤其钟爱后一种。直至不久之前，他释放自己的唯一途径不过是靠想象力和左手，现在一个女人——而且，天哪，这是怎样的一个女人啊——完全自愿地躺在一个像他这样的人身边……他直到现在都不敢相信自己的好运。

不过有时候，半月先生会在夜里把尤利娅召唤到他的马车上去。莫舍只能站在外面，手上拿着铁锹，心里嫉妒到变形，直直地瞪视着隔开了一切的窗户，瞪着里面温暖的黄色灯光。幸运的是，尤利娅不会去太久，男爵大人显然没有什么持久力，最多半个小时之后，尤利娅就会从马车里出来，疾步越过莫舍，来到水泵边清洗自己。

没有人注意到莫舍和尤利娅之间的秘密。每个周一，也就是他们休息的日子，两个人会朝着不同的方向出发，几个小时之后再在某个偏僻的咖啡厅或是公园里面碰头。他们花好几个小时散步。有时候，他们会在晚上偷偷溜进马戏团帐篷，在里面做爱。

他们的第一次也是在那儿。

当时莫舍正忙着清理狮笼，忽然他感觉到有人在注视他。他抬眼看去，发现尤利娅站在笼子前。天已经黑了，演出早已结束。他看到她眼中闪着狡黠的小火苗。她把食指竖在嘴唇前面，微笑地看着他。他不由得放下铁锹，离开了狮笼。

她握住他的手。"跟我来，"她说，"我给你看样东西。"

他听话地跟着她，她把他领进了"公爵包厢"，和平时一样，这里没有人。莫舍傻乎乎地四下里看着。

"可是这儿什么都没有啊。"他说。

"哦，有的。"她说，并把他拉倒在锯末里。

当她看到他的裸体时，她脸红了，"你真是个犹太人。"她说。

莫舍点了点头，他很羞愧，但是尤利娅只是微笑着，倾身向前，吻了他。

*

最近一段时间以来，男爵的举止越发地反复无常。他总是喝得很多，而每次一喝酒，他就会变得很暴躁。是因为汉诺威的贵族无视他的存在吗？有一天，莫舍看到尤利娅从身边急急忙忙地跑过去，脸颊通红，眼中含泪。他追上了她。

"发生了什么？"

"别来烦我。"她低声说。

莫舍无助地四下看着。半月先生正站在帐篷入口处，脸上的面具闪闪发光。他把酒瓶举到嘴边，踉跄着走开了。

"他有没有……"莫舍问。

"你给我安静！"尤利娅从齿缝间挤出声音，"这不关你的事。"

可是这当然关他的事。这已经不是男爵第一次对尤利娅动手了。当尤利娅告诉他这些的时候，他们正躺在草地上，离马戏团帐篷很远很远，头顶上是缀满闪亮繁星的天空。他们注视着无边无际的夜空，憧憬着大千世界，讨论着是不是有另一种生活的可能，一种比现在更好的生活。他们细数着自己想要去看看的城市：马德里、罗马……

"巴黎。"莫舍说。

尤利娅惊愕地看着他："我也正想说这个！"

他点了点头。有那么一会儿，他感到自己好像真的可以读出她脑子里的想法。也许是因为爱情——你会像了解自己一样地了解那个人，甚至了解她胜过了解自己。莫舍其实已经暗暗感觉到，尤利娅对他的感情就像纸一样薄，她用一个个小小的、不经意的动作和话语告诉了他这一切。她的心不属于他，而只属于她自己。他能感觉到这一点，并为此深受折磨。他希望能通过一句咒语彻底赢得她的心。可是这样的事情并不存在。

"就这么办。"尤利娅说,"我们逃走,去巴黎。"

"巴黎,我不知道。"莫舍说。

"为什么不行?"

首先他俩都不会说法语。其次最近要想离开德国已经越来越困难了。也许可以去柏林?他们很快达成了一致。渐渐地,一个计划开始成形。他们将坐火车从汉诺威到汉堡,然后再转车去柏林。尤利娅说,她可以为他们在但泽街上找个房间,唯一的问题是钱。从现在开始他们要存钱了,直到存下足够的钱为止。他们必须节约,并且小心。

几天之后,莫舍骑着自行车回马戏团。这次马戏团把帐篷支在了动物园边上。他经过莱纳河时——这条河穿过汉诺威——看到一小队警察站在岸边。街边上停着一辆运送犯人的绿色米娜车和好几辆小轿车。一个穿着胶靴和风雨衣、明显超重的男人正踏着淤泥沿河岸走着。他一会儿指着这边,一会儿指着那边,嘴里不时发出简短而有力的命令。显然他是这群人的头头,也许是个警长。这一奇特的场景激发了莫舍的好奇心,他下了车,把车倚在一棵树上,隔着一段距离观察着。这儿肯定发生了什么案件,他想。警长看上去很烦恼,而警员们个个都面色惨白,似乎看见了非常可怕的场面。

莫舍沉思着回到了自行车边上,但是他并没有上车。因为他突然间有了一个主意。莫舍蹲到树边上,静静地等待着。

他并没有等很久。很快,警长就和一个同事向着一辆车走去,两个人上了车。其他警员们也纷纷乘车离开了。

莫舍飞身上车,小心地跟着他们。

出来呼吸新鲜空气真不错。他喜欢扑面而来的凉爽的风。万事皆有可能，他的计划很荒谬，但是莫舍觉得自己无所畏惧，非常自由。

警长的车在一家咖啡馆门前停了下来。

莫舍迅速下了车，把自行车停在灌木丛后面，进了这家店。警长还坐在汽车里，正跟方向盘后面的同事说话。莫舍在一张靠近入口的空桌的邻座为自己挑了个位子。接着他迅速地摆好两张椅子，让那张空桌看起来特别舒适。然后自己又坐回到邻桌，并从书报架上拿了一份报纸翻看起来。真幸运，他今天穿的是一件干净的西装，胡子也剃得干干净净，还戴着一顶时髦的帽子。当他从报纸里抬起头来，正好看见警长独自一人走了进来，他的同事已经开车离开了。

警长四下里看了看，发现莫舍边上有一张空桌子，于是朝着那边走去。他落座后，很快便感觉到莫舍的眼光停留在自己身上。

莫舍移开了眼光，喃喃地说："对不起，我不想打扰您，警长先生。"

"您说什么？"男人问道。

"我不是有意盯着您的。"

"您怎么知道我是警长？"

"您是警长吧？不是吗？"莫舍无辜地问。

"我是。"警长回答，"可是您怎么知道的？"

莫舍没说话，好像在沉思。他用眼光轻触着对面那人的脸庞。

"您的眼睛，"最后他终于说道，"是您的眼睛透露出来的。您是一个寻求正义的人。"

警长非常吃惊，"您怎么看出来的？"

莫舍神秘地笑了笑，继续看他的报纸。他不由得想起男爵的话：

说得越少越好。

"您是灵媒吗？"警长问。

莫舍摇了摇头。

"招魂师？"

"不，我跟他们不是一类人。我只是个……"

是个什么？他应该说实话吗？说他是个马戏团的小丑？正在试着研习预言？绝不能这样说。

"我是个大学生。"他终于说道。

"哦，"警长回答，"您的专业是？"

"一会儿学学这个，一会儿学学那个，"莫舍闪躲地说，"我还没有找到真正适合自己的。"

警长点了点头，"我了解这种感觉。之前我也是这样，完全没有头绪。"

莫舍没来得及问，他的"之前"指的是什么。警长坚持想知道莫舍的"秘密"。然而莫舍把自己隐藏得很好，他装作很害羞，说这没什么特别的，自己只是偶尔会有一些"预感"，能够感知到一些"东西"。

"您是在找一个杀人犯吧？对吗？"莫舍真诚地问。

"这不可能！"警长大声地说，"我这一生中还从未遇到过像您这样的人！"

莫舍把报纸举了起来："不是的，我在报上读到的。"

报纸上用大标题写着："禽兽又出手了！"

警长哈哈大笑起来。

莫舍闭上眼睛，用两只手撑住头。"今天您去河里寻找了。"他屏息说道。

"这个报纸上没有！"警长喊了起来，"这是刚才的事！"

"就像我所说的……有时候我能够，怎么说呢，感知到一些东西。"莫舍做出一副全神贯注的样子，"您在找……找一些……一些可怕的东西。"他磕磕巴巴地说着，希望男人能说出点儿什么，好帮助他继续下去。他并没有等很久，因为警长和其他人没有什么不同——他也希望被欺骗。

"骸骨！"警长叫道。

"没错。"

"我们找到了骸骨……可是您是怎么……"他摇了摇头，"我的天哪，真是无法理解。"

莫舍谦虚地垂下了眼帘。

警长站了起来，向他伸出了手，"莱特纳，"他说，"我是汉诺威刑事调查局的埃里克·莱特纳警长。很高兴认识您！"

莫舍也站起来去握警长的手。这时候他才发现，警长佩戴着纳粹党徽。

他犹豫了一下，接着真诚地握住了警长的手。

*

半个小时之后，他们来到了莱纳河边。天非常冷，雾蒙蒙的。警察们已经离开了，只有脚印还留在泥地里。河边的芦苇被踩得东倒西歪。在莫舍看来，眼前荒凉的景象宛如一片片灰色剪影连缀而成。天空中一群鹳鸟飞过，它们的身姿轻盈高贵。莫舍不由自主地想到了那首关于鹰和羊羔的歌曲，心中如针扎一样疼痛。他不禁自问，先前与警长的那个握手是不是已经决定了他的命运，他是不是马上也要被送往屠宰场了，如同他的母亲一样。

"您感觉到什么了吗？"警长激动地问。

莫舍什么感觉也没有。"是些怎样的骸骨？"他拿出专家的派头。

"孩子的骸骨。"警长阴沉地说。

"那就是了。"莫舍说。

"什么？"

莫舍没有接触莱特纳的视线，只是盯着地上的淤泥，"疼痛。"他回答道。

警长受到了极深的触动，莫舍也是。他没有想到一切进行得如此顺利。这是一场量身定制的演出，观众只有一个人。

"请帮助我，"警长说，"请帮助我找到凶手。"

莫舍做出沉思的表情，然后他点了点头。

20

入室抢劫犯

扎巴提尼受到的打击真是一个接一个。那男孩居然在车库里铺了几个压扁了的纸箱子，又拿了几床毯子，美其名曰暂时不能让他妈妈知道扎巴提尼来的事儿。最后，伟大的扎巴提尼只能像只无家可归的狗一样，在一大堆破烂里面过夜。他，一个世界级的艺术家！他曾经在柏林最好的卡巴莱剧场演出，然后是纽约，大西洋城，在整个西海岸，所有地方！在拉斯维加斯他们为了抢他都打起来了！他住过最贵的旅馆！可是现在呢？扎巴提尼翻来覆去睡不着，躺在水泥地上根本没法找到一个舒服的姿势。再想想他的年纪！其他人都享受着奢侈的晚年生活，盖着羽绒被，好吃好喝的端到餐桌前，拧着孙子的脸颊和女护理的屁股。就他倒霉。他做了什么要落得这么个下场？这里很黑，满是灰尘，到处都是箱子、家具和破烂。从车库门那儿吹来阵阵冷风。

这儿不会有老鼠吧？他想。并非不可能啊，不是吗？好吧，事情还可能变得更糟。事情已经变得更糟了，他虽然没有看到老鼠，却忽然想小便。扎巴提尼叹了口气，揉了揉疲倦的双眼。他知道，憋着不去解决没有意义，最近几年他的膀胱不行了。他费了好大的劲站起来，一步三叹地摸黑到了门口，打开通往屋子的门。他踢里趿拉地走到马克斯父母卧室旁边的浴室里，把马桶盖掀了起来。完事儿之后他冲了厕所，转过身来，目光却突然扫到一个装脏衣服的洗衣篮，最上面放着一条女式内裤。嘿！女人的内衣裤总是会在他心中唤起美好的回忆。他一把把内裤攥到手里，紧紧捂到了脸上。他闭上眼睛，那股香气让他一下子回到了几十年前，回到了一间阁楼小屋里。当他再次睁开眼睛，他已经离开铺着瓷砖的浴室，来到了柏林的阁楼小屋。他觉得自己认出了眼前的尤利娅，她的眼中除了他，没有任何其他东西。她对着他微笑，只对他微笑。她的头发乱糟糟的，灰绿色的眼睛里映照着太阳的光芒，她的微笑温暖了他的心脏。她用双手握住了他的手，她的手指那么纤细，那么柔软，她对着他呵气如兰地说出那句谎言：

"我爱你。"

这段回忆如此真实，令他完全忘记了周遭的一切。为什么不呢？他已经没有值得期待的人了，既没有朋友，也没有敌人，他们全死了。他是唯一的幸存者，一段早就应该消失的时代的遗留物。生命的列车嗒嗒嗒地驶向终点站，大多数乘客都已经下车了，留给他的只有过去。过去，是他永远的伴侣，是他的圣殿，他的源泉和对他的惩罚。

*

自从哈里搬出去之后，德博拉睡得很差。她总是做同一个噩梦：太阳落山的时候，她一个人，坐着一艘小艇，漂浮在湖上。周围静悄悄的，毫无声响，毫无生命迹象。一切都那么安静。她感觉很孤单，仿佛被遗弃了。小艇随水波晃动着，她不能设定航线，也没法控制它。她顺着河岸漂流，岸边长满了野生植物。时不时能看到一些废墟的影子、大块的长方体石块、倒塌的柱子、倾圮的拱门。曾经的文明已然消逝，只留下遍地荒芜。德博拉想上岸，可是怎么也做不到。一阵微风总是把她推开，她离岸边越来越远，越来越远……

德博拉突然醒了过来。走廊里传来一阵声音。她仔细倾听着。又有了。她没法判断这是什么声音。也许是马克斯？她扭头看了看，马克斯就躺在她身旁。这孩子最近常常失眠，总是在半夜踢里踏拉地跑进她的房间，依偎在她身边。

她听着雨水打在窗户上的滴答声。然后是一阵冲厕所的声音。德博拉吓得跳了起来。她突然害怕起来。是入室抢劫吗？还可能是什么？浣熊？它们常常趁晚上过来翻屋子前的垃圾桶。可是这个声音不是从外面传来的。她从半开的门缝里向外窥探着。

浴室的灯亮着。

她在黑暗中摸索，终于摸到了手机。德博拉拨了紧急呼救电话。一个女声接了电话。

"我家里进了贼。"她低声说。

电话中心的女士请她留下姓名和地址。德博拉告诉了她相关信息，并指出肯定是有人想入室抢劫。也有可能是强奸犯？最近她确实听到了一些传言。电话女士请她保持安静，警官们已经在路上了。

"保持安静？"德博拉愤怒地从齿缝间进出这句话，"我家里进了贼！"

"请千万不要擅自行动！"电话女士说道。

"轮不到你来告诉我怎么做！"德博拉一边回答，一边结束了通话。现在她很生气，再也没有一点害怕或是紧张的心情。这对她来说很常见。德博拉是易怒的性格。当她还是个小姑娘的时候，有一次一个大孩子想要抢她的三明治，那是妈妈给她做的午餐。德博拉非常生气，不顾那男孩比她强壮得多的事实，直接攻击了他，她用拳头砸中了他的脸，男孩的鼻子开始流血。最后他俩都被叫到校长办公室去，男孩受到了留校处罚，而对于德博拉的控告，因为缺乏证据就不了了之了。没有人肯相信，一个这么温柔的小姑娘能把那个强壮的大块头欺负得那么惨。当德博拉生气的时候，她的怒火会吞噬掉所有其他想法，包括自己的安危。她打开壁橱，拿出一把笤帚防身，又带上了她总是放在手提包里的防狼喷雾。

我要给他点颜色看看！她愤怒地想，一边悄无声息地沿着走廊坚定地往前走。

浴室的门半开着。德博拉做出了攻击的姿势：右手拿笤帚，左手拿喷雾，她深深地吸了一口气，闭上眼睛，然后"嗵"的一声踢开门，猛地跳进了浴室，她举起笤帚，就好像那是骑士的长矛。她甚至都没有看清楚坐在浴缸边缘的老头，就已经用笤帚给了他脑袋一下。接着她伸出左手，对准他的脸就是一阵乱喷。

男人疼得尖叫起来，一下子后仰掉进了空浴缸里。他像个乌龟一样仰面躺在那儿，双腿分开。他一边喘息着一边揉眼睛。德博拉知道，灼伤的感觉要好几分钟之后才会消失，这玩意儿挺厉害的。

"你是谁？"她问。

老人呻吟着，疼痛的泪水顺着脸颊流淌下来，他在发抖。他的嘴开合着，可是一个字都吐不出来。德博拉看到他的左手——不知怎么有点不对劲——紧紧揪住了个什么东西。那是她的内裤。

"你拿我的内裤做什么？你这头猪！"她喊着，"你是怎么进来的？"

扎巴提尼眨巴着眼睛，把眼泪逼了回去，接着惊恐地看着她，像是一头聚光灯下的小母鹿。当他眼睛和脑袋上的疼痛渐渐消失，他终于明白过来，自己究竟陷入了怎样一个尴尬的境地。然而虽然处境尴尬，他依然被这个手拿笤帚、怒火冲天的小母兽所折服。她真是太有魅力了！光是她内裤上的浓郁气味就让他神魂颠倒，更不用说她的眼睛里还闪着怒火！

扎巴提尼又大声地呻吟了一下——这次他是故意的——接着，他爬起身来，坐在了浴缸里。他把手伸进裤子口袋，掏出救心丸，拿出一颗放在舌头上，极其费劲地咽了下去。德博拉看到他把她的内裤藏在身后，用空着的那只手摩擦着几乎掉光了毛的脑袋和红红的脸颊。

"祝您拥有一个极其美妙的夜晚。"他轻声说，带着一点奇特的口音。

"你到底，"德博拉凶狠地说，"到这儿来干吗？"

"您弄疼我了！"他委屈地喊。

"哦，事情还会变得更糟糕呢。我跟你的账还没算完。你是谁？"

老头微微欠身鞠了一躬，"人们称呼我为伟大的扎巴提尼。"他说，"我是您最忠实的仆人，小姐。"他向着她伸出手去，又向她投去一瞥，这一招在他长期的职业生涯中一直有效，他的眼神仿佛在说：难道我还会撒谎吗？

"你拿着我的内裤做什么？"

扎巴提尼伸出两只手。两只手上都空空如也。

"内裤？"他用一种完全无辜的语气问道，"什么内裤？"接着他夸张地把夏威夷衬衫的短袖子撸了上去，"看到了吗？我的袖子里也没有哦。"

德博拉很奇怪。她发誓她看到他拿着她的内裤的。她看得清清楚楚！猛然间她在他长着老人斑的胳膊上看到一个褪色的文身，几个数字而已，几乎无法识别。

但是她知道这意味着什么。

"你大半夜的在我家浴室里做什么？"

"这个嘛……"扎巴提尼开了个头。他无助地微笑着，他到底该怎么说呢？他从养老院里被赶出来了？德博拉还气势汹汹地拿着笤帚呢，他接下来说的话非常关键。

"我们的世界，"他说，"是个有魔术的世界！在我们和我们内心涌动着的梦想之间，只隔着一层薄纱。"他的口音越发重了起来。他试着忍住疼痛，从浴缸里出来。"现在，年轻的女士，"他继续说道，"请您注意了！"他终于成功地把一条腿举过了浴缸边沿。"我来这儿，"他宣布，"是为了改变您的生活。"

"不许耍花招，"德博拉警告说，"警察已经在路上了。"

刚刚准备跨出浴缸的扎巴提尼乞求地看着她："我可是全球最著名的表演家之一。"他说，然而这话听上去并不是很有说服力。

"妈妈！"一个声音从后面响了起来，"不要！"

德博拉转过身来，看到她儿子站在浴室门前。他的头发竖在头上，睡衣皱巴巴的。

"是我的错。"他说。

"这到底是怎么回事？"她问儿子。

马克斯低下了头，盯着自己的脚。"他是一个魔术师。"最后他终于说道。

"一个什么？"

"爸爸唱片上的那个魔术师。"

"那个魔术师？"德博拉的声音听起来很怀疑。

"我拿给你看。"马克斯说。他跑回自己房间拿唱片，几秒钟之后，他又出现了。"你看！"他把唱片封面摆在扎巴提尼的旁边。

扎巴提尼努力露出和封面上一样的笑容。

马克斯觉得妈妈已经看出了两者之间的相似之处。

"他到这儿来干吗？"德博拉问。

"我是昨天晚上认识他的，"马克斯解释说，"他住在费尔法克斯大街上的一家养老院里，我就是跟他一起去的坎特佳肴。"

"我可以解释，"扎巴提尼说道，他清了清嗓子，"这位年轻的马克斯先生去我家找我，他想要认识我。"他用饱受虐待的身体能承受的最快的速度，小心翼翼地从浴缸里跨了出来。他的膝盖在颤抖，但无论如何他已经出来了。接着他举起残疾的手，做了一个古怪又滑稽的动作——这是他在古老的老新犹太会堂的阁楼里看父亲做过的手势——并用沙哑的声音宣告："我是伟大的扎巴提尼。"接着他向着德博拉伸出手，问道："您的耳朵后面有什么？"

德博拉扭头去看，却惊奇地发现她的内裤突然出现在扎巴提尼的手上。

"啊哈！"他高声叫道，"原来它一直在您耳朵后面。"

马克斯激动地鼓起掌来。

扎巴提尼鞠了一个躬："非常感谢，先生们，女士们。"

正在这时，有人把门敲得震天响。一个声音叫道："快开门！警察！"

扎巴提尼脸色煞白。

"狗屎！"德博拉咬牙切齿地说道，一边跑向客厅，马克斯跟在她后面。

德博拉打开门，门口站着两位穿制服的警官，一位是年轻的黑人女性，头发梳成一个整齐的发髻，另一位是年龄较大的白人男性，挺着个大肚子。

"您刚才打电话报警。"男人说。

"是的……"德博拉不太确定地喃喃着，"没错，我以为，我以为有贼闯了进来……"

"然后呢？"女警问，"到底有没有贼？"

"没有。"德博拉摇了摇头，然后又补充道，"但我的浴缸里有个陌生人。"

两个警察交换了一个怀疑的眼神。他们询问能否进来四处检查一下，毕竟安全第一。

德博拉点了点头，什么也没说，她走到一边，好让两位警官进门。两位警官细细观察着，仿佛他们是在参观一家博物馆。他俩的手一直搁在腰间的皮带上。德博拉给他们指了指去浴室的路，扎巴提尼依然坐在浴缸边上，用一个容光焕发的微笑迎接两位警官的到来。

腆着肚子的警官问德博拉："就是他吗？"

德博拉点了点头。

"看起来没有什么威胁性。"警官说。

"我听到了响声，然后……您看，我很害怕，所以才打了电话……"

"我可以解释这一切。"扎巴提尼说。

"那我们洗耳恭听。"警察说。

扎巴提尼告诉他们，昨天马克斯出现在他住的养老院，想要找到他。接下来，他的讲述渐渐地开始向着文学作品的方向迈进。他开始讲到自己立刻对这位年轻的小绅士产生了一种深沉而真切的好感，而马克斯请求他——他说的是请求吗？他的意思是乞求他来他家，因为……

因为……到底为什么来着？

警官们慢慢地不耐烦起来。黑人女警让扎巴提尼出示证件，并拿着证件走向巡逻车，以检查他的信息。几分钟之后她回来了，宣告说这位老人显然是无害的。没有任何前科，甚至连性犯罪记录都没有。她的声音里透露出一丝失望："没有针对他的逮捕令，什么都没有。"

"也许他是个恋童癖。"德博拉说。

女警官耸了耸肩。"也许吧，但他不在我们的系统里。大部分的恋童癖总是会露出马脚的。"

德博拉点了点头，但是她依然不能完全放心。

两个警官一左一右地把老头夹在中间。大肚子警官毛茸茸的大手猛地落在扎巴提尼的肩上。"好了，赶紧出去吧，我的朋友。"

他们架着他走进噼啪作响的雨中，向着巡逻车走去。

"您打算怎么处理他？"德博拉站在门槛处问道。

"今天晚上先关进牢房，跟其他家伙关在一起。"女警官说，"私闯民宅。明天会带他到法官面前，接下来的事到时候再看。"

扎巴提尼突然挣脱了钳制，脚步虚浮地跑到德博拉跟前，接着，他做了一件让人大跌眼镜的事情：他跪了下来。

"求您了！"他哀求着，"我不想进监狱！"

"少装模作样。"警官说，他的声音非常冷静，"不要演戏，没有用的。"

可是扎巴提尼就是打定了主意要演戏。他抱住德博拉的腿，开始抽泣起来："我是个老头子了，我会死在监狱里的！"

德博拉的脸红了，不禁向四周瞥了一眼。但愿邻居们不要被这阵喧哗声惊醒！天哪，这个老家伙抽泣着贴着她的样子，真是太尴尬了！

"那好吧，"她精疲力竭地说，"那我就不报案了。你今晚可以待在我们家，但明天请你趁早消失。"

"妈妈，谢谢你！"马克斯欢呼着拥抱了她。

德博拉笑得很勉强。

两位警察失望地看了彼此一眼。

21

黑暗临近

莫舍·戈尔登希尔施和埃里克·莱特纳警长在莱纳河边达成了一项协议。莫舍将作为"顾问侦探",利用他特殊的能力协助汉诺威刑事调查局破案,为此,他将获得一周 30 帝国马克的报酬。对于他来说,这简直是一笔横财。相应地,他暗自希望凶手永远也抓不到,这样他就可以不断地获得这笔收入。无论如何,他将尽他所能,阻止人们找到嫌犯。两个男人握了握手,敲定了这项协议,一辆巡逻车把他俩载到了警局。

"您的姓名是?"在路上的时候莱特纳问道。

"扎巴提尼。"莫舍回答。

"这名字好奇怪。"

"这是个波斯名字。我是在德黑兰出生的。"莫舍解释道。他早就为这个问题准备好了答案。

"在哪儿?"

"波斯。"莫舍回答。

"这不可能！"警长高兴地敲着膝盖，"波斯！天哪！这可真了不得！"

"您知道吗，"莫舍说，"波斯人是最早的雅利安人？"

"是吗？哈哈，还有比这更有力的'雅利安人证明'吗？"莱特纳扑哧一声笑了出来，接着他解释说，"请不要生气，不过我对人种学之类的没什么感觉。"

"是吗？"

莱特纳摇了摇头，"我对政治不感兴趣，所有这些个时髦的东西，什么雅利安人、犹太人问题，吃饱了撑的。"

"可是您，"莫舍小心地说，"是纳粹党员啊。"

"这个嘛，我不得不是。根本不能拒绝。想想看，作为国家公仆，如果不是党员像什么样子，是不是？何况我也不想反对首领，他可是个人物。只不过像我们这样的人，"他耸了耸肩，"反正我做好我的工作，跟其他事情保持距离。"

莫舍点了点头。对于他来说，莱特纳不是纳粹的狂热追随者说不定是件好事，他可能不会对他太过疑心。

"那您又是怎么到我们国家来的呢？"警长问。

"因为革命，我父母不得不离开了波斯。"莫舍说。

"革命？"

"20 年代的时候，布尔什维克。"

莱特纳点了点头，"是的，总是这些布尔什维克。"他说。

"革命最终镇压了下去，可那时候我父母和我都已经移民到了巴黎。"莫舍简直不敢相信，他可以把谎言说得如此流畅。可是他喜欢这种重新定义自己的感觉。

"现在您在这里。"莱特纳深思地说。

"现在我在这里。"

他们来到了警察局。虽然莫舍自称是被布尔什维克驱赶的波斯人，但是窗户前的万字旗却以一种很不友好的方式让他想起了自己的真实身份。

他们进入了警局，穿过一间间阴暗的房间，到处都是情绪低落的警官，不是正坐在写字台前忙活，就是噼里啪啦地打字，要不就在抽烟。莫舍会在这里度过很多个灰暗的钟头。值得庆幸的是，他和天性开朗、智商欠缺、资质根本就不适合警长这一职位的莱特纳相处甚欢。莱特纳喜欢和莫舍聊天，这是莫舍有意为之；他还给他看了卷宗：一个儿童谋杀犯正在汉诺威出没，受害者的尸体被残忍肢解。莫舍震惊地看着颗粒模糊的黑白照片，上面是被玷污的孩童的尸体。警察们毫无头绪。莫舍承诺一定会帮忙。

现在他挣钱了，于是莫舍在一个退休的国民学校老师那儿租了一个小房间，方便他和尤利娅偷偷地幽会，也可以给警长一个地址。莫舍生活在一个谎言的世界里。他欺骗警察，欺骗半月先生（通过和尤利娅一起给他戴绿帽子的方式），他欺骗马戏团的同事，因为他们不知道他为汉诺威刑事调查局工作的事儿，所以他编了一个和某个汉诺威美女有染的故事，来解释他为什么老要往城里跑。络绎不绝的谎言，一个套着一个。撒谎对他来说并不难，可是随着时间的推移，他不得不记住不计其数的故事和过程，真是太累了，然而这是他必须付出的代价。另外他还不得不造访停尸房。莱特纳越发频繁地传唤他去，让他把双手放在那些儿童的尸体上，逼着他编造出一个又一个更为无耻、更为无用的谎言。停尸房里很冷，弥漫着一股福尔马林的味道——那是一种让人恶心的、泛着甜味的气息，让莫舍联想到腐烂的水果。他不想亲眼见到生命的转瞬即逝。在停尸房里他也经常不由自主地想到他的父亲。一想到自己对活人和死人的背叛，他的心就沉甸甸的。

要想杜撰新线索和新踪迹也越来越难了。扎巴提尼的保留曲目不过是来来回回那两句"我感觉到一股黑暗的力量"或者"您比您想的更接近真相"，听多了也就失去了吸引力。莫舍唯一能真正感受到的是莱特纳承受的压力。迄今为止已经发现了六具儿童的尸体，而警察还未掌握任何有用的线索。警长越是绝望，就越是依赖扎巴提尼。

因此，莫舍不得不经常参与审讯或是深夜对工人聚居区的突然袭击。工人们被粗暴地从睡梦中叫醒——他们明明已经辛苦工作了一整天，完全不应该受到这种对待。莱特纳请求莫舍把手放在这些莫名惊诧的工人的额头上。刚开始的时候，莫舍能够迅速地感觉出这些人是"无辜的"，但是在不断增强的公众压力之下，他越来越倾向于感觉到一种"毛骨悚然"。要想逮捕这些人，并不需要经过很多手续。莫舍不想知道，这些人被抓进去之后会经历什么。

一天晚上，他被带到了一个小店里，这家店莫舍很熟悉，他经常在那儿买蔬菜。蔬菜商就住在商店的楼上。人们把身材粗壮、略显笨手笨脚的店主从被窝里拽了出来，很显然，这是个新的嫌疑犯。值得庆幸的是，蔬菜商似乎并没有认出莫舍来。

莱特纳的眼睛下面挂着两个深深的黑眼圈，当他进屋的时候，咧着嘴对莫舍笑了一下，接着他把他拉到一边，问他有没有感觉到什么。

莫舍脚步沉重地向着蔬菜商走去，把手放在他的额头上。蔬菜商惊慌失措地看着他。莫舍不知道自己该说些什么。他不想又念叨自己常说的那几句话，他担心，弓快要断了。可是他必须得提供些什么，他闭上了眼睛。

"如何？"莱特纳问。

莫舍什么也想不到。他的思绪仿佛被迷雾遮住了。他把手从蔬菜商的额头上拿了下来，看向莱特纳。

"怎么样啊？"警长催促着。

莫舍又想到了半月先生的建议：在不确定的情况下，一言不发更好。因此他只是几乎不可察觉地轻轻摇了摇头，忧伤地转过身去。

在莱特纳眼里，扎巴提尼的沉默却成了嫌犯有罪的明证。"押走！"他命令道。

蔬菜商被拖进了一辆汽车。楼上，他的妻子和孩子站在窗边哭泣。在被推进汽车之前，他对莫舍投去了绝望的一瞥，莫舍无法承受这目光，只能盯着地面。第一次，他感受到了良心的谴责，决定尽快地结束这场闹剧。

现在他到哪里去买蔬菜呢？

22

谁来念卡迪什

　　第二天早上，德博拉·科恩起床的时候，发现扎巴提尼已经坐在早餐桌旁了，正对着她儿子展示扑克牌魔术。

　　"她在这儿！"扎巴提尼用一种戏剧性的语气说道，一边举起了一张牌，"方块 Q。"

　　他一边说，一边对着德博拉眨了眨眼睛。德博拉翻了个白眼。马克斯咧嘴笑着，高兴地鼓着掌，这孩子已经很久都没有这么欢快了。

　　虽然很不乐意，但是扎巴提尼不得不承认，他喜欢这个男孩，至少有一点点，不是很夸张，但肯定有一些。其实他本身并不喜欢孩子，但这个男孩周身有一种忧郁的情绪，一种忧愁的基调，日日夜夜地包围着他。扎巴提尼了解这种感觉。而且就他的年纪而言，马克斯显得很聪明。有点自以为是，有点狂妄自大，没错，但毕竟不像一开始他以为的那样是个蠢蛋。吃早餐的时候他们闲聊了很多，两个人都小心地试探着对方。什么？你喜欢吃"赞口鸡"[1]？我也喜欢！正好就在"珍宝小丑屋"的旁边。他家的蒜香酱？真是太美味了，不是吗？要是没有大蒜的话人生还有什么意义啊！诸如此类的对话。

"妈妈！"马克斯喊着，一边举起那张牌，"你看到了吗？"

德博拉打着呵欠摇了摇头，"吃你的吧，老虎。"她说道。

扎巴提尼用赤裸裸的眼神盯着德博拉。啊！他想着，真是个香喷喷的尤物。"早上好啊，尊敬的女士。"他放低声音，讨好地说道。

"妈妈，"马克斯问道，"你知道'珍宝小丑屋'吗？伟大的扎巴提尼说……"他看到妈妈露出惊恐的眼神，不禁停下了话头。

德博拉愤怒地注视着扎巴提尼，后者装出一副完全无辜的表情。他清了清嗓子，试图再次施展自己的魅力。"我最尊敬的女士，请问您高雅的餐厅里是否正好备有咖啡？"

德博拉挑起眉毛。"咖啡？"他是认真的吗？他的要求可真不少！

"正是，"扎巴提尼说，"一种深色的，调得滚热的液体，原料是一种烘焙过的豆子。请给我来杯纯黑的，加些糖。"他看向马克斯，又眨了眨眼睛，"就像黑夜一样黑，像秘密的吻那么甜！"

其实扎巴提尼对德博拉怕得厉害，昨晚上笤帚那事儿给他留下了深刻的印象。尽管如此——也许正因如此——她却点燃了他深夜里的欲火。随着年龄越来越大，越来越力不从心，那些黄色的、下

---

[1] 美国洛杉矶地区一家连锁餐厅，经营亚美尼亚和地中海地区风味快餐，以烤鸡、秘制大蒜酱等产品闻名。

流的东西就越来越成为他的生命之源。有时候他甚至因此整夜睡不着。昨晚上剩下的时间里，他被允许睡在书房里的折叠沙发上。这是怎样的一种恩典啊！但是大部分时间里他只是翻来覆去。他的脖子和脑袋都在发疼，他的想象折磨着他，一直到拂晓时分他才打了会儿盹。

"我不是你的女仆！"德博拉语带威胁地轻声说着。

马克斯认得这种语气，这是暴风雨之前的平静，现在他必须采取行动了。"我会做咖啡！"他提议着，从自己的椅子上一跃而起，"我知道怎么弄。"

扎巴提尼能够感觉到周围情绪的急流，他毕竟是个读心师。但是在早晨明亮的光线里，他觉得很自信。这孩子已经被他收服了，德博拉很难再把他赶出家门。她那满心怒火的性格，她那激情四射的方式，他已经彻底被这位女雷神迷住了。他根本不在乎她的头发没有梳，脸因为缺乏睡眠而浮肿。正好相反，她散发出一种居家的味道，对他而言格外具有吸引力。他一生都在追寻，总是在漂泊，永远是局外人，日常生活对他而言是无法到达的彼岸。除此之外，扎巴提尼的一生都花费在对别人耍花招上，他是个专业的骗子。但现在，接近生命的终点，再也没有人欣赏他那些美丽的谎言了。他最后悔的一点，是一辈子都没有后悔过。他总是只顾自己，从来没有顾过别人。现在他没有别人了，只剩他一个。

"我把话说清楚，"德博拉说，"我不知道你是谁，也不知道你为什么偏偏要来骚扰我们。你昨晚上没有进局子，而是睡在沙发上的唯一原因，是因为天在下雨，而且你让我在警察面前出了丑。"

"为此我将永远铭记您的恩情。"他嘟囔着说，"可是现在天已经亮了，太阳升起来了，我希望能喝上一杯咖啡。"

这听起来简直像个命令。而德博拉无法容忍别人来告诉她，她该干些什么。而且是这个人？这个老不死的？他先是猛嗅她的内裤，现在还想来嗅咖啡的香气？

"你该准备准备出发了。"德博拉说。

马克斯呆呆地看着她，嘴唇半张着，像条鱼一样。"别这样，妈妈。"他说道。

"为什么不？"她强硬地说，"夜晚已经过去了。看看外头，天亮了！"

扎巴提尼惊恐地看了马克斯一眼，他不习惯人们不听他的摆布。很显然，他刚才说错话了。

马克斯熟练地对着妈妈摆出了一副恳求的表情，"你还记得吗？你说可以满足我所有的生日愿望？"

德博拉的脸色和缓了一些。

"我希望，他能在我下下周六的生日派对上演出。"马克斯说，"在米奇比萨宫。"

德博拉怀疑地死盯着颤巍巍的老魔术师，他正端着一勺麦片往嘴里送。看到她的眼光，他好像被抓了现行一样放下勺子，挤出一个痛苦的微笑。

"你不是想要《丁丁历险记》全集吗？"德博拉问儿子。

"这个也想要，"马克斯承认，"可是我也想让伟大的扎巴提尼来参加我的生日会。"他歪着脑袋指了指老头，"他以前真的非常非常有名。"

"没错！我真的非常出名！"扎巴提尼忽然充满了干劲，"什么以前？我一直都很有名！"

"要他用气球来拧动物吗？"德博拉嘲讽地问。

"观众们盼着我出场！"扎巴提尼觉得有必要把话说清楚。

德博拉怀疑的目光从老头身上移到儿子身上，又移回来。"你到底是怎么找到他的？"她问马克斯。

"我去了好莱坞大道上的魔术店，一个男人告诉我，在哪里可以找到他。"

"你真的不想告诉我，这一切到底是为了什么吗？"

马克斯低下头看着他的麦片。

"马克斯？"德博拉催促道。

他双臂交叉，摆在胸前，最后他终于说道："我想要伟大的扎巴提尼做我的生日礼物。"

德博拉的脑袋飞快地运转着：先是那张唱片，然后是离家出走……现在轮到这块老化石。虽然她还是没法明白其中缘由，但她知道儿子显然是认真的。如果她坚持立场，他俩之间一定会爆发一场大战。但如果她退让一步的话？

德博拉蹲下身子，拉着儿子的手："宝贝，你确定吗？"

马克斯点了点头，"就这几天，求你了，求你了，求你了。"

他就像他爸一样倔，德博拉想。不管怎样，警察已经仔细检查过这老家伙了，说他干净得很，从来没有过前科——这简直是最好的介绍信。家里住着个陌生人，这主意她一点儿也不喜欢。但是有一点她必须承认：马克斯今天早上很高兴，他已经很久没有这样了。看来这老东西在身边对他有好处，鬼知道为什么。

她扭曲着嘴挤出一个勉强的微笑，叹了口气，宣布她的判决："那好吧。他可以睡在书房里。但只能待到你生日那天，之后就得离开。"

"谢谢你，妈妈！"马克斯激动地喊道，他用短短的胳膊环住妈妈，亲吻着她的脸颊。

"动作快点儿，"德博拉催促着，"否则你要错过校车了。"

马克斯一把抓过书包跑了出去，他得赶紧去赶校车。他重重地关上门，震得墙壁都颤动起来。德博拉和扎巴提尼透过窗户看着他，校车刚刚在拐角处停稳，男孩儿就冲上了车，车门关闭，车子隆隆地开走了。

一看屋子里只剩他们俩，德博拉马上开始给老头立起规矩来。她夺过一把菜刀，直指他的胸脯。

"小心点儿，女士。"扎巴提尼紧张地笑着说。

德博拉再次重申，他可以在书房里住到下下个周六生日会那一天，但是一分钟都不许延长。一分钟都不行！而且不许耍手腕！接着她向他传达了住在这儿必须遵守的规矩，其中包括——令他失望的是——绝对不允许碰她的内衣裤。她清楚地告诉他——别忘了她手上还拿着刀子，哪怕是有一点点违反了规矩，她就会用这把刀子捅进他的屁股。另外，有一点他必须牢记：她不信任他。

"这整个到底是怎么回事儿？你到这儿来干吗？"她追问着。

扎巴提尼叹了口气。"现在能来一杯咖啡了吗？"

"咖啡可以等等。"德博拉说，"你为什么来这儿？你对我儿子说了什么？"

"我什么也没说。"扎巴提尼说，"是他追着我，他一直在骚扰我。"

德博拉手上的刀子让他心神不宁，他的英语也越发不连贯了。他解释说，当这个小兔崽子忽然出现在养老院的时候，他正在享受着"正常、健康而阳光的退休生活"。"在'大卫王'，一个真正的天堂，您知道吗？"可是现在他从天堂里被赶出来了，而这全是马克斯的错。马克斯满脑子都在想着一张老唱片，那是伟大的扎巴提尼多年以前为了公关宣传而录制的。这是他当时的经纪人本尼·希曼斯基——愿他的灵魂在天堂安息——的主意。当时是 80 年代初期，扎巴提尼那会儿已经开始走下坡路了，借助这张唱片，希曼斯基强调说，他们也许可以靠着儿童生日会或是受诫礼挣点儿钱。那几年扎巴提尼在电视上出现的频率越来越低，他在迪斯尼乐园的定期演出也突然中断了——一场平平无奇的演出结束之后，人们在后台的一个储物间里抓了他的现行，他把裤子褪了下来，正规律地撞击着一个扮成米老鼠的女员工。当时的场面极度尴尬。

这次丑闻之后他回到了东海岸，好几个月都在大西洋城的一个赌场里演出，挣得不少，可是这活儿没多久也到头了。他又来到加利福尼亚安顿下来，至少这儿的天气比别的地方强。如果你已经入不敷出，那最好应该待在有太阳的地方。他喜欢西海岸，尤其喜欢春天蓝花楹木和夏天柠檬树的香味。而且他喜欢成熟的牛油果，他总是从邻居家的树上偷着吃。洛杉矶在他眼中是个单调乏味的城市，可他正因为这一点而爱它。在这儿要想找到古老的犹太坟墓的废墟或是犹太教堂，那是白费力气。没有什么东西能让他回忆起 1945 年之前的时光。

　　况且这儿还有"魔术城堡"——西海岸最古老、最负盛名的舞台魔术俱乐部。它因为拥有杰出的天才魔术师而闻名于世，同时也因为为观众们准备的餐点太糟糕而臭名昭著。扎巴提尼和城堡的创立人，同时也是"魔术学院"的创立人米尔特·拉森是多年的好友。"魔术学院"可以算是为半路出家的魔术师们特设的某种童子营。扎巴提尼把他们都称为"门外汉"。尽管如此，当他在 60 年代被吸收为学院成员时，他依然深感荣幸。米尔特的兄弟比尔那时候在哥伦比亚广播公司电视台当编辑，在费尔法克斯大街和第三大道交叉的路口有个大办公室。有时候他会请扎巴提尼上电视，比如说在朱迪·加兰秀上露个脸。

　　一天晚上，扎巴提尼、米尔特以及比尔去贝弗利山的查森餐馆吃饭——那儿的牛排简直是一绝。那时候他回到洛杉矶已经有几个月了，米尔特问他，愿不愿意跟"魔术城堡"签订一份长期合同。对于连眼前的牛排都吃不起、正在暗暗希冀拉森兄弟买单的扎巴提尼来说，这真是个天大的好消息。

　　"魔术城堡"坐落于好莱坞山中，可以算是美国式热情的一个荒谬例证，这幢伪维多利亚式的建筑建成于 1908 年，看上去有点像恐怖片里的精神病院。60 年代初，舞台魔术师兼眼光锐利的商人米尔特·拉森买下了这幢年久失修的老房子，并对它进行了翻新。从一开始直到今天，这座城堡都是一个私人俱乐部，只有成员和他们邀请的客人才能进入其中。这儿的食物真的堪称人民公敌，但是对于舞台魔术师而言，这里简直就是天堂：人们互相认识，大家都可以来这儿，他们在这里挣到自己的房租。城堡大门口的守卫是一只人造的猫头鹰，只要说出"芝麻开门"的密码，一个木头做的书架就会弹开，让出一条通往俱乐部内部的秘密通道。那里有当时堪称最豪华的酒吧和最纸醉金迷的生活。喝醉的客人、赌红眼的舞台魔术师、衣着清凉的女侍者，济济一堂，摩肩接踵。魔术城堡里总是灯光幽暗，事实上这种氛围本身也是一种幻景——虽然身处阳光充沛的加利福尼亚，俱乐部却为客人们营造出维多利亚时代的奢靡豪华气氛。地毯又红又软，到处都吊挂着黄铜做的冠状灯。如果想要观看魔术表演，你可以选择带舞台的巨型大厅，也可以选择大型沙龙，还可以选择名为"特写画廊"的小房间。扎巴提尼觉得"特写画廊"里的表演是魔术的最高境界。但是魔术城堡的心脏其实是它的地窖，在这儿，全世界关于"魔术"这一主题的书籍都被搜集到了一起。这座图书馆还是世界上收藏"隐身术"的书籍最多的图书馆之一。

在魔术城堡里，友谊和仇恨交织，每时每刻都在上演狂欢、胜利和各类微型戏剧，无论是艺人还是游客都积极投身其中。但是厨房后面的房间和走廊里就再也看不见维多利亚式的衣香鬓影了，倒是充斥着一股宛若精神病院的独特魅力，事实上这才是城堡的真容。魔术师们三三两两地坐在厨房后头的房间里，头顶是刺眼的灯泡，身后是浅绿色的墙壁，他们扒拉着虽然难以下咽，但是毕竟免费的食物，互相闲聊着，一边准备着即将开始的表演，一边调戏着女服务员。

很长一段时间，扎巴提尼把那儿当成了真正的家，尤其是在他的魔术黄金年代褪色之后。可是仅靠在魔术城堡的收入无法支撑他的生存，而他又几乎找不到其他的工作。他的经纪人本尼·希曼斯基，一个矮小、笨重，总是叼着一支雪茄的男人——他的办公室坐落在日落大道和拉谢内加大街交叉口，里面用的木板都是人造木制成的——发现要替扎巴提尼寻找演出机会越来越难。他已经过时了，没有人想要看他。因此才发生了这一幕：扎巴提尼去了北好莱坞的一个录音棚，录下了那张唱片。

可是唱片卖得并不好。

"都怪你那见鬼的口音！"本尼说，"你听上去就像个该死的纳粹。"

扎巴提尼在语言方面的天赋确实有点捉襟见肘，他只能耸耸肩，露出无助的笑容。看样子他的陨落已经是不可避免的了，就连"最伟大的魔术"也没有办法拯救他。

扎巴提尼把所有这一切都告诉了德博拉·科恩。现在，二十年之后，小马克斯出现在他的生命里，请求他为他说出唱片上的一句咒语。

"什么咒语？"德博拉想知道。在扎巴提尼哀伤的叙述中，她的怒火已经慢慢平息了。好像拼拼图一样，她大致了解了事情的来龙去脉，也开始同情起老头来。她甚至屈尊煮了咖啡，不是因为好心，而是因为她自己，就像每个足够理智的人一样，想要在早餐桌上看到一杯热咖啡。

"这句咒语，"扎巴提尼说，"是关于永恒的爱。"

德博拉愣住了。"对于马克斯的年纪来说，是不是有点太早了？"

扎巴提尼忍不住哈哈大笑，"这句咒语不是为他准备的，"他说，"是为了您。"

"为了我？"现在德博拉彻底糊涂了，"怎么是为了我？"

"为了您和您的丈夫。"扎巴提尼解释道，"他告诉我，您和您的丈夫打算离婚，是这样吗？"

德博拉谨慎地点了点头。

扎巴提尼瞪着他的咖啡杯，他能在里面看到自己脑袋的轮廓。"您的儿子，"他说，"非常伤心。他希望您和他的父亲能重新在一起，重新开始。"

德博拉沉默着。

扎巴提尼继续说下去："他认为，如果我说出爱情咒语，您和您的丈夫会再次相爱，而他就不会像现在这样孤单了。"

德博拉注视着厨房的地板，忽然发现她得扫地了，她已经很久没有扫地了。

"那您呢？"最后她问，"您又是为什么来到这儿？真的是马克斯的责任吗？"

扎巴提尼叹了口气。"不，他们把我从养老院赶了出来。对于他们来说我不够好。正好那时候我认识了小马克斯，所以现在我就到这儿来了。我没有其他地方可以去。"

"您必须承认，"她说，"这事儿有点儿，怎么说呢，有点儿让人不安。我的儿子突然和一个……一位老先生在一起。"

扎巴提尼点了点头，"您肯定不相信，其实我自己也这么觉得。"他喝了一口咖啡，"不过您不用担心，我不是坏人，只是很寂寞，就像马克斯一样。"

当他说这些话的时候，德博拉望向他的眼睛，她看到了一个小男孩。不是伟大的扎巴提尼，而是小莫舍·戈尔登希尔施。

"我没有家庭，"他说，"没有任何人。"

他不想哭，因此转过了头，让目光在厨房里游走。钟嘀嗒嘀嗒地走着，一束阳光洒在厨房地板上，他能看到尘埃在光束里飞舞。

"如果我死了，"他喃喃地说，"没有人会为我念卡迪什。"

23

魔术马戏团的终结

　　追捕儿童杀手——所谓的"汉诺威禽兽"的工作终于结束了，但是结局和莫舍设想的并不一样。某一天，经过一下午特别令人精疲力竭的审讯和胡言乱语之后，他终于在傍晚时分回到了魔术马戏团，准备穿上小丑服参加演出。这时艺术家霍斯特站在帐篷前面等他，天已经黑了，大家都在为演出热身，第一批观众们已经陆续进场了。

　　"男爵想见你。"霍斯特说。

　　"为什么？"

　　莫舍没有得到答案。霍斯特沉默地领着他穿过演员通道，直达帐篷后面的更衣室门口。"请。"他简短地说，接着微微点了点头，偷偷溜走了。

　　莫舍很紧张，不知道等待着他的是什么。当他踏入更衣室，他发现半月先生正坐在化妆镜前。

　　他没有戴面具。

他的脸看上去很正常，一点异样都没有，连个最小的疤痕都没有。只有健康完好的皮肤。

"怎么？"半月先生问道。他很清楚，莫舍正瞪着他。

"您的脸……"莫舍小心翼翼地开了口。

"我的脸有什么不对劲吗？"

莫舍觉得自己很傻，他转而瞪着地板，"我以为您受伤了，在战争中。"

"我说过这种话吗？"半月先生问。

莫舍想了想，摇了摇头。

半月先生又看回镜中，继续化妆，"最好的谎言，"他说，"是真相。"

莫舍点了点头。

"既然已经说到了这个……"半月先生粗声粗气地说，"我想就某些问题，我们必须谈谈。"

他站了起来，转向莫舍，身体轻微地晃动着，莫舍感觉他又喝醉了。不戴面具的半月先生，给人一种很怪异的感觉。

"什么问题？"莫舍畏惧地问，不过他可以猜想到答案。男爵大约是听到了什么传言。

冯·克勒格尔冷不丁地用藏着剑的手杖给了他一下，直中面部。莫舍感觉到一阵尖锐激烈的疼痛。他跪了下来，眼中盈满泪珠。

"你这头猪！"半月先生叫道，"你真的以为我什么都不知道吗？"

他举起手杖，准备再给他一下。

"男爵阁下。"一个声音叫道。

莫舍和他的虐待者双双转过身。

霍斯特站在门口。"男爵阁下，"他说，"表演……"

半月先生喘着粗气，接着他放下手臂，控制住了自己。霍斯特帮摇摇晃晃的男爵穿上斗篷，冯·克勒格尔戴上面具，最后戴上了大礼帽。

"我们待会儿再谈。"他对莫舍下令，一边走了出去。

莫舍现在一个人待在更衣室里。他恍惚地揉着疼痛的脸，听着半月先生说着那些惯常的致辞，观众们鼓起掌来。

过了好一会儿，莫舍才重新站了起来，花了更长的时间，才下定决心套上小丑的服装。现在已经到第四个节目了，是洛维奇和狮子路德维希在表演。莫舍正要离开更衣室，忽然看到一把带剑手杖——就是男爵在旅行箱节目时会用到的那个——斜靠在化妆桌上。他惊异地把它拿起来，抽出了里面的剑。莫舍用手心碰了碰刀刃，这是那把假剑。这就意味着，半月先生没有在演出前把它藏到它惯常该待的地方。他现在在场上只带着真剑。莫舍一阵心悸，当他表演箱子戏法的时候，他会不小心伤到尤利娅的。

莫舍走向幕布，透过缝隙向外张望。半月先生和波斯的阿里亚娜公主的节目正在进行，一切都和平时一样。

终于到了那一幕。尤利娅优雅地鞠了一躬，踏进了旅行箱。观众们都期待地伸长了脖子。当莫舍看到男爵的手那么坚定地放在真剑杖的把手上时，他忽然明白了。男爵想要把真剑刺入箱子。

男爵锁上箱子，乐队开始吹奏起响亮的音乐。他拔出剑，人们屏住了呼吸。

正在此时，莫舍推开幕布，小丑扎巴提尼发出一声笨拙的呐喊，蹒跚着冲上了舞台。观众们骚乱起来。半月先生转过头，手上的剑在聚光灯底下闪闪发亮。

"这是干什么？"他咬牙切齿地说。

莫舍不回答，而是凭着一股罕见的勇气飞身向男爵扑去——虽然这不是个明智的决定。

冯·克勒格尔惊讶地尖叫起来，两个男人一起掉进了锯末之中。

观众们不知所措。有些人鼓起了掌，还有些人觉得小丑和魔术师的打斗很幽默，忍不住哈哈大笑。

"你这条蛆虫！"半月先生嚷着，"我杀了你！"

果然，他很快就占了上风。男爵摆脱了莫舍，一把抓住剑柄，挥向莫舍的方向。莫舍手忙脚乱地爬开了。半月先生蹒跚着跟在他后面，追得他在舞台上乱窜。最后莫舍终于站了起来，但是这两个男人都行动不便：男爵喝得醉醺醺的，莫舍则穿着不便走路的小丑鞋。当他从箱子边上跑过的时候，听到尤利娅在里面敲着箱壁。"发生了什么事？"她叫道。

男爵快要追上他了。莫舍跳到一根隔离桩上，顺着桩子往上爬。观众们哈哈大笑，一个小丑为了逃离一个带剑男人的追赶，不得不费力地爬上一根粗木桩，这情景委实太好笑了。半月先生开始像个伐木工一样用剑砍起了木桩，一不小心，他把绳子砍断了。

"见鬼！"他低声咒骂着。这时候，马戏团帐篷的大部分地方都开始慢慢坍塌。直到这时候，那些比较聪明的观众才反应过来，这不可能是演出的一部分。有些观众已经被篷布压住动不了了，他们开始大声抱怨起来，笑声消失了。

一片混乱之中，莫舍看到一盏用来照明的油灯被踢翻了。燃烧的灯油以迅雷不及掩耳之势点燃了锯末，很快火势就变得不可控制！到处都是焦黑的浓烟，人们开始喊叫起来。座椅被推倒了，所有人都站了起来，惊慌失措的喊叫声越来越响，那声嘶力竭的声音，好像这里正在举行一场足球比赛。火苗开始舔舐最前方的隔离桩，不久，帐篷壁也燃烧起来。

莫舍松开手，掉下来摔到了锯末里，他重重地摔在地上，打了个滚。火苗在他四周吐着火舌，然而他暂时还毫发未伤。暂时。

他站了起来，环视着四周。

"灭火，你这个白痴！"半月先生喊着，一边去拉烧着了的幕布。沉重的幕布被拽到地上，半月先生试着用脚踏灭火苗，但效果不佳。莫舍冲向旅行箱，迅疾即开了锁。尤利娅汗流浃背地蹲在里面，喘着粗气，眼睛因为害怕张得特别大。

"我们得赶紧出去！"莫舍喊道，"快，快呀！"

他指了指上面，尤利娅看到火，吓得尖叫起来。烟雾越来越浓，帐篷里什么都看不清了。灼热的空气让他们呼吸困难，莫舍不停地流眼泪。观众们朝着为数不多的几个出口仓皇逃窜，他们横冲直撞，互相踩踏。莫舍听到孩子的哭声，他们那刺耳的声音尤其让人心慌。妇女们尖叫着，男人们在大喊，帐篷外笼子里的动物们嘶吼着。西吉和洛维奇提着水桶跑了过来。

"我们必须帮忙。"尤利娅说。

莫舍惊愕地看着她。帮忙？他只想赶紧出去。但他还是勉强点了点头。他知道她说得对。就算现在他丝毫也不想承认这一点。他环顾四周，半月先生已不知去向，只有他的剑还扔在地上。莫舍拾起剑，迅速地跑到帐篷壁前。

"动手！"他对着尤利娅喊道。

她立刻明白了他的意思。两个人合力把剑刺入厚厚的亚麻布，在帐篷上切开了一道缝。一些观众看到了机会，好几十双手拽住切开的地方，猛烈撕拉着。开口越来越大，越来越多的人向这边涌来，有些人摔倒在地上，其他人直接从他们身上踩了过去，很多人都逃了出来。

其中包括莫舍和尤利娅。

帐篷里传出被灼烧的人的喊叫声。

*

他们整晚都在拼命干活。一条人链从水井旁一直通到着火的帐篷边。莫舍不停地递着水桶，把水浇在火苗上，可是火势似乎一直没有变小。霍斯特设法转移了动物们。不知道什么时候，消防队终于来了，天快亮的时候火终于扑灭了。

魔术马戏团没剩下什么东西。

马戏团帐篷彻底烧没了，观众们的座椅和支撑帐篷的木桩都烧成了木炭。全体动物和大部分的演员保住了性命，只有酒鬼希尔德遭遇了不测。也许她当时喝得太醉了，实在找不到出来的路。九位观众死于非命，他们烧焦的遗骨直到下午才被发现，胳膊还保持着自救的姿势。其中有两位是孩子。

半月先生像被地缝吞噬了一样，凭空消失了。

晨光中，莫舍和尤利娅把俩人的家当扔进两个箱子，迅速离开了那里。地上还残留着火焰的温度，到处都能看见烟柱冉冉升起。他们手拉着手跑进森林。他们被负罪感和羞耻心驱动着，一个劲儿往前奔，根本不回头看一眼，带着一种巨大的劫后余生的欣慰感，因为他们躲过了死神的镰刀。

24

木偶剧

马克斯从学校回到家的时候，伟大的扎巴提尼已经消失了。相反厨桌前坐着一位身穿米色职业套装、表情颇为严厉的黑人女士。她的发型一丝不苟，浅色的套装刻意低调，其最主要的目的是给她的顾客们——大部分都是白人——以安抚。她的左边坐着马克斯的妈妈，右边是爸爸。

"嗨，伙计。"爸爸打招呼说。

马克斯一点也没得到安抚。这儿有什么东西不对劲。爸爸怎么来了？这位女士是谁？"嗨，爸爸。"他轻声回答。

"我叫苏珊。"女士说，"很高兴认识你。"她伸出了手。

马克斯没动，手指牢牢抓着书包带子。

"苏珊是来帮助你的。"妈妈解释道。

"我们都愿意帮助你。"苏珊说。

"怎么帮？"马克斯问。

爸爸清了清嗓子，站了起来。他半蹲下身子，面对着马克斯。

这是苏珊的建议：要和孩子保持一致的视线高度。

"苏珊是心理学家。"他说。

苏珊·安德森博士点了点头。她冲马克斯露齿一笑，也半蹲下身子。马克斯怀疑地看着她。心理学家，他知道，是把其他人送去精神病院的人，就像米丽娅姆·刑的阿姨所遭遇的一样。一天夜里她穿着内衣就离开了家，还在大街上乱跑，一点不顾及行驶的汽车。虽然她没有受伤，但是这已经昭示了悲剧的开始：几天之后她就被送进了一家"疗养院"。现在，马克斯惊恐地想，这事儿可能要发生在自己身上了。他好像已经看到了一切：给疯子穿的紧身衣、电击、用木碗盛着的恶心米糊、《飞越疯人院》。陌生的女士对着马克斯说啊说啊，可是他根本没在听，只是冷淡地看着她。苏珊故意大声地叹了一口气，转向他的父母。她向他们解释了对孩子有奇效的"神奇思考"方案。其间她不时地对着马克斯微笑，可是这对他完全不起作用。

"想象一下，"她对他说，"你现在在看一部木偶剧。"

马克斯冷冰冰地点了点头。

"台上有两个箱子，"她继续说，"卡斯帕勒上台了。"

马克斯又点了点头。卡斯帕勒他知道。他还很小的时候，有一次爸爸妈妈带他去市中心的剧院看过一次木偶剧。那家剧院在一座立交桥的下面，是一座仓库改造的。马克斯觉得那儿的气氛很压抑，他想不通为什么大人们总要带他去这种一点吸引力也没有的地方。可是不一会儿，那些身穿彩色服装的滑稽小人儿就赢得了他的欢心。

"卡斯帕勒有一个玻璃弹珠，"苏珊说，"他把它放在第一个箱子里。然后离开了舞台。接着格蕾特尔来了，她打开第一个箱子，把弹珠拿了出来，放到第二个箱子里，然后离开了。接着卡斯帕勒又上台了。"

这时，苏珊把两只手放到马克斯肩膀上，深深地注视着他的眼睛。马克斯感到有点儿不舒服。

"好了，马克斯：卡斯帕勒现在会去哪个箱子里找弹珠呢？"

"第二个。"马克斯说，"这不是明摆着的嘛。"

他肯定答错了，因为苏珊把手从他肩膀上拿了下来，脸拉得老长。"其实一个像你这么大的孩子应该知道，"她说，"卡斯帕勒会去第一个箱子找弹珠。他并没看到格蕾特尔把弹珠放到第二个箱子里面啊。"说着，苏珊很遗憾地看了他父母一眼，"对于他的年龄来说，这个表现是不常见的。通常情况下只有患自闭症的孩子才会说，卡斯帕勒会去第二个箱子里找弹珠。"

妈妈一脸震惊："自闭症？"

苏珊摇了摇头，"没必要紧张，只是……"

妈妈打断了她的话："马克斯！"她严厉地说，"给我好好想！"

"可是妈妈，"马克斯嘟囔着说，"弹珠就是在第二个箱子里面啊。"

"但是卡斯帕勒不知道呀。"苏珊用一种故作轻松的语气说道，她的耐心似乎快要耗尽了。马克斯本来还以为，心理学家不会这么快就不耐烦呢。

"根据卡斯帕勒所知道的来判断，"苏珊继续说，"弹珠会在第一个箱子里。"

"可是它不在那儿。"马克斯固执地说。

苏珊笑得很勉强，"它确实不在那儿，但是卡斯帕勒还是会去那儿找。"

"为什么？"马克斯追问。

"因为这样才符合逻辑！"

"为什么这样会符合逻辑？弹珠明明不在那儿！"

"是不在，但是……"

"卡斯帕勒是个傻瓜！"马克斯大叫起来，一边补充说，他还从来没有看过情节如此愚蠢的木偶剧。

他的父母交换了一个灰心丧气的眼神，治疗进行得不像他们想象的那样顺利。

苏珊转向他俩："大多数孩子在马克斯这个年纪都知道，人们的想法有时候会出错。他们虽然知道，其实弹珠在第二个箱子里，但同时他们也知道，卡斯帕勒认为它在第一个箱子里。"

"可是它就是在第二个里面！"马克斯插话说。

德博拉站了起来，走向儿子。"这只是个例子。苏珊想帮助我们更好地解决我们遇到的问题。"

"关于弹珠的问题吗？"马克斯问。

"关于离婚的问题。"妈妈说。

马克斯一下子爆发了。"我们遇到的问题，"他大喊着说，一边用食指指着爸爸，"就是你抛弃了我和妈妈！这就是我们遇到的问题！"

妈妈试着力挽狂澜。她挤出一个微笑："你爸爸和我都认为，我们三个可能都需要帮助。我知道这对你来说有多困难，但我们想帮助你。"

苏珊在一个小本本上做着记录，好像一个老师一样。当她把本子放到一边时，马克斯认为这是个不好的标志。忽然，他想起了什么。

　　"扎巴提尼去哪儿了？"他问。

　　妈妈和爸爸交换了一下眼光。

　　"他走了。"妈妈回避地说。

　　"什么？"马克斯目瞪口呆。

　　"你妈妈跟他吵了起来，然后他就走了。"爸爸用一种好整以暇的口吻说道。

　　"哦？所以现在变成我的错了是吗？是他想对我动手动脚！"

　　"所以你就用平底锅给了他那么一下。"

　　苏珊突然插话了："请别忘记，"她调停着说道，"宁静的岛屿，宁静的岛屿。"

　　妈妈看了看苏珊，对着她吐出一句脏话，这是个即使在死刑的威胁下，马克斯也不许说出口的词。马克斯脸红了，苏珊的脸也红了，但她是被气的。爸爸幸灾乐祸地笑了起来。马克斯再一次确认，大人的规矩和普通人的规矩好像不一样。

　　"够了！"苏珊大声说道，她的鼻翼抽动着，"深呼吸，两个人一起，立刻，马上！"

　　妈妈张大了嘴，猛地吸了一口气。

　　"现在憋住气，数到十。"苏珊命令道。

　　妈妈憋着气，后悔地点了点头。才过了大约一到两秒，她就已经喘息着张开了嘴。

　　"都是抽烟惹的祸。"爸爸恶毒地说。

苏珊点了点头，"抽烟会影响肺活量。"

"您根本没有权力对我说三道四。"妈妈对着心理学家训斥道。

马克斯用左脚跺着地："我要知道他在哪儿！"

爸爸只是耸了耸肩。妈妈说："我不知道。他就这么走了，把门撞上，然后就走了。我以为他一会儿就会回来。对不起。"

这时苏珊又开始插话，她指责德博拉对孩子太过让步，这样是不健康的。德博拉抗议说，她真的过于让步了吗？至少她儿子一直在抱怨她太过严厉。苏珊却认为，在这个复杂的年龄段，孩子更需要严格的规矩和管理，只有这样他们才能学会适应不断变化的新情况。

"你为什么让他离开？"马克斯打断了讨论，"他去了哪儿？"

"这件事，"妈妈说，"跟我们已经无关了。他就是个寄生虫。"

"还是一个骗子。"爸爸补充道。

"你只是在生他的气，因为他没有来参加你的受诫礼。"妈妈傲慢地说。

"根本不是。"爸爸脸红了，"我根本不在乎什么愚蠢的受诫礼，更不在乎这个讨厌的魔术师！"

"您的举止太幼稚了。"苏珊冷不丁插话，"您的儿子需要一个父亲做榜样，他必须看到，一切尽在您掌握之中。"

现在轮到妈妈哈哈大笑了。"一切尽在掌握中！"她嘲讽地说。

"你给我闭嘴！"爸爸气得大吼。

"幼稚！"苏珊重复了一遍，"对于幼稚的举止，我们之前怎么说的来着？"

马克斯突然瞄到了挂在玄关处墙边的那幅画。黑丝绒的底色映衬着忧郁的小丑。

他闪电一般转过身来，跑出了厨房。他把书包扔在地上，"刷"地一下拉开门窜了出去。

"扎巴提尼！"他喊着，"扎巴提尼！"

他一边向前赶，一边朝后瞥了一眼。爸爸加速从门里冲了出来，妈妈紧随其后。两个人看上去都很生气，非常非常生气。

"你马上给我回来。"爸爸怒吼着。

马克斯根本不理他，他的自行车就停在房子前面的草坪上，还有一步，他扶起自行车，飞身上了车。

爸爸离他仅有两米远了。"你赶紧给我待在这儿！"他喊着。

可是马克斯拼命地踩着脚蹬，几秒钟就把爸爸远远地甩在了后面。无论是爸爸还是妈妈体能都不强，还一天到晚瑜伽长瑜伽短呢。而马克斯骑着他的越野车就好像水中的鱼儿那样灵活。他沿着人行道边一下子蹿到了马路上。

"马克斯！"妈妈绝望地喊道。

马克斯的目的地是好莱坞大道，威诺纳拐角。他努力地蹬着脚蹬，心怦怦直跳。风吹乱了他的头发，他飞快地掠过街道，很快就消失不见了。

*

德博拉终于明白她是追不上马克斯了。她喘息着停了下来，双手插进头发。"不要又来了。"她低声地说。

很快，德博拉和哈里坐进了切罗基吉普，开始追踪他们的儿子。骑着自行车，他不可能跑出去很远。

"右拐，右拐！"哈里嚷嚷着。

"我就是要右拐。"德博拉咬牙切齿地说。

但是哪里也找不到马克斯。

两个人沉默着找遍了整个社区。德博拉的脑子里乱哄哄的，好像有一千个念头在打架。那边就是她的精品店了，她在它身上耗费了那么多时间，为了它，她忽略了儿子。她不可能既要离婚，又要照顾儿子，此外还像平时一样打理店铺。事情太多了。她的精神世界也完全疲惫了。她吉普车的仪表盘上面有一尊小小的菩萨，每次她需要停车位的时候就会呼唤它的帮助。现在她也向着它匆匆忙忙地祷告了一番，天哪，她好像已经一个世纪没有冥想了。

哈里也感觉疲惫不堪。早上在办公室，所有人都忙得四脚朝天。然后他还答应了母亲带她去看医生——她总是没完没了地想看医生——总之他从恩西诺接到她，然后带着她一路开到帕萨迪纳，她最信任的医生——一个又老又饶舌的以色列人，耳朵里长着毛发——的诊所就开在那儿。一路上他不得不忍受老太太的喋喋不休，她不停地细数着他各方面的缺点和失败。刚把老母亲送到诊所，他又匆匆忙忙赶回来，就为了准时赶上德博拉和心理学家约好的会面。而现在，他又坐在不久将变成他前妻的女人身边，和她一起开着车寻找他再次玩失踪的儿子。这一切还可以变得更糟吗？哈里抑郁地想。

德博拉的脸突然亮了起来。

"我知道他可能在哪儿了！"她叫道。

"是吗？"哈里挖苦地说。

"珍宝小丑屋。"

"我们的儿子，在一个脱衣舞俱乐部里？"

德博拉点了点头，一把打过方向盘。她重新开回日落大道。一边告诉哈里早餐桌旁的谈话。很明显，扎巴提尼非常想去那儿。甚至在平底锅事件发生前，他还提到了这个脱衣舞俱乐部。机会虽然不大，但是值得一试。

"我们会找到他的。"哈里把手放到德博拉的手上，对她说道。

她把手抽了回来。"不要碰我。"她说。

25

享誉柏林

　　一段漫长的旅途之后，莫舍和尤利娅到达了柏林。对于莫舍来说，坐火车是一种全新的经历，他入迷地看着窗外的世界从眼前飞速掠过。两个人都松了一口气，他们终于把汉诺威、半月先生和魔术马戏团烧焦后的残余统统抛在了身后。莫舍想到停尸房里那些永无止境的夜晚，现在他再也不必看到儿童的遗体了。他的钱是辛辛苦苦挣来的，现在他和尤利娅要用它开始一段新生活。火车慢慢驶进了柏林站，莫舍像个孩子一样，把鼻子贴到车窗上。车轮滚进站台上的停止器，随着一阵抖动，火车停了下来。一团烟雾遮住了莫舍看向月台的视线。旅客们纷纷站了起来，开始拖着各自的箱子和大包向车门走去。莫舍紧紧地攥着尤利娅的手。他感觉自己获得了新生。

　　俩人下了车，四下里寻找出口的位置。他们随着熙熙攘攘的人群路过了一个书报亭。莫舍一眼就注意到《先锋报》的头版。

　　"等一下！"他对尤利娅说。

头条文章的标题是《禽兽已被抓获！》他一把抓过报纸，急忙打开浏览起来。第二版上刊登着一张莱特纳警长和下萨克森州纳粹党首握手的照片。两个男人站着的姿势都有些不自然，一边对着镜头做出露齿而笑的表情。莫舍给了书报亭里的女人几枚硬币。

"怎么了？"尤利娅的声音里隐藏着一丝不耐烦。

"看这儿。"莫舍喃喃说道，把报纸递给了她。文章里面写着，这个被称为"禽兽"的男人原来是个不引人注目的废品经销商，名叫克劳斯·K.，根据《先锋报》的说法，他可能是个共产党，同时还应该是个犹太人。还写了些什么？莫舍和尤利娅继续读下去，克劳斯·K.很快就承认了犯下的罪行，很显然这要部分归功于警察在他牢房墙上的架子上摆满了受害者的头骨，头骨里面还装上了红色灯泡，就好像受害者一直在注视着他。当然在审讯的时候人们也没有忘记用皮带抽打他裸露的生殖器。总之，他的定罪和不久之后即将执行的死刑已经是一件板上钉钉的事情了。

莫舍把报纸折了起来，放进大衣口袋。他又握住了尤利娅的手。

他们坐着有轨电车去往但泽街，尤利娅的朋友贝亚特住在那里。柏林彻底地征服了莫舍。他还从来没有见过一座如此巨大的城市。它比他的家乡布拉格还要大，并且现代化得多。这儿到处是人流和汽车，街灯都是电灯，霓虹灯在城市的各个角落闪耀，色彩亮丽的广告牌随处可见。双层巴士里面挤满了人，沿着两边栽满了绿树的林荫大道隆隆地开着。莫舍被一首城市交响乐包围了，到处都是汽车喇叭声、人们的呼喊声和咒骂声。

他们到了但泽街，走进一座绿房子，沿着楼梯往上走。到了五楼，尤利娅按响门铃。门开了，一个留着黑色短卷发、身材结实的年轻姑娘出现在他们面前。

"天哪，我真不敢相信！"姑娘用方言叫道。

两个女孩子拥抱在一起，开心地咯咯笑个不停。但对于莫舍，贝亚特却明显有些怀疑。她上上下下地打量了他好一会儿，才伸出手跟他握了握。

当然了，她说，尤利娅和她的同伴可以暂时先住在她家阁楼上。当她这么说的时候，表现得并不是很乐意。虽然她和父母住在一起，但他们应该不会反对。"不过只能住几天！"她严厉地强调。

莫舍和尤利娅的新住所是一个狭小、满是灰尘的阁楼，里面只有一张床垫，窗外只能看到邻居家的屋顶，然而莫舍却觉得自己来到了天堂。他们用他在汉诺威挣的钱添置了衣物、餐具和一个小煤气炉，他们用它来烧咖啡。牛奶他们一般放在窗边，因为虽然整个房间里也不太暖和，但是靠窗的地方却是冰冷的。

莫舍每天都会去街角的书报亭买一份日报，他追踪着克劳斯·K.的案件。法庭没有犹豫太久，在一段相对较短的审判程序之后，克劳斯·K.被判刑，随之被砍了脑袋。整个下萨克森的父母又可以安心睡个好觉了。罪犯的头颅送给了哥廷根大学，以供求知若渴的大学生研究这个罪犯发生了退化性病变的大脑结构。对于党而言，这是个巨大的宣传方面的胜利。《先锋报》写道："这，先生们、女士们，体现了我们新德国的**公正**。罪犯们，犹太人，共产党，你们最好要小心了！"

莫舍无法确定，头脑并不特别灵光的莱特纳是否抓到了真正的罪犯。但无论如何，德意志民族松了一口气，当地也没有再出现更多的尸体。莫舍在一篇文章中读到了一段引用的莱特纳的话：

"我想，如果没有扎巴提尼，一位来自波斯的著名灵媒的帮助，我们不会这么快就抓到狡猾的罪犯——那只禽兽。广大的公众会惊异于这种破案的方式，甚至对此嗤之以鼻，但对于国家机关来说，重要的是不放过任何一条线索，哪怕它看上去多么不可信。出乎我们意料的是，扎巴提尼为我们提供了极其准确的信息，并帮助我们最终抓到了罪犯。他一直在提醒我们一股黑暗力量的存在，并一再强调，罪犯离我们比想象的更近。鉴于罪犯曾多次为警察提供线索这一点，我们不得不承认，扎巴提尼的预言简直准确得可怕。"

准确得可怕，莫舍回味着。他眨了好几下眼睛，最后把报纸推到了一边。他的惊讶程度不亚于广大的公众。

回想起来，他和尤利娅在柏林度过的日子可能是他一生当中最美好的时光。刚开始的几天他们一直在散步，通过步行来认识这个城市，或者他们就窝在家里，整天腻在一起。晚上他们去街角的小酒馆，喝上一杯啤酒，吃点东西。一开始说定的在阁楼住几天慢慢拖延成了三个礼拜，贝亚特开始不停地说闲话。他们必须去找别的地方住了，但是首先他得有一份工作。

一天下午，尤利娅带着莫舍来到弗里德里希大街上的温德嘉登。

"我就是在这儿认识鲁迪的。"她说。自从半月先生从他们的生命中消失之后，尤利娅再也没有用各种各样的艺名称呼他。现在他只是"鲁迪"。

在温德嘉登，一位名叫科瓦尔奇克的胖男人接待了他们，他正在用夹心巧克力喂一只小狗。当尤利娅和莫舍踏入舞台后面胖男人狭窄的办公室时，小狗疯狂地吠叫起来。

"好了小淘气！"科瓦尔奇克用一种软弱的、娘娘腔的声音说道。他一边咧嘴笑着，一边困难地从吱嘎作响的椅子里抬起身来，拥抱了尤利娅。时间有点太长了，莫舍情不自禁地想。接着，他向莫舍伸出了疲软的手，却没有看向他的眼睛。

尤利娅解释说，她身边的这位年轻人，扎巴提尼，是个杰出的读心师，而她是他的助手。他们正在寻找工作岗位。科瓦尔奇克请求扎巴提尼露一手。莫舍早有准备，他表演了几个纸牌小魔术，又展示了一下读心术，让科瓦尔奇克连连点头。

为了证明自己的超能力，莫舍还带上了《先锋报》的报道。汉诺威刑事调查局对于他能力的肯定给科瓦尔奇克留下了深刻的印象。

扎巴提尼和他的女助手获得了这份工作，当然先要有一个试用期。告别的时候，科瓦尔奇克轻抚着尤利娅的背部——他的手放得太靠下了，莫舍想。可是他不得不再次握住他疲软的手，来敲定这件事。

*

在温德嘉登的第一次演出前，莫舍非常紧张，他觉得自己快要吐了。事实上，他和尤利娅共同制定的节目内容非常丰富。跟着半月先生学徒的艰苦日子，套着哐啷哐啷的小丑服、上蹿下跳不断接受欺侮和凌辱的年月，现在终于体现出了它的价值。莫舍一直很用心，他学得认真，练得勤快，不怕吃苦，不怕流汗。现在，对于观众喜欢什么、会对什么喝倒彩，他都有了非常清醒的认识。自从上次和那支喝醉的粗野冲锋队短兵相接之后，莫舍已经厘清了思路，在所有的魔术当中，他会优先考虑读心术。鲁迪教他的很多东西，包括那些愚蠢的纸牌魔术啦，或是幼稚的道具啦，现在看来都太过原始了。因此他和尤利娅已经商量好，他要以读心术大师的名头上场。莫舍给自己搞到了一块缠头巾，从此开始冒充一位被驱逐的波斯王子。

原理上来说，他们的新演出其实简单得出奇。莫舍牢记着半月先生的警告：有些魔术师为了消除自己的紧张，会开口说很多很多话。因此他决定反其道而行之。他蒙着眼睛，沉默着坐在特意调暗了灯光的舞台上，尤利娅则穿梭于观众之中，请求他们给她一些私人物品。她也同样一言不发，尽管如此，莫舍每次都能猜中物品是什么。

他们的演出引起了轰动。"伟大的扎巴提尼"——他现在这样称呼自己——如一颗新星冉冉升起。无论是在台上还是在台下，莫舍和尤利娅都配合默契，合作无间。不管是白天还是黑夜，每一次演出都完美演绎。

或者说几乎每一场。一天晚上演出之前，尤利娅和莫舍吵了起来。在更衣室里，莫舍发现排在他们后面出场的节目主持人，一个满头金发向后倒梳、好看得令人发指的年轻男子正在向尤利娅献殷勤。而她也对着那家伙娇媚地甜笑。莫舍要她解释清楚，而她则指责他自负而善妒。

"我总有对着别人微笑的权利吧？还是说现在连这个也不允许了？"她操着柏林方言问道。

不是不许。只是，莫舍一点儿也不喜欢这样。有时候，当他晚上睡不着的时候，他会想象尤利娅离开了他。他会活不下去的！莫舍心里一点底都没有，他不确定尤利娅是否像他爱她那样爱着他。他很快就学到了，有些人是爱人者，有些人是被爱者。尤利娅是个被爱者。这份认知撕咬着他，尤其是，她了解他的秘密。只有她知道他是个犹太人，虽然她从来没有——无论是有意还是无意——泄露过他的秘密，但他的命运仍然被交付到了她的手上。他的心，以及他的性命。

这天晚上，他为他的嫉妒受到了惩罚。当她从一个胖乎乎的、西装明显太过紧身的观众手里接过一个皮夹后，故意对他说出了错误的暗号。莫舍蒙着眼睛站在舞台上，非常自信地宣布那是块手帕，观众们顿时变得不安起来。

"不对，"胖子用柏林方言说道，"不是手帕。"

先是有人窃笑，接着大家都哈哈大笑起来，莫舍感觉受到了侮辱。

演出结束之后，他在更衣室里愤怒地指责了尤利娅。而她只是坐在他对面的化妆桌上，放荡地抽着一根细细的香烟。她那灰绿色的眼睛冷冰冰地注视着他。接着她熄灭了香烟，简短地说了一句："有因必有果。"

不过当天晚上他们就把这次吵架抛诸脑后。看到莫舍吃醋，尤利娅心中其实也颇为得意，而且她很享受莫舍在舞台上吃瘪的样子。莫舍则从这场小事故中受到了一定程度的启发。他有了一个主意——他更加清楚地认识到，人们，不仅仅是他自己，有多么依赖爱情。我们需要爱情，莫舍想，就像呼吸需要空气。在回家的路上他陷入了沉思，增加一个爱情魔咒怎么样？这将使他的演出彻底变得独一无二。

回到贝亚特的小阁楼之后，他们激烈地做爱，带着激情、愤怒和害怕。害怕是他俩共有的感觉，整个国家已经越来越陷入疯狂之中，形势一触即发。

事后，他们满身大汗、精疲力竭地躺在月光下，轮流吸着一根烟。尤利娅把她的"小犹太"搂在怀里，宣告说，他们明天要去一趟施潘道，那是她成长的地方。

"我们去那儿干什么？"莫舍问。

"你去了就会知道的。"

莫舍很好奇。可是很快，他的思绪就飘远了，远远地离开了尤利娅，就好像他还是个孩子时那样。他只能微弱地感觉到她放在他胸脯上的手。当她对着他的耳畔轻语，告诉他她爱他时，他几乎没有听到。

他在想着他的爱情咒语。

*

在施潘道，尤利娅领着莫舍穿过一条条窄巷，越过一座座后院，最后来到一个小印刷作坊。她敲了敲门。

"我还是个小姑娘的时候就认识这个人了。"尤利娅说。

门开了，他们面前站着一个胡子很长、头发乱七八糟的瘦弱男子。他的双唇间叼着一根自制卷烟，身上一股汗臭味。尤利娅介绍说他是"弗里德黑尔姆"，把莫舍称为"一个朋友"。

她向男人委婉地解释说，她的"朋友"需要证件。这俩人兜了半天圈子，可是莫舍很快就明白了，弗里德黑尔姆是个做假证件的。后来尤利娅告诉他，弗里德黑尔姆是个共产党，很久以来一直从事地下活动，伪造了很多文件。

"我的朋友需要一份雅利安人证明和一本护照。"终于她直接说道。

弗里德黑尔姆点了点头。他的眼睛很不安，总是快速地看向窗口。他的手指长而纤细，正是莫舍一贯以来想象中的伪造者应该有的手指。很快大家就谈拢了价格，真不便宜，可是他们难道还有什么别的办法可想吗？

几天之后，尤利娅拿到了莫舍的新证件。莫舍深受感动，他冲上去拥抱了她。可在他尚未说出一个字之前，尤利娅已经回答说："不用谢。"

凭着新证件上扎巴提尼的名字，他终于可以租房子了。护照上写着他直到最近一直住在德黑兰，这就解释了为什么他此前没有在柏林进行登记。很快，他和尤利娅就迁出了小阁楼。贝亚特大大松了一口气，她虽然不知道莫舍是犹太人，但是已经预感到这个小伙子有些不对劲的地方。住在阁楼的最后几天里，气氛变得非常压抑。贝亚特担心邻居们会因为她家奇怪的客人而去告密，每一次门铃响起，她都害怕是警察上门突击。莫舍很开心，他和尤利娅终于可以住进自己的房子了。他们搬到了城西的法萨嫩街，靠近库当大街那块，房子并不大，但很时髦。当他们签好合同，莫舍一把拥住尤利娅，在空空如也的房间里转起圈来，又抱着她倒在地板上亲热了一番。尤利娅微笑着，听任他摆布。

短短几个月里，伟大的扎巴提尼成了柏林城里举世闻名的魔术师，整个城市都在谈论他。他每天在温德嘉登演出两场，场场爆满，连最后一排座位都被订光。莫舍非常小心地经营着自己波斯王子的新身份。他的语言染上了一种无法定义的口音，他的目光增添了"熊熊大火般的东方情调"，这得益于他每天站在镜前的刻苦训练。凭借一本他在萨维尼广场附近的书店买到的词典，莫舍还强记住了几句波斯语。每一次演出的开场和结束时，他都会用上多年前在老新犹太会堂的阁楼上从父亲那儿学来的手势，那个幅度很大的伸展手势。而在演出的最后，他会深深鞠躬，致谢说："伊斯特嘉禾，嘉塔，寇雅斯特！"这是他最喜欢的一句波斯语，他喜欢这些词语的抑扬顿挫，它们听上去如此神秘。但是他没有告诉任何人，包括尤利娅，这些词语真正的含义。

在几百场成功的演出之后，伟大的扎巴提尼开办了自己的沙龙，地址在乌兰德街，和法萨嫩街只相隔几分钟的路程。沙龙位于一栋建筑的五楼，在这栋楼里办公的除了他，都是些律师和法律顾问。莫舍用波斯地毯和印度家具装饰他的办公室，他甚至还弄来了一只来自遥远西藏的磬——实际上那只是一个画上了华丽花纹、另作他用了的尿壶。办公时间用一块黄铜标牌标在了大门上。晚上扎巴提尼依然在温德嘉登演出。莫舍没有等待太久，就迎来了他的第一个客户。大约一周之后，一位女士来到门口。莫舍简直是把她拽进了门，女士还在挣扎着，仿佛鱼钩上的一尾鱼。这是一位来自施米克维茨的家庭妇女，一位紧张而瘦弱的女士，她穿着围裙，似乎总感觉有必要为自己的存在而不停道歉。她来的原因是她的公猫阿道夫走丢了。扎巴提尼听到这个名字时感到非常惊讶，难道现在连动物世界都开始政治化了吗？不久他得知，这位女士住在顶楼，那么阿道夫现在很可能正在施米克维茨的屋顶上闲逛呢。扎巴提尼闭上眼睛，做出一副全神贯注的表情，接着用颤抖的声音宣布，他感觉到，阿道夫很快就会回到它的领土。这并不是一个过于冒险的预言，因为，扎巴提尼虽然并不特别了解猫，但很了解饥饿。阿道夫很快就会饥肠辘辘，这只是个时间问题。因此他明白，这小小的、毛茸茸的可爱元首，一定无法抵抗一盘特意为它准备的鱼骨头。几天之后，施米克维茨的女士再次按响了扎巴提尼的门铃，热情洋溢地向他道谢，并留下了一笔丰厚的小费。

渐渐地，越来越多的人带着他们的问题来拜访他：不忠的妻子、赌博成瘾的银行职员、身体健康却总是怀疑自己有病的疑心病患者……所有人都来请求扎巴提尼的帮助。扎巴提尼如技艺精湛的演奏家，熟练地拨动着他们精神的琴弦。很多人成了固定客户，不久之后，第一批党员出现了。国家社会主义德意志工人党[1]是蠢货的蓄水池，因此有几个他最忠实、最轻信的顾客出于此列，也就不足为

---

[1]　纳粹党的正式名称。

奇了。毕竟神秘主义和玄妙主义正是该运动的组成部分，而他们的领袖如此精通于造势和操纵，其才干远超伟大的扎巴提尼本人。

波斯预言家的名声越来越响亮。即使偶尔有人带着怀疑前来，打算揭穿他江湖骗子的真面目，扎巴提尼却总能一眼就辨认出他们——一定程度的预感他还是有的，并以"散发着消极的能量波"为理由禁止这些人入内。寻求扎巴提尼帮助的党员的官衔越来越高，甚至连身穿棕色军装、威风凛凛的冲锋队队长都会在他面前失声痛哭。不久之后，整个柏林上层社会的头面人物开始络绎不绝地出现在他的沙龙里，每个人都想听到伟大的扎巴提尼预言他的未来。而莫舍确实具有一种非凡的天赋，能够告诉所有人他们想听的话，并指出他们最害怕的事情。

对于扎巴提尼来说，柏林就是童话中的极乐世界。周围的一切显示，在一波理性和科技进步的浪潮之后，非理性又重新占据了上风。这座首都之城是神秘主义的圣地，是占卜师、占星学家、催眠师和预言家的会堂，人们喜欢他们的预言，不论他们是从水晶球，还是从塔罗牌里读出真相。现在莫舍非常感谢他的父亲反复向他灌输《塔纳赫》和《塔木德》，他对于希伯来语的了解，对于命理学和神秘教义的认识，都有助于他的职业。他能把那些古老文章的中心义理转化成轻松易懂的空洞废话。他为那些轻信的人创造了一个感觉良好的世界——充斥着异域情调的空话和废话，满坑满谷的骗术和戏法。而他，顶着装饰精美的缠头巾，身着飘荡的长袍。在全世界的眼里，他是一个波斯贵族，一个《一千零一夜》中的人物，一个雅利安人的后代。没有人意识到，他事实上是一个拉比的儿子。

关于自己的身份，他精心编织了无数谎言，在这张网的保护下，他虽然能感知到对犹太人日益严酷的镇压，但自己安然无恙。

在柏林，在"第三帝国"的中心，莫舍·戈尔登希尔施混得风生水起。对于最上层的一万人来说，钱似乎根本不是问题。莫舍开始坐地起价，因为他很快就意识到：要价越高，人们掏钱越是心甘情愿。柏林的钱好像铺在街上，他和尤利娅唯一需要做的，就是弯下腰把钱捡起来。于是他们就弯下了腰，能弯多深就弯多深。他们在最豪华的餐厅用餐，跟最考究的人来往，受邀参加最受追捧的派对。不久之后，莫舍发掘了人妖表演和歌舞剧的隐藏魅力和可卡因带来的欢愉。他的秘密实在太沉重了，他的内心总是隐隐担忧这一切会曝光。莫舍预料到，尽管他的沙龙是个绝妙的魔术点子，但是他本人绝不是行业中最有创意，或是最有天赋的魔术师。当然现在这两者的区别并不重要。事实上，他只是一个平庸的魔术师，尽管能够中规中矩地完成整场表演，但他并不愿意琢磨怎样攻克最后一道难关，不愿意提升他的艺术，不愿意挖掘新念头，开拓新领域。他来来回回就那几招。为什么不呢？这些都挺管用的不是吗？他用一只手数得过来的扎实招数打拼到今天，获得的财富和荣耀已经令人难以置信，为什么还要继续努力呢？观众们都跪在他的脚边，对于他的追随者来说，唯一的追求就是被他的迷魂汤灌倒。

*

距离莫舍和尤利娅在法萨嫩大街上的房子几步远的地方有一座

犹太教堂，这座教堂和其他许多的犹太教堂一样，在"帝国水晶之夜"被大火毁于一旦。莫舍永远都不会忘记那个 11 月的傍晚。他和尤利娅结束了在温德嘉登的演出，正乘着出租车回家，这时他们看到了那场大火。莫舍的心脏缩成一团，他不由得想到了魔术马戏团在火中燃烧的那个夜晚。

教堂面前聚集了一大堆看好戏的人。很多人穿着棕色的军装，但也有不少平民。有些是举家出动，甚至一些老人也在场。女人们把孩子举起来，让他们看得更清楚。

"对犹太人说再见。"一个女人对她的小女儿说。她的声音听起来就好像是在念着一首儿歌。

"再见，犹太人！"小姑娘乖巧地说，一边挥舞小手，一边天使一样笑着。

是的，再见。莫舍突然感到一阵恶心。他想到了自己的父亲和他的犹太教堂，自己大部分的孩提时光是在那里面度过的。不管怎样，莱布尔在布拉格，他不用担心纳粹的迫害。尤利娅搂了搂脸色突然苍白的莫舍："家里还有洗发水的吧？"她用一种故作轻快的声音问道，莫舍点了点头，他的喉头变得很干。街上拥挤的人群迫使出租车只能以蜗牛般的速度往前爬，透过车窗他看到一个年轻的冲锋队员，他经常出现在他的沙龙里。

莫舍对着他露出了空泛的笑容，并朝他挥了挥手。男人走上前来，敲了敲玻璃，莫舍把车窗摇了下来。

"这个你没有预料到吧？"男人用方言问。

莫舍摇了摇头。"没有"他说，"完全没有。"

他们终于到了家门口。上楼，开香槟，做爱。柏林在燃烧，或者，至少柏林的一部分在燃烧。那天晚上，莫舍几乎无法入睡，他试图忽略大街上的吵闹和呼喊、玻璃的碎裂声以及幸灾乐祸的大叫，然而一切都是徒劳。他有一种感觉，他属于那儿，属于外面，属于那些人，那些受苦受难的人，那些受迫害的人。第二天，当他在温德嘉登换衣服的时候，他依然非常紧张，无法集中注意力。我能怎么办？他问自己。我是伟大的扎巴提尼，我马上有一场演出，我要从那边上场。

　　该来的就让它来吧。

26

小丑屋

伟大的扎巴提尼穿着短裤和他标志性的夏威夷衬衫，为了预防下雨，还披了一件风雨衣。在这儿，在加利福尼亚南部，这种事儿发生的可能性并不大，但没人能打包票。扎巴提尼额头上有个青紫色的肿块，这是被德博拉·科恩用平底锅敲的。他现在正坐在"珍宝小丑屋"的吧台边，死死盯着台上笨手笨脚跳脱衣舞的年轻黑人女子。点唱机里播放着埃迪特·比阿夫[1]的歌，脱衣舞女郎显得心不在焉，跳得漫不经心。不过扎巴提尼不在乎。一个一丝不挂的女性裸体在任何情况下对他来说都是一场盛宴。他喝着一瓶喜力，因为他没有足够的零钱来点更带劲的了。他不知道接下来该怎么办，他无处可去，而且已经破产。不过当下这些他都不在乎。他已经开始醉了，越来越有信心可以勾搭上台上那个小妞。说几句好话，露两手小魔术……自信心爆棚是男人的一种通病，他们总是以为自己会

---

[1]　Édith Piaf（1915—1963），法国著名女歌手。

有机会。但是和大多数男人一样，他羞于开口，因为很少有什么比被拒绝更伤人的了，好吧，被平底锅狠狠地砸一下可以算一个。

脱衣舞俱乐部的门被推开了，一道耀眼的阳光洒了进来，真是太可怕了。为数不多的客人们——统统都是酒鬼，你能轻易地看出这点——全都缩成一团，就像恐怖片里的吸血鬼一样。

马克斯·科恩踏入了脱衣舞俱乐部。

柜台后面的女人，一个大胸脯、身上像水手一样布满了文身、上了年纪的金发女郎，放下正拿在手上抛光的烧酒杯子。她对着男孩大声呵斥道："走开，小东西。只有大人才能进来。"

马克斯露出一副可怜兮兮的眼神看着她——他把这一招叫作"饥饿的小狗宝宝"，"我是来找我爷爷的。"他说。

扎巴提尼"咣"的一声把啤酒瓶拍到桌子上，愤怒地大口呼吸着。他转向马克斯，"你听到这位女士的话了，滚出去！"

"你给我闭嘴。"女酒保对他说道。

"爷爷！"马克斯喊着。

女酒保责备地看着扎巴提尼。

"这不是我孙子。"他辩解道，"我不认识他。"

金发女郎把擦碗巾放在柜台上，走向马克斯。"你父母在哪儿？"她问。

"他们吵架了。"马克斯回答。

"为什么呀？"

"为了我。他们要离婚了，然后现在找来一个心理学家，说想让我觉得好过一点。所以我就跑出来了，来找我爷爷！"

女水手的心都要化了。这时候，脱衣舞女已经结束了表演，正一路小跑着下台。她穿着松糕底的高跟鞋，走起路来很困难。但是男人们喜欢这种鞋子，就像他们喜欢其他让人不舒适的东西一样。

扎巴提尼大声地鼓着掌。"太棒了！"他喊道，"棒极了！"

他是唯一鼓掌的人。

点唱机里响起了下一首歌的开头，是加里·赖特的《织梦者》。舞娘披上了一件浴袍，向着马克斯和女酒保走去。

"嘿，甜心，"她专业地说道，"你来做什么呀？"

"他来找他爷爷。"女酒保用拇指指了指柜台尽头，"那边那个老家伙。"

"我马上把他叫来。"脱衣舞女说道。

扎巴提尼看到她朝着自己走来，立刻掏出一张一美元的纸币，想要塞进她的丁字裤里。

"可以吗？"他充满希望地问道。

"现在你给我闭嘴。"舞娘用齿缝里迸出的声气回答，"你孙子在这儿呢。"

"他不是我孙子。"扎巴提尼抗议地说。

酒吧女招待投来一记可以杀人的眼光。"你！"她对他呵斥道，"你和你孙子赶紧从这里出去。我不想惹上麻烦。"

"我是个规规矩矩付钱的顾客。"扎巴提尼有些无助地解释道。

"现在不是了。给我出去！"

一到门口，扎巴提尼就对着马克斯吼了起来："这一切都是你的错！本来我简直在天堂，现在她们把我赶出来了！"他拖着脚重重地走开了，"让我静静吧，别再来烦我了！"

马克斯先是害怕地站着没动，过了一会儿他追了上去，终于在日落大道赶上了老头。"扎巴提尼！"他喊道。

魔术师转过身子，想把他推开。

马克斯踉跄了一下，摔倒在人行道上。"嘿！"他叫道。

他跳了起来，冲向扎巴提尼。一场混战爆发在老头子和小男孩之间。这并不是一场优雅的格斗，更多地会让人想到哥斯拉和虫形怪兽摩斯拉的最后一战。不一会儿之后，扎巴提尼或多或少掌控了局势，开始打起马克斯的屁股来。

"你这个没有教养的淘气鬼！"他数落道。

"您抛弃了我！"马克斯叫道，"就跟他们一样！"

"做得好！"扎巴提尼咬牙切齿地说，"你这个小坏蛋！"

"臭屁脸！"

马克斯踢了老头的小腿一脚，扎巴提尼呻吟着，提着一条腿不停地蹦跳。当疼痛过去之后，他开始用残废了的那只手臂去打马克斯。马克斯机灵地躲开了，却不小心撞上了一个垃圾桶。随着"轰隆"一声巨响，垃圾桶翻倒在地，薯片袋子、空可乐罐子、用过的避孕套、吃了一半的比萨在人行道上撒了一地。扎巴提尼被一个比萨盒子绊了一下，倒了下去。他挣扎着爬了起来，为下一轮攻击做准备，因为马克斯已经再次向他冲来。

这时候，五个戴着大金链子、大腹便便、身穿阿迪达斯运动套装的亚美尼亚人介入了。他们原本正聚在"赞口鸡"门口抽着烟，现在以一种和他们的大肚子完全不相称的敏捷，迅速分开了斗志昂扬的一老一小。这些亚美尼亚人是某个久经沙场的部族最后的传人，不论是在古亚美尼亚帝国时期遥远的底格里斯河或是幼发拉底河河畔，还是在今时今日的"小亚美尼亚"，跟他们斗可不是闹着玩儿的。

"哎，王八蛋，把你的手从小孩身上拿开！"他们中的一个叫道。

第二个人几乎不费吹灰之力，一下用肘窝夹住了愤怒的老魔术师的脑袋。第三个人钳制住了男孩的手臂。

"这他妈的都是怎么回事？"马克斯愤怒地喊叫着。

扎巴提尼和马克斯都拼命挣扎着，一边继续对骂，一边徒劳地想要摆脱钳制。突然，所有亚美尼亚人都转过了头，"赞口鸡"的玻璃门被推开了，一个身材结实、留着三天没刮的胡子、身上长满茸毛的小个子男人走了出来。他穿着一条油迹斑斑的卡其色裤子，一件背心，头戴贝雷帽。男人点燃了一支烟。

"发生了什么事？"他问道。

五个男人用亚美尼亚语向他描述了先前的场景。马克斯和扎巴提尼都毫无概念，站在他们面前的究竟是谁：这可是黎巴嫩-亚美尼亚移民骄傲的儿子，瓦尔坦·伊斯坎德尔本人！他的祖先挺过了进军叙利亚的死亡之旅，而他本人是"赞口鸡"的老板，因此可以算是好莱坞东部地区所罗门律法的最高执行者。瓦尔坦·伊斯坎德尔听取了手下的情况报告，解释说，在美味的蒜香酱之乡——"赞口鸡"的神圣门槛前禁止一切暴力。扎巴提尼和马克斯似乎都本能地感觉到了这个小个子男人的权威，乖乖顺服了。两个人都安静下来。

伊斯坎德尔开始宣布他的审判结果。

"你，"他对扎巴提尼说，"不许再打小孩子了，除非他们是混蛋……"

"他就是个……"扎巴提尼试图辩解,但是伊斯坎德尔把手一挥,成功地让他沉默下来。

"这男孩不是混蛋,我看得出来。他是个傻瓜,这不一样。"

扎巴提尼低下了头,男人说得对。

"而你,"伊斯坎德尔说着,转向马克斯,"不要去打扰老人家,要尊重!"

扎巴提尼赞同地点着头,马克斯只顾盯着自己的脚看。

"现在,拥抱一下!"伊斯坎德尔命令道。

扎巴提尼和马克斯嫌恶地看着对方。

"拥抱!要不然就没有鸡吃——永远。"

两个人不情愿地拥抱了一下。"赞口鸡"是洛杉矶的公共机构,他俩可都不想在余生再也吃不到著名的蒜香烤鸡。

"很好。"伊斯坎德尔说着,走进了店铺,去检查卷饼的情况。

*

几分钟之后,在日落大道和诺曼底大街的十字路口处,扎巴提尼和马克斯并肩坐到了某个公交站台的长椅上。

"对不起,"马克斯说,"我不该叫您'臭屁脸'。"

"我也很抱歉,"扎巴提尼说,"但我当时真的有重要的事要谈。甚至我的啤酒都没能喝完。"

"您为什么不说一声就离开了?"马克斯问。

"你妈妈打了我，用一只平底锅，"扎巴提尼叹了口气，"因为我爱她。"

"我妈妈？"马克斯难以置信地问。怎么可能会有人爱上他妈妈呢？当然他爸爸除外。

"啊！"扎巴提尼说，"爱情，什么玩意儿！只会让人疯狂。"

马克斯点了点头，他想到了米丽娅姆·刑。他觉得老头的话里包含着真理。

扎巴提尼向马克斯侧过身子，"你妈妈说，我对你有坏的影响。我会给你带来不幸。"过了一会儿他又添上一句，"我不想让你不幸福，所以我就离开了。"

"可是这根本不是真的，"马克斯说，"和您在一起我很幸福。"

这一刻，扎巴提尼感受到一种令他无所适从的、完全陌生的情绪：他很感动。这个几乎一辈子都站在舞台上的老魔术师很难相信，世界上真的有这种人：他们说出口的，就是他们真正的想法。

马克斯去拉扎巴提尼的手。扎巴提尼没有拒绝。两个人都没有说话。

*

这就是马克斯的父母找到他们时，这两个人的样子：手拉着手坐在长椅上。吉普车里的德博拉和哈里交换了一个诧异的眼神。

"我打赌，你很妒忌。"德博拉说，"妒忌你儿子。"

"我？"哈里问，"怎么可能。我为什么要妒忌？"

"因为这老头是为你儿子而来的，而你没法宣称自己有这份殊荣。"

"一派胡言。"哈里轻声说道，不再回应她的挑衅。

他们已经战斗了好几个月，一直在争吵，一直在互相责备。现在留存下来的唯一感受，是一种深深的倦怠感，一种真正的精疲力竭。在寻找儿子的过程中，他们不免又开始辩论起离婚的原因。对于德博拉来说，原因一目了然：就是那个瑜伽女教练。

而哈里第一百次地指责德博拉在性和感情上忽视了自己。"我会变得这么敏感，这么容易被勾引，是有原因的。"

"没错，"德博拉说，"因为你是头猪。"

德博拉和埃莉诺是点头之交。后者曾在甜蜜佳苑的布告栏上贴过纸条，为她的瑜伽课打广告。德博拉从来没有想到，自己的丈夫会迷上这个骚货。事实上还是她自己建议哈里去练瑜伽的，为了健康着想。健康！妈的！好几个星期的时间里她对此都一无所知，直到一天晚上他回来的时候，她在他身上闻到了一股陌生的甜香型的香水味道。他经不起她盘根究底的眼光和宗教裁判所一样的审讯，终于把一切都和盘托出。德博拉感觉自己就好像被汽车撞飞了一样：先是完全没有预料到的碰撞，接着是一阵短暂的失重，最后狠狠地摔在柏油路上。

这是好几个月之前的事情了。现在哈里和德博拉唯一的感觉是疲倦。虽然未分胜负，但他们已经结束了相互之间的战争，再说他们之间也没有什么好谈的了。

德博拉在公交站台边停下了车。扎巴提尼像阳光下的爬行动物一样眨巴着眼睛。当他看到哈里的时候，他问马克斯："这个笨蛋是谁？"

"你才是笨蛋。"哈里带着哭腔说道。

27

深夜来访

1939 年 1 月，尤利娅和莫舍在康拉迪·霍斯特那里订购了一只新的魔术箱。他们在温德嘉登已经表演了这么久，是时候增添一些新内容了。关于爱情魔术，莫舍还缺个灵光一闪的好点子，因此他们达成一致，把"消失的公主"改编一下，搬上舞台。自从魔术马戏团那天晚上在汉诺威发生过那样的事件之后，要想说服尤利娅出演这个节目，莫舍颇是花费了一番口舌，可是出于对他的爱，她最后终于答应了。

康拉迪·霍斯特是莫舍最喜欢的商店，远超其他店铺。这是一家历史悠久、令人尊敬的商店，店里落满灰尘，摆满了带有皮封套的书和各类魔术器具。自称为"康拉迪·霍斯特"的老弗里德里希·威廉·康拉德·霍斯特是舞台魔术圈子里的大人物。他出身于普鲁士官员家庭，本人不仅是个德高望重的魔术师，而且发明了无数的魔术招数和魔术器具。他的飞黄腾达之路是从百货公司开始的。作为汉堡"博尔维希 & 霍斯特"公司的合伙人，他于 19 世纪末期开始把魔术配件纳入商品种类。但是不久汉堡发生了霍乱，霍斯特迁往柏林以逃避这场瘟疫，并在舍讷贝克开设了自己的商店，这也是欧洲大陆上第一家"魔术器具工厂"。后来，他把店面迁到了弗里德里希大街——正好在温德嘉登的边上，非常方便。对于行业里的人来说，他的名字有一种独特的魅力。人们把他的店称为"魔术圣地"。

拿到专门为他们定制的大旅行箱的时候，扎巴提尼非常激动——大师亲自接待了他和尤利娅。下午懒懒的阳光透过商店黄色的玻璃窗照射进来。"进去试试。"他对尤利娅说。

尤利娅犹豫了一下，钻了进去。莫舍锁上箱子，再次打开的时候，尤利娅不见了。这个箱子没有用镜子做机关，因为莫舍已经学乖了，镜子有个致命的缺陷：人们可能会看到镜中的影像。现在尤利娅藏到了另一层间隙里面，而这层间隙通过各种光影的技巧被遮盖得天衣无缝。莫舍很满意。

"可以了吗？"尤利娅从里面问，"我受够了！"

"没问题。但前提是你要闭上嘴。要是你叨叨个不停，表演就完蛋了。"

抗议的抱怨声从箱子里面传了出来。

"此外，"莫舍说，"你可以从里面打开箱子。这是我特意为你订制的。手往上伸，上面某个地方应该有个按钮。"

几秒钟之后传来"嗒"的一声轻响，箱子打开了。尤利娅从箱子里爬了出来，莫舍抱住了她。

接着他转向康拉迪·霍斯特，"这个箱子我们要了。"他说。

老人只是点了点头，脸上没有露出任何表情。

*

　　几个星期之后的一天深夜，有人敲响了莫舍的家门。莫舍惊醒过来，吓得从床上一跃而起。敲门声一直响个不停，规律地打破了黑夜的寂静——来人显然很坚持。莫舍咒骂着从被窝里爬了出来，他披上一件浴袍，趿拉上拖鞋，尤利娅还在梦中喃喃自语。莫舍走到门口，透过猫眼往外看，一边叫道："上帝啊，这是怎么回事？外头是谁？"

　　敲门声立刻停止了，一个声音用方言说道："您应该知道的。"

　　"见鬼，我怎么知道？哪个蠢货会大半夜搞出这么大的动静？"

　　他一把拉开了门，脸色瞬间变得煞白，两个身材高大的党卫军站在漆黑的楼梯间里，他本能地后退了一步。

　　其中一个掀起帽子，礼貌地打了个招呼。"您是扎巴提尼吗？"他问。

　　莫舍点了点头，他的身体都僵住了。

　　第二个党卫军摆动着手指说道："一个像您这样的预言家应该知道，到底是谁在敲您的门，不是吗？"

　　"不，"莫舍没好气地摇了摇头，"事情不是这样。"

　　"那该是哪样呢？"

　　莫舍先是跟两个党卫军简短地交谈了一会儿，但他很快就失去了耐心。"先生们，您二位大半夜的跑到我家门口，肯定不是为了和我探讨读心术的细节问题吧？"

　　"不，不是我们，"第一个男人说，"但是楼下有个人，非常想和您认识一下。"

莫舍走向过道里的五斗橱，从一个银色的小盒子里拿出一张自己的名片，递给两个男人。

"不用谢。"他说，"请转告您的朋友，他随时都可以在办公时间来拜访我。"

两个党卫军只是站在原地，沉默地看着他。

见了鬼的！他们到底想从我这儿得到什么？莫舍问自己。眼见两个人一点要接名片的意思都没有，在尴尬地僵持了一会儿之后，莫舍清了清喉咙，垂下了手，同时垂下了眼光。他有一种感觉，过久地注视这种人的眼睛不是个聪明的做法，也许他们能从他脸上读出他的秘密。

"您必须跟我们走。"靠他更近的男人说道。

"立刻，马上。"另一个人补充。

扎巴提尼开始发起抖来，并不仅仅是因为寒冷。"我去加件衣服，很快就来。"他沙哑着嗓子说道。他听说过类似的流言，人们在半夜被抓走，最后消失在监狱里。

党卫军护送着莫舍下了楼梯，来到外面。街上刮着冷风，一辆黑色的高级轿车，是一辆奔驰，停在大门口。发动机没有熄火，正发出"突突突突"的声音，令人深感不安。一位陪同者打开车门，莫舍的心脏快要跳出了胸腔。他坚信，他们现在要带走他了，他会进监狱，然后……他不愿意再想下去。

"请上车。"男人说。

莫舍点了点头，但是没有动弹，因为害怕，他的脚好像已经粘在了地上。

"不会有事的。"另一个男人说。

他温和而坚定地把莫舍往前推，莫舍颤抖的手指碰触到车门，不情愿地上了车。

车门在他身后关上了，莫舍坐下来。他用眼光四下里搜索着，可惜在昏暗中他几乎无法看清任何东西。

接着他感觉到，自己对面坐着一个人。那人向前倾了倾身子，街灯的光线照亮了他的脸。

第一眼的时候莫舍根本不敢相信自己的眼睛，接着他深吸了一口气，强迫自己露出一个大大的微笑。不管怎么说，他是个专家。他把所有的不安都推到一边，要想活过今晚，他必须拿出全部的本事。

"晚上好。"莫舍友好地说。

"晚上好。"对面的人硬邦邦地回答。

两个人沉默了一会儿。

"我想您可以理解，我不能在您的办公时间来拜访您。"阿道夫·希特勒说，"作为德意志民族的总理和元首，我不能被人看见出现在这种地方。"

"为什么？"莫舍不假思索地问。下一秒他就恨不得咬掉自己的舌头。他必须小心一点。说错一句话，他的脑袋就可能不保。然而他已经提出了这个问题，不可能再把它收回来，因此只能继续下去："古代波斯的国王们也会去寻求智者和先知的忠告。"这听起来就好多了。他的脑子里各种想法在打架：这是个糟糕透顶的笑话吗？希特勒知道他的真实身份吗？德意志民族的总理和元首想从一个二流预言家这儿得到些什么？

"会出现谣言。"希特勒说，这事儿似乎让他很尴尬。

莫舍决定继续朝着先前的方向努力，"我的元首，"现在这些话好像在自动从他的嘴里吐出来，"如果一个人敢于敞开心胸接受世界上的神秘现象，那正是他伟大的明证。"

"您说得太对了！"希特勒振奋地说，接着他叹了口气，"可惜人民不这样想。"

莫舍点了点头。"我该如何为您服务呢？"他问。

"是这样，我有一个问题。"希特勒显得有些不安。

莫舍现在已经完全进入了角色。他是一个智者，一个预言家。他无畏无惧，无所不知，他明识未来，俯瞰万物。从根本上来说，他对面这个可笑的人物，并不比其他来找他的蠢货更为聪明。至少他希望是这样。

"请讲。"莫舍说。

"据说您能看到未来，这是真的吗？"

莫舍开始从很远的地方讲了起来："未来，"他说，"是一个不断变化的概念。我们不能认为未来只有一个，它不是一个一成不变的形象，而是随着时间的发展，不断交缠变化的丝线。回到您的问题，确实，感谢命运的恩赐，我在某些特定的情况下，让我们这么说吧，可以感知到一些命运的脉搏。"

"呃？"希特勒说。他听得有些云里雾里。

"是的，我们虽然生活在世界上，但只能隐约触摸到世界的大致轮廓。"

"您认为，您能替我做出一个预言吗？"

莫舍装出一副认真思索的模样。接着他深吸了一口气，用威严的声音说道："请提出您的问题。"

"国际上的犹太人准备对我们的民族宣战，"他解释道，"但是您肯定已经知道了。"

不，莫舍不知道。最近几个星期以来，一直有将要开战的谣言在流传，但莫舍并没有采信。他再次点了点头，故意流露出一丝不耐烦的样子。

"双线作战可能会有些困难。"希特勒说。

"人类的历史，"莫舍回答，"是一部勇敢和高尚的历史。我们总是站在两条战线、两个决定之间。"

"我就知道！"希特勒点着头，"勇敢和高尚！双线作战！"

"扎巴提尼如是说。"莫舍自负地补充道。

"这个，我想知道的是，"希特勒结结巴巴地说，"您认为，犹太人能做到吗？"

莫舍被搞糊涂了，这人到底要问什么？"具体来说？"他小心翼翼地问。

"就是，会逼迫我们参战吗？"

"啊，这个嘛……"

莫舍面无表情地瞪着元首。适时地沉默几秒永远不会错。莫舍伸手去握住希特勒的手。"冒昧了。"他喃喃地说道。

"您做什么？"希特勒愤怒地说，一边抽回了手。

"为了回答您的问题，"莫舍解释道，"我必须感受您，我的元首。"

这种策略被称为绥靖政策。至少在这一刻，希特勒平静了下来。

"您怎么不早说！"他伸出了手。

希特勒的手指松软、冰凉，但是手心在出汗。莫舍合上眼睛，他用颤抖的声音宣告："您将会带来伟大的和平，这是一种这个世界从未见过的和平。我的元首，人们永远不会遗忘您的名字。"

28

最后一场演出

　　一切纷争结束之后，伟大的扎巴提尼重新住进了科恩家的客房。大家处于和平状态，或者至少可以说，是一种停战状态。他可以一直待在这儿，直到他找到一个长期的解决办法。虽然德博拉和哈里·科恩没能把他当作朋友，但他们毕竟在一定程度上接受了他的存在。只是德博拉依然对他持特别警惕的态度，谁能为此而责怪她呢？哈里给苏珊·安德森博士打了电话，先是非常真诚地对她提供的帮助表达了感谢，接着在一阵吞吞吐吐之后告诉她，他们不再需要她了。

　　安德森博士表现得很生气："这无益于您的儿子。"她说，"他马上就要11岁了。大部分孩子到了这个年纪，已经早就不再相信那些乱七八糟的白日梦以及童话和神话了。"

　　可是马克斯就是不像其他孩子，他还神经质地牢牢抓着自己的梦想和心愿不肯松手。

　　"想继续相信那些美好的东西，真的有那么糟糕吗？"哈里问。

"是，也不是。"安德森博士回答，"您一定不愿意看到，您儿子的情感世界由迷信来掌控。总有一天马克斯会发现，魔术这样的东西是不存在的。到那时候他会明白，您欺骗了他。"

哈里挂了电话，把安德森博士的话告诉了德博拉，她正不安地在厨房里走来走去。就像哈里一样，德博拉也不愿意剥夺儿子所剩无几的童年幻想时光，他们想保护他的孩子气和对魔术的深信不疑。好几年前他们已经进行过一次类似的对话，是关于圣诞老人的。一个相信魔术的童年，真的那么糟糕吗？想让马克斯再晚一点接触到无法避免的失望，让他晚一点成熟，这样错了吗？长长地睡一觉再醒过来，会比短短地睡一觉醒过来更困难吗？如果按照德博拉的想法，就算马克斯永远都是个小小孩，她也不会反对。她永远也不会忘记马克斯出生之后在医院躺在她臂弯里的模样：小小的、粉色的，那么陌生，又如此熟悉。她恨不得让时光永远停留在那一刻，就像一张快照，没有什么能改变它。可最后还是时间说了算，总有一天马克斯·科恩也会长大，总有一天他会去上大学，他会学会喝酒，考到驾照，跟女人们——或者，上帝保佑，但愿不要跟男人们！——上床。太可怕了。

"如果他发现爱情魔咒不起作用，会怎么样？"她问哈里，"他觉得，只要那老头子变个戏法，我们就会复合。当他明白事情不是这样，会发生什么？"

哈里内心其实深深希望爱情魔咒真的能起作用。但他只是耸了耸肩。

两个人面面相觑，不知所措。

　　哈里·科恩一直都很享受吵闹。从小他就喜欢用声音填满所有的空档。哈里觉得寂静是可疑的。当他是个青少年的时候，他曾经梦想成为著名的摇滚乐手。可惜他既缺乏天赋，也缺乏必要的自律。当然他天生也不是那种能在台上大吼大叫、四处乱窜、跳到满身大汗的材料。他的母亲罗塞尔给他施压，她坚持"这孩子必须做点正经事"。就像平时一样，哈里让了步，乖乖地把电吉他锁进了柜子里，从此它只负责在里面沾灰。偶尔，几杯红酒下了肚，他会把它拿出来，弹上那么几下。然而这曾经代表着自由和解放的琴声，现在只会令他痛苦地回忆起自己如何轻易地放弃了当初的梦想。他强势的母亲把他培养成了一个彻头彻尾的胆小鬼。哈里改学了法律，之后又麻痹自己说，做个代理音乐版权的律师可以两者兼顾，是个不错的选择，毕竟他现在整天都被噪音包围着。可那是别人的噪音，是那些成功者的噪音。

　　然而他内心的激情并没有完全消失。每当哈里的生活变得过于宁静，他的内心就会产生涌动、一种本能、一种呐喊，必须爆发出来。往往在自己根本都没有意识到的情况下，他就开始头脑发热，执意寻找一些真正的冲突。平静必须被打破。也许这就是他为什么如此容易就受到瑜伽女教练的塞壬之音的感召。她的声音和她柔软的身体。哈里很想为自己的出轨而羞愧，但如果他对自己足够诚实，他就必须承认，跟埃莉诺度过的那些禁忌之夜，是他通常鲜有激情的生命中最甜美的经历。她那种完全献出自己的样子……完全是德博拉的反面。德博拉即使在床上也不会放弃自己的控制欲。他多么爱埃莉诺光着身子在她的小房子里走来走去的样子，一会儿在这儿，一会儿在那儿拉伸一下。他喜欢她汗水的味道，她吻他时急切的样子。他好想她。虽然夹杂了焦虑和负罪感，但这段外遇带来了很多乐趣。在她的臂弯里他觉得自己就像个偷偷伸手去拿饼干盒的孩子。他如此享受下午在她房间里的秘密幽会，每次带她出去吃饭他都很高兴，他享受和她在一起时可能被发现的风险。

可惜所有的事情都会结束。对于埃莉诺而言，哈里只是个消遣。他是在她刚刚经历了一次心碎的时候出现的。当时她的未婚夫——一个肌肉发达、满是文身的小演员，没有取得过什么值得夸耀的成功，同时在市中心的艺术区兼职当酒保——跟她分手了。他发了一封电邮，通知她说婚约取消了。女人们争先恐后地追求他，他发现自己犯了一个错误，他还不想安定下来，他还要好好享用一下青春大餐。

埃莉诺觉得受伤又屈辱，一夜之间她对男人变得饥渴起来。她想证明自己是个有吸引力的、值得追求的女人。此时哈里出场了。哈里的立场也不坚定，多年平淡无奇的婚姻让他感到煎熬，他觉得很沮丧，感觉自己被卡在生活中无法动弹。两人的相遇就如干柴烈火，一碰就熊熊燃烧起来。

可是不久埃莉诺就醒悟过来。我见了鬼的到底在干吗？她问自己。一个已婚男人！我疯了吗？她预见到自己和哈里没有未来。大约在同一时间，哈里变得不够谨慎，有一天晚上他上床前忘了淋浴，从而让德博拉闻到了香水味。

一直以来，哈里都对"家庭稳定"这种东西抱有怀疑。在母亲的教导下，他认为人与人之间的关系天然具有内在的紧绷感。他的父亲早逝，因此他成了真正意义上的"妈宝男"。他只在电视上见识过"稳定的家庭"，因此不认为这种东西有可能存在于真实的世界中。

可是现在他怀念这一切，他想念他的家庭，他的家园，以及他的妻子。

渐渐地他在心中意识到，他真的爱德博拉，一直爱着她，再次爱上了她。

可是现在已经太迟了。

*

对扎巴提尼来说，他已经很多年没有过过这么快活的日子了。虽然很不情愿，他却不得不承认，那小屁孩把他悲催的生活引导到了全新的方向上。他已经 88 岁了，不是每个 88 岁的人都会经历这种好事。他马上要回归了！他是多么怀念舞台啊，提神醒脑的掌声，熙熙攘攘的人群！但是为了那一天，他需要好好准备一番。今天扎巴提尼跟着德博拉一起去采购一些必需品，还要顺便去一趟她位于格伦代尔大道的精品店，好给他找一套新的行头。明天他就要上台了，在一家位于伯班克、名为米奇比萨宫的饭店！在路上，扎巴提尼提出疑问：对于一个像他这样量级的艺术家来说，比萨店是不是个合适的地点？

"这是马克斯最爱的餐馆，"德博拉说，"他坚持要在那儿办。"

她向他解释说，作为一家连锁速食店，米奇比萨宫具有自己的独特风格，孩子们特别喜欢在那儿庆祝自己的生日。从根本上来说，他们的设计确实别具一格。米奇比萨宫特别照顾父母的需求，在这儿他们可以享受到一点自由的时光。孩子们吃着油腻腻的比萨，还有一个巨型的游乐场供他们闲逛，旁边设有一个小舞台，工作人员会扮成米老鼠、松鼠或是熊的样子，准备一些无聊又吵闹的节目或游戏来和孩子们互动。对于没有孩子的人来说，米奇比萨宫简直就是地狱：整个屋子里都是孩子们的大叫大嚷，提供的食物简直是对人的侮辱，穿着毛绒动物外套的大学生和演员在成人眼里更像是鬼怪而不是可爱。可是孩子们都自以为来到了天堂，父母们的观点也一样，因为几个小时之后，他们的后代纷纷精疲力竭，昏昏欲睡。更美妙的是，大人们甚至连打扫都不需要，只需要起身，离开这个战场就好。

听到这儿，扎巴提尼更是疑虑重重。

可是德博拉不接受反驳。"只要您还住在我们家，"她澄清道，"就得按我们说的来。"

扎巴提尼悔恨地点点头。穿着松鼠外套——这是当真的吗？

德博拉把他领进"巴勒斯五金器具"，这是一家小五金店。

扎巴提尼向店主打听一种挂锁，并询问能否和店主借一步说话。两个人消失在商店内部。扎巴提尼带着一种怀旧的悲伤，确定这是个经过正规培训的锁匠。

"这真是太巧了，"老魔术师说，"您知道吗，我以前也认识一个锁匠。"他补充道。

店主是个胖胖的大汉，留着花白的髭须，头上已经半秃了，他把剩余的头发梳上去，试图盖住它，他什么也没说，点了点头。

"每把锁都是个秘密。"扎巴提尼说。

"我没那么多时间闲聊。"店主说，"您需要什么？"

扎巴提尼向他解释自己的要求，男人越听越惊讶。可以做，没问题，他最后说，不过需要等一两个小时。

"那位女士会付钱。"扎巴提尼看了德博拉一眼说道。德博拉依然站在商店前边，她向扎巴提尼回了一记愤怒的目光。

接下来，扎巴提尼把她拉进了一家文具用品商店。他请求使用电脑，在网上搜索了一番，打印了一些照片，又用一支胶棒把几张色彩艳丽的明信片粘在了一起。

德博拉皱着眉头看着他。她不明白，所有这一切和爱情或是爱情魔咒有什么关系。

当扎巴提尼终于搞定了这儿的一切，他们又去了三家别的商店。天气异常炎热，交通渐渐拥堵起来，扎巴提尼饿了。而他越饿，牢骚就越多。德博拉在一家墨西哥卷饼摊前停了下来，给他买了个玉米煎饼。扎巴提尼狼吞虎咽地吃了下去。接着，老头看了看表，宣告说，现在可以去拿钥匙了。

最后只缺行头了。他们驱车前往格伦代尔大道，德博拉的店就在那儿。扎巴提尼的心情依然没有好转，他大声抱怨，说玉米卷饼在他胃里硌得慌。

一踏入甜蜜佳苑，扎巴提尼的情绪立刻好转了，他变得非常高兴。德博拉的店里都是些来自远东地区的无用小玩意儿，一下子让他回忆起在柏林的时光。那时候他刚刚把自己塑造成"波斯王子"，一直梦想着有一天能去一趟波斯，或者最好是去一趟印度，去到托钵僧和大象的故乡。可是这个梦想从来没有实现，现在可能也太晚了，他这个年纪已经经不起腹泻的折腾了，而很显然在印度得这个病的风险很高。尽管如此，他对于所有无论近东还是远东的东西依然充满兴趣。德博拉的门店甜蜜佳苑虽然并不是印度，却是最接近印度的地方。因此，扎巴提尼带着一种对于远方的既痛苦又甜蜜的向往，以及一种孩童的欢天喜地，在店里转来转去不肯离开。

有个衣架上挂着一件女式白色礼服，他想到了尤利娅，想到了第一次看到她的情景。那时是在魔术马戏团里，尤利娅飘浮在空中，全身只穿着一件白色礼服。他抚摸着布料，闻着上面的味道，记忆如潮水般向他涌来，他十万次地问自己，不知道后来尤利娅怎么样了。她还活着吗？她挺过了战争吗？她后来结婚了吗？她有孩子吗？有孙子吗？她偶尔会想起他吗？他仿佛一瞬间回到了过去，回到了马戏团的舞台上，他正用颤抖的手指抚摸着她白裙子的花边。那种突然想要拥有她的感觉就好像是一阵身体的疼痛，他永远也不会忘记那一刻。还有她的香味，这也是他总是寻找机会去嗅完全陌生的女人们的内衣裤和其他衣物的原因。他一辈子都在追求这种香味。他想要回到过去，回到他还抱有幻想的年代，回到他还是小莫舍·戈尔登希尔施的年代，而不是现在这副风烛残年的狼狈模样，就像他在镜子里看到的那样。

他深深吸了口气，向后退了一步，问道："我能试试这件吗？"

"呃，"德博拉说，"这是女式的。"

他像一只被痛揍了一顿的狗那样看着她。

她叹了口气，"我没意见。"

当扎巴提尼从更衣室出来时，他觉得自己像一个发光的天使。这套行头太棒了，没有人会觉察到，这原本是一件女装。而对他而言，他仿佛感觉尤利娅回到了他身边。他的尤利娅。他打量着镜中的自己，觉得很满意。他的年纪给他读心术大师的身份平添了一份威严。当他继续寻找头巾的时候，他忽然意识到，闹剧的时代已经结束了，对于愚蠢的招数和骗人的小把戏来讲，他已经太老了。他要寻找的是一个深刻而简单的真相。就像半月先生曾经讲过的那样：所有的艺术都寻求简单。所以，不，在他的回归演出中他不想变戏法，不要那种技巧性的戏法，他只想做他自己。他将温柔地牵起他年轻的观众的手，带领他们通过幻想的艺术到达真相的彼岸。他设想着自己会如何重新登上舞台，穿着这件白色的袍子，面对着喜悦的观众。好吧，这并非《今夜秀》，甚至不是在迪斯尼表演，但是他却好像站到了一个重要的门槛前，对面就是他一直追求的东西：艺术的简单纯粹。

也许，他心想，德博拉和哈里真的会重新爱上彼此。

29

一公斤糖

1943 年，同盟国开始轰炸柏林。十一月的几乎每个夜晚，莫舍和尤利娅都会从睡梦中被防空警报惊醒。他们和邻居一起迅速沿着楼梯跑下地窖，在阴冷潮湿的掩体里躲藏着，一边凝神细听远处传来的轰炸声。一次次的轰炸不断摧残着居民们的神经，他们变得越来越害怕，越来越紧张。只有公寓管理员雷滕巴赫尔太太始终朝气蓬勃。她总是带着自制小饼干到地下室来，并坚持让所有人分享。战争让她展现出母性的一面。

莫舍也提前做好了一些安排。炸弹、东线的报道、城里弥漫着的怀疑和告密的氛围、关于放逐和强行架走的流言——即使不是个占卜家，人们也能看出前景灰暗。他在格鲁内瓦尔德买了一栋园圃小屋，如果情况紧急，他和尤利娅可以暂时去那里避难。他们粗略地布置了小屋，存储了一些毛毯和食物。如果夏洛滕堡变得过于危险，如果两人中有一人陷入了困境，或者没有回家，如果他们——不管出于什么原因——分离了，他们希望能在那儿重逢，并继续躲藏。

当艰难的冬天渐渐过去，春天慢慢来临时，空战变得越发密集：白天美国人扔下他们的炸弹，夜晚则轮到英国人值班。

八月的一天，当莫舍正在温德嘉登表演的时候，同样的事件发生了。他不喜欢在台上被打断，更不想被一枚炸弹打断。正当他专注于某个读心术环节的时候，一阵尖锐的哨声响了起来。这段时间以来，他对于这声音已经非常熟悉。他的经验告诉他，他们没有危险。因为炸弹的音色越高，说明它距离越远。这就像放屁一样：无声的屁总是最臭的。莫舍站起来说："女士们，先生们，我感觉到一阵黑暗笼罩了我们。"观众们骚动起来，但莫舍抚慰地举高了双手："我们大厅里所有的人都不会受伤。"

他没说错。炸弹落在了一些距离之外，他们听到一声巨响，似乎空气都被撕裂了。地面颤动了一下，接着灯光熄灭了。人们尖叫着，匍匐在地上，空中满是灰尘。当灯光再次亮起的时候，人们看到扎巴提尼英雄般一动不动地站在舞台上。观众们慢慢重新站了起来，掌声如潮水般响起，莫舍简直能用手触摸到大厅里的松快气氛。他鞠了一躬，掌声更响亮了，仿佛一场海啸。

那是他最后的胜利之一。不久之后，城市里开始实施宵禁，一切都结束了。除了柏林交响乐团，所有的公共演出都被取消了。温德嘉登的开门日期被无限制地延后，连窗子上都钉上了木板。莫舍最后一次来到他的工作现场，来拿他的道具、服装和大旅行箱。阳光透过木板的缝隙照射进来，莫舍心情沉重地在空荡荡的观众大厅里游荡着。尤利娅把一只手搭在他的肩上。谁都没有说一句话。

当他们离开温德嘉登的时候，莫舍四处张望，周围的许多建筑都已经成了一片废墟，柏林身上布满了伤疤，战争已经来到了首都。在一片瓦砾堆里，一栋老房子的残骸之间，一个小姑娘正坐在一张木头椅子上拉着大提琴，她大约 15 岁。小姑娘紧闭双眼，风吹乱了她红色的头发，把音乐吹散到废墟中。姑娘唱了起来。她的声音美得令人心碎，莫舍停下脚步，他伸出手抓住了尤利娅的手。

> 我虽举目无亲，日已西坠，
> 四面黑暗笼罩，枕石而睡，
> 梦中依然追寻，愿与我主相亲，
> 愿与我主相亲，与主相近。

*

事情发生在一个凉爽、阴郁的早晨。"我出去散会儿步，一个小时以后回来。"莫舍对半梦半醒的尤利娅说，并在她的脑袋上亲吻了一下。莫舍早就醒了，他想要出去呼吸一些新鲜空气。莫舍听到尤利娅嘟嘟囔囔地不知道说了些什么，然后她在床上翻了个身，把被子裹紧了一些。莫舍走了出去，把门在身后轻轻关上了。

当他离开法萨嫩街上的家，莫舍在人行道上越过了一个穿着黑色大衣的男人。他的方向是克兰茨勒咖啡馆，他想去那儿喝上一杯麦芽咖啡。走了几米之后莫舍回头看了一眼，发现那个男人在跟踪他。莫舍疾走了几步，拐了个弯，可是男人仍然跟着他。

莫舍紧张起来。他走得越来越快，他穿过大大小小的街道，穿过荒诞的柏林城，在这里，现实和非现实手拉手站着。人们尽己所能地维持着他们的日常生活，竭力忽视眼前一目了然的事实：每当深夜防空警报响起，这座城和它的人们就会继续流血。柏林的地貌已经从根本上改变了。那些曾经被认为坚实不可摧毁的东西——墙壁、房子，证明了自己的不堪一击，它们并不比这些年莫舍贩卖给观众的幻想更为牢固。岩石和钢筋已不值得信任，它们只是谎言和欺骗。这是莫舍看到过的最强大的魔术：上一秒尚存，下一秒消失。整条街道，包括两边的房屋，瞬间就会瓦解，永远无法重现。运河上漂着肿胀的尸体，但是所有人却依然一副"这不过是在演戏"的样子，好像眼前的这一切都不是真的。现在莫舍就在这噩梦般的场景里奔跑着，他的心脏怦怦直跳，所有的一切都仿佛是幻象。他很害怕，跑得越来越快，越来越快，然而他的追踪者没有放松，一直坚定地跟着他，宛若鬼魂。

不知道什么时候，莫舍再也坚持不下去了。他大口喘着气，额头上挂着汗珠。他受够了这场游戏，决定采取另一种策略。他转过身来，"您是谁？"他叫道，"您想要什么？"

男人停下脚步，掀起了帽子。

莫舍倒吸了一口冷气。这不可能，他想，这不可能是真的。

男人慢慢向他走来，他的脚有点跛，鞋子在龟裂的柏油路上发出踢里跶拉的声响。他把帽子拿到了左手。

尽管莫舍非常紧张，他依然叉开双腿站定在那儿，仿佛西部片里的神枪手。

"早上好。"莫舍带着冷淡的微笑说道。

"早上好。"半月先生回答。

*

几分钟之后，莫舍·戈尔登希尔施和鲁迪·克勒格尔一起坐进了库当大街上的卡兰茨勒咖啡馆，喝起了麦芽咖啡。就像文明世界的两个绅士一样，就好像还存在这么一个世界一样。迄今为止，这家咖啡馆一直在轰炸中屹立不倒，真是幸运。大部分的窗子已经钉上了木板，不过这儿或是那儿还残留有几片完整的玻璃。

男爵穿着一件磨得发旧的西装，衣服在他身上显得空空荡荡的。他似乎憔悴了许多，也没有戴面具。但在他衬衫领子往上的地方，莫舍看到了一些疤痕，他不禁好奇，半月先生的身体看起来是什么样的。

"您当时怎么出来的？"莫舍问，"我是说从帐篷里。"

"一根燃烧着的柱子砸到了我，"克勒格尔说道，"把我的腿砸断了。不过这样我就不用去打仗了，也算有些好处。"他一边搅拌着咖啡，一边朝四下看了看，"真希望能加点糖啊。"他突然说道。

半月先生对甜食一直有一种偏爱。莫舍耸了耸肩。"一切精简。没办法。我坚信，最后的胜利很快就要来临了。"

"我当时疼得死去活来。"半月先生说，"你无法想象。我以为我要死了。"

"可是您活了下来。"

"是的，"半月先生承认，他用戴黑手套的手敲击着木头桌子，

"两个男人把柱子抬了起来，好让我滚到一边。他们把大衣扔到我身上，扑灭了我身上的火。然后把我抬了出去。"

莫舍不知道该说些什么。他抬头看着男爵的眼睛："您要为这场火灾负责。"

鲁迪·克勒格尔抿嘴微笑着，啜了一口咖啡。"我不这么看。"他向莫舍解释说，支持他活着的唯一理由就是：复仇。

莫舍感到一股寒意顺着后背流淌下去。

半月先生继续平静地讲述着，一派天真无邪的模样。他说，这么多年以来，他一直在等待合适的机会，他要享受自己的复仇，匕首必须在准确的时刻出鞘。"我活了下来，不得不眼睁睁地看着我一生的心血葬身火海。这一切都拜你所赐。"

"可是您想杀死尤利娅。"莫舍愤怒地说。

"她不忠，"男爵说，"所以必须受到惩罚。"

"我只是想保护她。"

"真有骑士精神。"克勒格尔倾身向前，倒了一点奶粉到咖啡里面，"可是更无耻的是，你偷了我的表演！"

"只有一部分。"莫舍轻声说。

"只有一部分。"半月先生恶意地模仿着。接着他说道："因为这个，我要毁灭你。"

"您想怎样？"莫舍漫不经心地问，事实上恐惧已经扼紧了他的喉头。

"很简单，"克勒格尔解释道，"你知道法律的规定。"他往后靠到椅背上，"每上报一个犹太人，就能得到一份糖作为特别奖励，整整一公斤。"

莫舍思索着，是不是应该逃走。他可以朝轻轨站那边跑，轻轨有时候还会运行。

半月先生朝站在窗前的人挥了挥手。莫舍转过身子。两个男人踏进了咖啡厅，他俩微笑着，礼貌地抬了抬帽子。

"希特勒万岁！"其中一个说道。

"希特勒万岁！"另一个也如是说。

"您好。"莫舍说。

两个男人自我介绍说，他们是盖世太保布莱因霍尔姆和弗兰克。

"您就是那个扎巴提尼吗？"布莱因霍尔姆是个很高瘦的男人，穿着一件油腻的西装。

"是的。"莫舍说。

"您被捕了。"

"为什么？如果我可以问一下的话。"

"种族玷污。"弗兰克带着显而易见的享受表情回答，"我必须请求您，跟我们走。"弗兰克比布莱因霍尔姆矮一些，穿得也更好一点。他的头发颜色发红，有着运动员的体格。

"您说什么？"莫舍问。

"我们得到情报，您和一个雅利安女人有染。"

"那又怎么样？我也是雅利安人。我来自波斯。我可以给您看我的血统证。"莫舍急切地在外衣口袋里寻找起来。他的手指颤抖着，终于他找到了那张纸，他过于小心仔细地展开它，递给了两位军官。

布莱因霍尔姆和弗兰克仔细地检查着这份证件。最后弗兰克宣告说："这是伪造的。根据我们的消息，您是个犹太人，名叫……"他拿出一个小记录本，翻到某一页，"摩西·伊斯拉埃尔·戈尔登希尔施。"

"只要叫莫舍就好。"他的喉咙干得说不出话来，"所有人都叫我莫舍。"

"最后一个问题。"半月先生说。

莫舍瞪着他。

"温德嘉登的静默秀，就是猜观众们东西的那个，"克勒格尔问道，"那个你是怎么做的？"

莫舍看着他的眼睛，没有说话。他想到了尤利娅，希望她看到他没有回家，变得警惕起来，会像他们约好的那样逃到园圃小屋去。

"走吧。"弗兰克对他说。

莫舍站起身来。

"别担心，我的朋友，"半月先生说，"这杯咖啡我请了。"

*

在车上，莫舍想到了一个主意。他向两位盖世太保解释，说他和元首有私交。

"是吗？"弗兰克挖苦地说，"跟元首？"

"是的，"莫舍回答，"我是他的精神顾问。"

布莱因霍尔姆和弗兰克交换了一个好笑的眼神。他们曾听过无数无耻的犹太人谎言，可是哪个都比不上这一个放肆，这个真是独领风骚。

"求求您了，"莫舍说，他能感觉到泪水涌上了眼眶，"请让我给帝国总理府打个电话吧。"

在他坚持不懈的哀求之下——他们现在已经来到了位于阿尔布雷希特王子大街上的盖世太保总部——布莱因霍尔姆和弗兰克终于被说服了，他们带着一点想看笑话的意思，同意莫舍打电话。有人给莫舍递来一张纸条，他颤抖着手指拨通了上面的电话。果然，电话很快就接通了，这在当时可不是一件理所当然的事情。他请求允许他与元首通话："请告诉他，是伟大的扎巴提尼打来的。"布莱因霍尔姆和弗兰克一边听着，一边咯咯直笑。然而接线员小姐拒绝转接他的电话。他恳求着，甚至喊叫起来，但是她不为所动。她说，她要遵守命令。突然，弗兰克用一根手指按下电话上的叉簧，通话中断了。他把听筒从莫舍手上拿了下来。

"够了。"他说。

莫舍瘫倒在地，眼泪肆意地在他脸颊上流淌。"哦，上帝啊，"他呻吟着，"求你了，求你了，求你不要……"

布莱因霍尔姆和弗兰克托着他的腋窝，把他拖了起来，接着推搡着他出了办公室。盖世太保总部走廊里的官员们撇过头去，这事儿跟他们没关系。

莫舍被带到楼下，关进了地窖。在那儿，他们折磨了他整整两天。布莱因霍尔姆、弗兰克和其他男人们不停地羞辱他，审讯他，他们先想知道他雅利安情妇的名字，莫舍相信，他们早已经知道了，他们早就知道一切，但是他们仍然逼着他说出来。他们这么做是有理由的，他们要他背叛他唯一全身心爱着的人。

　　不知什么时候，莫舍在酷刑的折磨下终于崩溃了。"尤利娅，"他喊着，"她叫尤利娅·克莱因。"有什么要紧呢，他想，他们反正已经知道了。可是他们并没有停下来，仍然继续折磨他，刚才只不过是个序曲罢了。"她在哪儿？"行刑者对着他大吼，"在哪儿？"短短几个钟头之后，莫舍就再也承受不住可怕的疼痛，把园圃小屋的位置也供了出来。

　　当他们完事儿之后，他的左手臂废了，以一种极其诡异的姿势挂在他身上。更糟的是在他心中，有些东西永远破碎了。

　　当他们把莫舍从牢房里放出来的时候，弗兰克还请他签了个名。他也去过温德嘉登几次。"所以，"他说，"我们才专注于您的左手。"

　　莫舍沉默着接过钢笔。

　　"请您写上：扎巴提尼。摩西·戈尔登希尔施已经不存在了。"

　　莫舍点了点头，写下了签名。

　　布莱因霍尔姆和弗兰克把他带到一辆汽车跟前。"马上就去火车站，"弗兰克说，"不过在此之前我想给您看点儿东西。"

＊

　　他们开往法萨嫩大街。

　　"尤利娅在哪儿？"当布莱因霍尔姆打开他家的房门时，莫舍忍不住问道。

　　"别担心，"弗兰克说，"您马上就会看到。"

他们允许他为旅途准备些东西，包括他的长袍、缠头巾、卡牌，以及魔术书，甚至他的大旅行箱。莫舍觉得自己好像是在一场梦里，在遭受了好几天的折磨之后他们又把他带回家中，还允许他收拾东西，好像他的生活还存在似的。他不明白，为什么他们要他带上这些东西。

他不可能预料到，在远方有个名叫西格弗里德·塞德尔的盖世太保在等着他，他下了严格的指示：著名的扎巴提尼必须带着他所有的装备出现在他面前。

"快点儿。"布莱因霍尔姆催促道。

莫舍最后环视了一眼自己的家，现在他将永远离开这儿了，在这里他曾经感觉如此安全，如此不受侵犯。

"尤利娅在哪儿？"他再一次问道，可是没有人回答他。

当他们正要离开的时候，住在同一层楼的公寓管理员打开了门。她对他一直都很好，有时候会给他和尤利娅送一些自制的小饼干和蛋糕。

"您要出远门吗，扎巴提尼先生？"她问。

莫舍只是沉默着点了点头。

"这家伙不会回来了，"弗兰克说，"他是个犹太人。"

雷滕巴赫尔太太猛地用双手捂住了嘴。"哦，天哪，这我不知道，"她的声音里带着一股嫌恶，"我完完全全没想到！真的，我一直都以为，他是个波斯人。"

弗兰克大度地摆手，"不奇怪。犹太人把我们都当成傻瓜。"

"你们抓到了他，我可真是太高兴了，"雷滕巴赫尔太太说道，

"我早就知道他有点不对劲，可我只是想，那是因为他是个波斯人。"

"再见。"莫舍说。

雷滕巴赫尔太太没有回答。莫舍和两位军官才下了几阶楼梯，她已经顺着打开的房门进了莫舍的公寓。她叫来自己的丈夫，两个人齐心协力地打劫起伟大的扎巴提尼的公寓来。让这些东西白白放在这儿坏掉毫无意义，尤其是那些漂亮的西装，床单被套，还有其他东西。

*

莫舍被带到了库当大街，街上聚集着一大群人。布莱因霍尔姆和弗兰克下了车，推着莫舍挤进人群。在人群的中心，站着一丝不挂的尤利娅。

"一个被犹太人操过的德国逼，"弗兰克鄙夷地说道，"永远也干净不了了。就算是被雅利安屌操也没有用。"

尤利娅纤细的身体上布满了鞭痕和淤青，她在冷风中瑟瑟发抖，她的脸因为害怕和屈辱，扭曲得连莫舍都差点认不出来。

周围的人群大声地嘲笑她，向她扔脏东西。她的脖子上挂着一块牌子，上面写着：

> 我是本地最肮脏的猪
> 我跟犹太人来往

突然间，尤利娅抬起了头。有那么一会儿，他们的目光相遇了，想到自己在几个小时前因为受不住酷刑而泄露了尤利娅的名字，莫舍简直羞愧到想要去死。

　　然而尤利娅只是目不转睛地注视着他。她的嘴角抽动着，站了起来，模样倔强而挑衅。接着，她做了一个鞠躬的姿势，就好像她仍然是波斯公主阿里亚娜，就好像她依然站在温德嘉登的舞台上，站在伟大的扎巴提尼身旁。

　　突然，有人抓住了他的肩膀，把他拖开了。

　　"我们得走了，"布莱因霍尔姆说，"火车要开了。"

　　莫舍被带到了格鲁内瓦尔德火车站，17 号站台。

　　火车进站之后，布莱因霍尔姆和弗兰克陪他上了车，走进车厢。一切看起来都跟平时差不多。作为一个本国犹太人，莫舍可以以较为舒适的方式旅行。火车的终点站是特雷津集中营。

　　他再也不会见到尤利娅·克莱因了。

30

米奇比萨宫

当扎巴提尼来到位于伯班克的演出地点时，他发现自己的怀疑以一种最为可怕的方式得到了证实。米奇比萨宫坐落在圣费尔南多路边一排看起来很破旧的商店建筑群里，它的一边是一家大型廉价超市，另一边是一家韩国美甲店。

"艺术家入场通道在哪里？"莫舍打听道。

"我们所有人都从前门进去。"德博拉肯定地说。

扎巴提尼皱起了眉头，他本来想要理直气壮地争辩一番，可是马上就改变了主意。跟德博拉争吵可没有好果子吃。此前他试着想要为他的演出争取一个合情合理的出场费，结果她提醒他说，别忘了他现在住在谁家里，如果他不闭嘴，随时可能会去睡大街。他立刻识趣地闭上了嘴。

德博拉迈开大步在前面领路，马克斯和扎巴提尼跟在后面，扎巴提尼手里提着个超大的、鼓鼓囊囊的纸袋子。通往店里的玻璃门边上坐着个闷闷不乐的半大孩子。她头上戴着棒球帽，身穿紫色开领短袖衬衫，衬衫上米奇比萨宫的标志特别引人注目。

小姑娘在马克斯和他妈妈的手腕处分别敲了一个章。轮到扎巴提尼的时候，他吓得往后一缩，仿佛这是个电击棒。

"这是干吗？"他想问清楚。

少女不耐烦地翻了个白眼，"这样我们就能知道，哪个孩子是谁家的。"她的话带着一些墨西哥口音。

"为什么？"扎巴提尼怀疑地问。

"这样晚上结束的时候我们就可以对照确认，防止有陌生人偷走别人的孩子。"

扎巴提尼看了看马克斯，又看了看眼前的少女，"那又怎么样？"他说，"如果有人要带走一个孩子，为什么要阻拦他？孩子多得很，不是吗？"

扎巴提尼想破脑袋也闹不明白，怎么会有人乐意平白无故地给自己增添养一个陌生孩子的负担。要个孩子有什么好的？他们吵得要死，要吃，要喝，还得带他们去游乐场。不过他终于仁慈地允许小姑娘在他手上盖了一个章。

"上一次有人在我手臂上盖章，"他对她解释说，"还是在奥斯威辛。"

女孩对他露出一个百无聊赖的微笑，配合地说："哇，真厉害。"

米奇比萨宫里面又吵又闹，这儿颜色太过艳丽，灯光也过于刺眼，还弥漫着一股隐隐约约湿袜子的味道。不过最糟糕的还是孩子们。他们无处不在，简直就像立志来毁灭地球的外星生物。他们跑呀，爬呀，喊呀，尖叫呀。扎巴提尼经常想，像他这样一个很长时间依靠为孩子庆祝生日和受诫礼而挣口饭吃的人却偏偏不喜欢孩子，这简直就是命运的诅咒。有一次，那是很久以前了，他差点就当了父亲。那时他和拉斯维加斯的某个舞女产生了一段短暂而愉快的恋情。她怀孕了。正当扎巴提尼对孩子的到来稍稍有些期待时，她流产了。当他到医院探望她的时候，女孩眼里那种心如死灰的神情，他一辈子也无法忘怀。后来他接受了自己将会一个人度过这一生的安排，也许这样更好。

在这个所谓的餐馆的正中间，矗立着一个攀缘设备，由一些色彩鲜艳的梯子和塑料管道组成。孩子们就像老鼠似的，一会儿窜到这边，一会儿滑到那边。再加上用来安抚孩子们的摇晃木马和声音尖利的电子游戏，扎巴提尼明白了，这就是个小型游乐场，只不过不是在室外。屋子里一闪一闪的灯光简直要亮瞎人的眼睛，孩子们的疯狂叫喊震耳欲聋，巨大的屏幕随处可见，不间断地播放着音乐视频，画面上大人们穿着卡通服打扮成啮齿类动物，跟着毫无节奏的说唱音乐蹦来蹦去。扎巴提尼像被催眠了一样盯着屏幕看，视频里一个打扮成老鼠的男人正围着一个垃圾桶跳舞。

"简直是地狱，"扎巴提尼想，"我来到了地狱。"

这家店让他想起自己唯一一次服用迷幻药的经历。那是1969年，扎巴提尼刚刚结束在费尔法克斯大街和第三大道交界处的哥伦比亚广播公司演播室里的演出，赶着去好莱坞山上一家夜店参加随后举行的庆祝派对。在那儿，留着长发的男女穿着彩色T恤和带流苏的夹克，轮流吸着大麻和其他一些毒品。作为在场唯一的老一辈的代言人，他感觉自己相当格格不入，这时候大家要求他一定也要试试某种白色小药丸。"这叫迷幻药。"他们告诉他。为什么不呢？带着一半怀疑、一半好奇，他把药丸吞了下去。一开始并没有什么感觉，不过大约二十分钟之后，他发现所有人坐在屁股底下的绿色流苏地毯变成了一团混乱的线条，长有长长的智慧触手，正来抓他和其他的宾客。他高兴地把这个发现与周围的人共享，有几个人尖叫着一跃而起，从这一刻开始，流苏地毯变成了危险地带，所有人走过那儿时都会兜上个大圈子。扎巴提尼不明白大家为何如此惊慌失措。不一会儿他发现了房子前面的漩涡浴缸，他脱到只剩短裤，坐进了不停冒着泡泡的热水当中，周围全是赤裸的英俊男人和他们的大胸女友。迷幻药让他越来越开心，而别人则越来越郁闷。他开始对大家大谈纳粹集中营里的奇闻轶事。啊，就这样把他的经历和盘托出，对他的灵魂而言是怎样的一种解脱！更何况是和这么多迷人的美女共同坐在一个能看到整座城市的漩涡浴缸里！忽然间，他又可以清晰回忆起那些被死死压在记忆最深处的细节，却没有注意到，听众们看他的眼光越来越张皇失措。当他开始描述人们进进出出都能闻到万人坑里尸体腐烂散发出的强烈甜味时，一位年轻的女士突然大喊着爬出了浴缸。她的眼睛里盈满泪水，一边慌张地抹着自己的手臂。"把它赶走！"她大叫着，"把它赶走！有甲虫！有甲虫！"

"怎么了，我最尊贵的女士？"扎巴提尼不耐烦地问道。一个皮肤苍白、满头红发梳成黑人辫子头的男青年突然吐在了浴缸里。呕吐物被浴缸边缘的喷水管吸入，又随着水流喷出来，均匀地洒满了整个浴缸。这时大家都惊慌起来，好像他们面对的是泰坦尼克号沉船事件，所有人都争先恐后地要从浴缸里出来。当扎巴提尼擦干身子之后，他对红头发男青年说，像他这样的人在集中营里一天都活不下去。

"去你妈的！"一个声音对着他骂道。

扎巴提尼感觉到仿佛被扇了一记耳光。所有的年轻人都一脸嫌恶和厌弃地看着他。他感到羞愧，他和他们不一样。他的经历，不论是战前的还是战时的，都让他变成了一个被放逐者，人类的大家庭里已经没有他的位置了。

他裹着一块毛巾，跟跟跄跄地走开了，在庄园边上找到了一片灌木丛。他挤了进去，安静地撒了一泡尿。在这里扎巴提尼能够看到整座城市在他脚下铺展开来。洛杉矶就像一块丝绒布料，上面点缀着七彩的宝石。他又有了那种极度幸福的感觉。这玩意儿确实很牛逼，这个迷幻药。但是他发誓，今后绝不再碰这东西。天知道它又会引起什么样的可怕反应。

身处米奇比萨宫的闪烁灯光和尖利音乐当中，扎巴提尼忽然回忆起他在好莱坞山上看到的城市，回忆起当时感受到的平静和谐，完全没有注意到，科恩一家已经走出去好远了。德博拉见状连忙赶过来，扶着他的胳膊，温柔地领着他往特意为马克斯的生日会预订的桌子那里走去。这是一排小塑料桌，上面铺着彩纸。纸上摆着卡通动物形状的纸盘子。在桌子尽头立着一个长方形的棕色大蛋糕，看上去有点像一块巨型砖头，只有插在上面的蜡烛和蛋糕表面不知道用什么酱汁淋出来的"生日快乐，马克斯"才能让人勉强猜出它的真实身份。

亲戚们来了不少。贝尔尼伯伯和"小荡妇"海蒂婶婶都来了，和他们一起的是马克斯那三个能把人折磨到精神发狂的堂姐弟埃丝特、迈克和卢卡斯。桌边还挤着不少他的同学，包括乔伊·夏皮罗和米丽娅姆·刑。

"是他吗？"乔伊问。

马克斯骄傲地点了点头。

扎巴提尼做了个鞠躬的姿势。"伟大的扎巴提尼，愿意为您效劳。"他微笑着，把手伸到米丽娅姆的耳朵后面："小姐，您该洗洗耳朵啦！"他一边说，一边手上突然多出了一枚硬币，就好像刚从她耳朵里掏出来的一样。

米丽娅姆开心得咯咯直笑。

扎巴提尼觉得自己一下子年轻了不少。他又拥有了观众！而且是一群不太挑剔的观众！

"爸爸在哪儿？"马克斯问妈妈。

"不知道，"妈妈回答，"他说要去接奶奶。"

"我的表演什么时候开始？"扎巴提尼询问着。

"等爸爸来了再说。"马克斯请求道。

扎巴提尼点了点头。那就先把准备工作做好吧。他在观众区来回踱步，从各个角度视察着舞台。好吧，舞台有点小，左边和右边的尽头还各站着一只比真人还大的机械米老鼠，它们正随着节奏挥舞手臂。这还是第一次，他想，有两只啮齿类动物来我这儿偷师学艺。踏上舞台后他欣慰地发现，那儿已经摆了一张可以放东西的桌子。他把桌子挪到舞台中央，接着打开他的大口袋，开始把里面的一堆道具搬到地上，包括一根蜡烛、一个箱子、一些纸牌和一堆大小各异的木头盒子。

接着他离开舞台，坐到一张塑料桌子旁边。"我要吃比萨了。"他宣布道。不过好像没有人在意。他从一个大托盘里拿了好几块比萨，放到自己米老鼠头像形状的纸盘子里。乔伊·夏皮罗用一种淡淡忧郁的表情看着他，然后他给自己拿了一盘子意大利面。

米丽娅姆指了指扎巴提尼残疾的手臂，问道："您的手臂怎么了？"

"盖世太保弄的，他们给我上刑。"扎巴提尼一边咀嚼一边说，"请把帕尔马干酪递给我。"

"为什么？"米丽娅姆追问。

"因为，"扎巴提尼回答，"比萨上面再加点奶酪会更好吃。"

"不，为什么他们要给你上刑。"

扎巴提尼看了她一眼，耸了耸肩，"纳粹们就喜欢这样。"

米丽娅姆把装有磨好的帕尔马干酪的玻璃瓶子递给他。"毫无理由？"她难以置信地问，"他们就只是想给你上刑？"

"没错，"扎巴提尼说，"就是这样。你想看看吗？"

米丽娅姆点了点头。扎巴提尼环顾了一下四周，把白色女式长袍的宽袖子推了上去。

米丽娅姆尖叫起来。当年盖世太保打断了扎巴提尼手臂的多个部位：手腕、小臂、手肘。随着时间的推移，骨折的地方渐渐愈合了，但是因为没有上夹板，所以他的手臂看上去就好像一截长满疤的树枝。米丽娅姆目不转睛地盯着他的胳膊，她指了指小臂上一处白色的疤痕，问道："这是什么？"

"他们在这儿倒上了汽油，然后用打火机烧的。"扎巴提尼回答着，咬了一口比萨。

"就像烧烤那样？"米丽娅姆问。

"就像烧烤。"扎巴提尼确认说。

"太恶心了！"米丽娅姆说道。

扎巴提尼骄傲地点了点头，突然伸长手臂，作势要去抓她。米丽娅姆吓得尖叫一声，往后直缩。

扎巴提尼大笑起来，"别担心，"他说，"我不会碰你的。"

但是米丽娅姆的眼中闪现着一道奇特的光芒："我可以摸一下吗？"

"我不反对。"扎巴提尼说。

米丽娅姆用手指轻柔地摸着那道伤疤，好像是在辨认一幅地图。"疼吗，当时？"她问。

"当然了。"扎巴提尼说道，一边叹了口气。他对这场谈话已经开始心生厌倦，天知道他只想安安静静地吃他的比萨。"所以人们才把它叫作上刑啊。"

然而米丽娅姆对这个话题的兴趣越发浓厚了。"可是他们为什么要这么做呢？"她问，"拜托说实话。"

"他们想让我出卖一个人，一个我深爱的人。"

米丽娅姆显然很震惊，她瞪大眼睛看着他："然后呢？您这样做了吗？"

扎巴提尼刚刚再次拿起了帕尔马干酪的瓶子，一时间，他的动作好像僵住了，他放下瓶子，盯着眼前的桌子。

慢慢地他抬起眼睛，看着米丽娅姆。

"是的。"他说。他的声音如此空洞，简直比他烧焦的皮肤还要令她害怕。

*

与此同时，马克斯的妈妈正在试着联系他爸爸。餐馆里没有信号，因此德博拉走到了停车场，在那儿继续打电话。天气很冷，她裹紧大衣，点燃了一支淡味万宝路。

哈里终于接电话了。

"哈罗。"他听上去非常不耐烦。

"你儿子，"德博拉冷冰冰地说，"在等你。所有人都在等你。"

"我知道我知道，"哈里回答，"我们就快到了。高速公路上堵车。"

"你给我快点！"德博拉咬牙切齿地说，挂断了电话。她在停车场踱了会儿步，一边愤怒地猛吸着烟。接着她把烟屁股扔到地上，很有责任心地踩灭了它，又进了餐馆。

观众们迫不及待地想看扎巴提尼的表演。一些孩子已经规律地拍着手掌唱了起来："魔术秀——魔术秀——魔术秀！"

马克斯伤心地看着德博拉："爸爸在哪儿？"

德博拉把儿子拥进怀里："他马上就到。路上有点堵。"她强迫自己露出一个微笑，"也许我们可以先开始。"

"可是我希望爸爸在场。"马克斯的声音里透露出一股惊慌。

"我知道，"德博拉安慰他说，"他已经在路上了。"

马克斯叹了一口气，用说悄悄话的音调问扎巴提尼："爸爸不在场的话，爱情魔咒还会起作用吗？"

扎巴提尼用吸管吸了一口饮料，"这个，"他发脾气地说，"是七喜！我要的是可乐！为什么生活就不能是它该有的样子呢？"他转向马克斯，"只有两个人都在场，魔术才会有效。"

"可是他不在！"马克斯尖叫起来。

"不用担心，"扎巴提尼大度地说，"我先开始表演，然后我会尽量拖延时间，等你父亲来了，我们再展示'永恒的爱'这个魔术。"

马克斯觉得这个安排很合理。"好吧。"他说。

扎巴提尼又对着管子吸了好几口，然后扶正他的缠头巾，站了起来。他举起双手，像个君王一般看向四周。

"亲爱的孩子们，"他大声说道。随着这句话，他的身上发生了一种无法解释的变化。他的声音变得自信而深沉，他不再是一个衰老脆弱的老头——他变成了伟大的扎巴提尼！吵闹声渐渐平息下来，所有的目光都投向了他。

他穿着那件白色的女式长袍，头戴银色缠头巾，站在桌子和椅子中间。如果是在别的情况下，人们说不定会以为他是个疯子，可是现在他看上去就好像是《旧约》里的先知。

扎巴提尼庄重地穿过大厅，向着舞台走去。舞台被彩灯照耀着，老魔术师维持着双手高举、掌心向上的动作。他分开面前潮水一般的孩子，当他经过的时候，大家都敬畏地让出了通道。

他轻轻呻吟了一下，跨上舞台，接着转身面向他的观众："现在你们将要看到的，"扎巴提尼说，"并不是魔术。"

这个开场白让孩子们很疑惑，大家担心地窃窃私语起来，他们你看着我，我看着你：不是魔术？他在说什么？

扎巴提尼脸上带着抚慰的微笑："魔术是不存在的，"他解释着，"除了你们心里的魔法。现在我要展示给你们的，是读心术这门艺术。你们每个人的思想中都蕴含着这种能力。"

孩子们专注地倾听着，看样子他的发言效果不错。

"你们思想的力量，"扎巴提尼继续说道，"和超自然的预言并没有什么关系。你们中每个人都会思考，你们也应该这样做。"

一些孩子——尤其是4A班上的几个学霸——鼓起掌来。扎巴提尼想起他在布拉格第一次去马戏团的经历。当他看向眼前观众们那年轻的脸庞，他再次明白了，为什么他当初选择了这条路：他喜欢在观众们的眼中看到他多年前体会到的那种惊喜。

他挥动手臂做了个动作。他知道，这个短暂而流畅的手势看上去充满了神秘感，会在他的观众身上引起他想要的效果。早在成名之初，他就已经学到，能够用手臂的动作说服观众，一场演出就成功了一半。

演出开始了。说实话，刚开始节奏有点拖沓，扎巴提尼的技艺有点生疏了，慢慢地他才缓过劲儿来。他让一个小女孩想一种蔬菜，"随便什么都行，无所谓，哪种蔬菜都可以。"他尽心尽力地表演了各种各样的卡牌魔术，时不时地唠叨一些听上去极其深奥的废话。尽管这场秀本身并没有太多亮点，但是热情的观众们依然乐在其中。就这样大约二十分钟过去了。

这时候，入口处的玻璃门打开了，米奇比萨宫迎来了新的客人。马克斯紧张地扭过头去，看到进来的正是爸爸和奶奶，他大大地松了一口气。他又转过头来看向舞台，思考着应当怎样通知扎巴提尼，他的第二个施法对象已经到了。

"他来了！"马克斯轻声说道，一边挤眉弄眼地示意着他爸爸那个方向。

扎巴提尼点了点头，不着痕迹地眨了眨眼睛。

爸爸和奶奶急急忙忙地跑到马克斯跟前，拥抱了他。

"坐下！"马克斯用齿缝间迸出的声音对爸爸命令道。

"小乖乖，"奶奶中气十足地说，"祝你生日快乐！"

"嘘！"马克斯低语着。

一通很大的声响之后，爸爸和奶奶终于坐了下来。扎巴提尼对着新来的两个人投来了不太满意的眼光。奶奶注视着扎巴提尼残疾的左手，不知道为什么，它似乎引起了她的兴趣。

"接下来的表演，"扎巴提尼说，"需要从观众中挑选两名志愿者——就您吧！"他指着哈里。

哈里呻吟着，可是马克斯恳求地看着他，哈里只好站起身，来到舞台上，乖乖地站到了巨型米老鼠的左边。

"请问您叫什么名字，年轻人？"扎巴提尼问道。

"哈里·科恩。"哈里·科恩说道。

扎巴提尼请求他出示一件私人物品。

"什么？"哈里问。

"您随身携带的任何一件物品都可以，谢谢。"扎巴提尼一边说，一边伸出手来索取，"随便什么都行，但必须是您心中在意的物品。"

哈里在口袋里摸了摸。"手机行吗？"他问。

扎巴提尼仁慈地点了点头，尽管他原本期待的是更浪漫一点儿的东西。当他刚开始在柏林表演这个魔术的时候，人们递给他的东西可比手机优雅多了。那时候人们还随身携带着刻有爱语的怀表，上面的语句可供大声朗诵；或是带有花体字母的袖扣和领带别针，再或是带有繁复绣花的手帕。那时候的世界更为个性化。而今天呢？今天所有人都用着同一个牌子的同一款手机，还自以为很有个性。

哈里很不情愿地把他的手机递给了魔术师。

扎巴提尼把手机高高举起。"请大家仔细观察这个物体。"他对着观众说道，"我们后面会再见到它。"说完这句话，他让手机消失在一个小小的木头盒子里。

接着扎巴提尼开始寻找第二个志愿者。马克斯大部分的同学都举起了手。米丽娅姆·刑甚至在座位上不停地上蹿下跳，就像她在学校里，每次老师提出问题，而她知道答案的时候。马克斯觉得，她知道的有点太多了。

扎巴提尼从容不迫地环视着，完全无视孩子们乞求的眼光。忽然他指向站在人群最后排，正忙着输入一条短信的德博拉。

"您！"扎巴提尼严厉地说。

德博拉吓了一大跳。啊，还有这个，她郁闷地想，这个该死的爱情魔咒。马上就会真相大白的，她实在不忍心让马克斯再次失望。可是没办法，她必须陪着一起演戏。

"对，就是您！"扎巴提尼盛气凌人地要求道，"到这儿来。命运选中了您。"

德博拉把手机塞进手提包，把包放在一张椅子上。她无精打采、脚步沉重地走上了舞台，选了一个位置站定，离那个将成为她前夫的人远远的。

"请问您的姓名，年轻的女士？"扎巴提尼讨好地轻声问道。

"您知道我叫什么。"她咬牙切齿地回答。

"没错,"扎巴提尼说,"但能否请您也告诉我们尊敬的客人们呢?"

"大家都认识我,我是马克斯的妈妈,德博拉·科恩。有这个必要吗?"

"有这个必要。"扎巴提尼严肃地说,"一件东西必须有它正确的姓名,这很重要。"

"我可不是东西。"德博拉不满地发着牢骚。

"不,您不是,"扎巴提尼说,"您是神圣的德博拉。"

"还要多久才能结束?"奶奶不耐烦地问道。

"需要多久就多久。"扎巴提尼听上去有点生气了。他一直都不喜欢演出的时候观众插嘴。

"您动作快点!"奶奶催促着,"我又不是整天没事儿干。"

"请安静,尊敬的女士!"扎巴提尼咬牙切齿地轻声说道。

"您叫什么名字?"奶奶问。

"这不重要。"扎巴提尼用一记粗鲁的手势拒绝了这个问题。

"啊哈?刚才您问我姓名的时候,可不是这么说的。"德博拉适时嘲讽。

"是的,"扎巴提尼用一种给智力低下儿童解释 $1 \times 1 = 1$ 的语气回答,"您的名字很重要,因为这个魔术是关于您的。"

他又摆了摆手,忽然,他的手指间出现了一根燃烧的火柴。孩子们激动地交头接耳,零星的掌声响了起来。扎巴提尼用这根火柴点燃了舞台边缘的蜡烛。

"亲爱的孩子们,在我们的生命中,有一些我们永远无法忘怀的时刻，一些深深铭刻在我们脑海的时刻，一些永远改变了我们的时刻。"

观众渐渐激动起来。

"现在大家将要欣赏到的是永恒之爱魔咒。"他高高举起了双臂，"永恒的爱呀呀呀呀呀！"

马克斯在椅子上挺直了腰背，坐得像蜡烛一样直。这就是唱片上卡住的地方。哦，天哪！现在要开始了！

他屏住了呼吸。

"什么是……爱？"扎巴提尼问道，锐利的目光直视观众。没有人移动，没有人回答。这些白痴，扎巴提尼想。魔术带来的问题，就在于它会让你失去对人的所有尊重——他们是如此容易操纵。没有人会像一个魔术师那样清醒地认识到，世界上根本不存在魔术。扎巴提尼又等了一秒钟，接着说道："我们都知道答案，爱，就是一个人能感觉到另一个人的所思所想，爱，就是一个人能猜到另一个人心中的秘密，"扎巴提尼再一次举高了胳膊，"爱，就是一个人了解另一个人的灵魂胜过自己的灵魂。爱不是幻象，它是世界上最真实的东西。是它，赋予了我们生命的意义。"扎巴提尼打开双臂，"我们没法创造爱，只能体会它：它在，或是不在。我们也可以看见它，如果在这两个人之间——"他用左手指了指德博拉，又用右手指了指哈里，"还有这种爱存在的话，我们马上就会知道。"

他走向德博拉，"请原谅。"他说着，从袖子里拿出一条银色的项链，轻盈地系在了德博拉的脖子上。链子底部挂着一个造型简单的小锁。德博拉疑惑地低头看着。

马克斯咬着指甲，他快要承受不住这种紧张的压力了。

扎巴提尼从舞台后方的边缘搬来一个木制的首饰盒，当着观众的面打开了。里面有几十把看上去一模一样的钥匙，每一把都在聚光灯下闪闪发亮。

"这位先生能找到通往这位女士心灵的钥匙吗？"扎巴提尼意味深长地问道，"只有一把是正确的。"

他随手从盒子里拿出三把钥匙，一把一把地试着，没有一把能打开那个锁。

"很可惜，我不拥有那把能打开您优美心房的钥匙。"扎巴提尼对着德博拉眨了眨眼睛说道，德博拉面色阴沉地怒视着他。扎巴提尼捧着首饰盒走向哈里，"您来选一把吧！"

哈里为自己深受感触而觉得难堪，他盯着脚下的地板，把手伸进首饰箱，然后——在似乎无止境的摸索之后——他终于抽出了一把钥匙。

"好极了。"扎巴提尼嘟囔着。他很生气，哈里居然用了这么久的时间才做出决定，这家伙差点就要抢了他的风头。这种事情在志愿观众身上经常发生，有些人还没有站到聚光灯下，就自以为成了人群的焦点；更有甚者，以为能智胜他。就好像，他们抽取了哪把钥匙，或是哪张牌，真的至关重要一样。扎巴提尼可是充分考虑了每个魔术环节的每个细节。绝对不能出错。尤其不能让那些自以为是的家伙得逞。他们总以为能让他在观众面前丢脸。"请把您的钥匙递给我，我要展示给观众看。"

哈里把钥匙递给扎巴提尼，扎巴提尼用两只手接了过来，并用右手高高举起，就好像一个举着红牌的裁判一样。他面带怒气地沿着舞台边缘走来走去，接着他转向哈里，把钥匙交还给他。

"请小心保管，"扎巴提尼说，"您已经失去太多了。"

"您真是说这话的合适人选，"哈里反唇相讥，一边把钥匙装进了夹克口袋，"看看是谁睡在我的折叠沙发上。"

"等等，这折叠沙发明明是我的，"德博拉插了进来，"是我付的钱，是我们一起去宜家的时候——"

扎巴提尼响亮地拍了拍手。"安静！"他叫道，"如果你们争吵个不停，永恒的爱还怎么起作用？"

哈里难以忍受地翻了个白眼。

扎巴提尼转向德博拉，"我希望，您现在能想着一个城市。"他说，"这应该是一个对您来说具有特别意义的城市，一个和您的情感联系在一起的城市。"

"明白了。"德博拉突然活泼起来，"那是 P——"

"人类啊，闭嘴吧！"扎巴提尼突然大吼一声，从她身边退开了，"不许再说一个字！什么都不许讲！"

德博拉狼狈地闭上了嘴。

"好办法，"哈里赞赏地说，"我从来没有成功地让她闭嘴。"

"安静！"扎巴提尼又吼了一声，他快要受不了了。他参加过无数次的儿童生日会，可是还从来没有遇到过像这两个人一样幼稚的行为。"准备好了吗？"他问德博拉。

"什么？我现在又可以说话啦？"她问。

"如果需要的话。"扎巴提尼回答，"不过请您千万不要把这个城市的名称透露给我。"他递给她一个笔记本和一支圆珠笔，"请您写下来，用大写字母，方便每个人看清楚。"

德博拉接过笔，在笔记本上写了几个字。就像扎巴提尼预料的一样，在她听到"大写字母"这几个字后，她下笔变得特别用劲。写完之后，她看向扎巴提尼。

扎巴提尼用一只手捂住额头，集中精神看向前方，他的黑眼珠都翻没了，声音变得颤抖起来："请您撕下这一页，把它展示给我们的观众，但请不要给我看，也不要给他看。"他说着，用余光扫了一下哈里。哈里正站在他边上，不停地换脚站着。

德博拉把这一页撕了下来，高高举起，马克斯能清楚地看到上面的字，纸上写着"巴黎"。

马克斯知道，巴黎是他父母度蜜月的地方。当时正值盛夏，他们住在一家历史悠久、很是"浪漫"，并且没有空调的酒店里。他们汗流浃背，步行穿行在那个百万人口的大都市，整天行色匆匆，忙着从一家博物馆赶去另一家博物馆。他们总是在蹩脚的小馆子里吃饭，吃得也很一般。在那儿他们开始了第一次真正的争吵。啊，巴黎！

"你们都看清楚了吗？"扎巴提尼问孩子们。

"看清楚了！"孩子们欢叫道，大家兴奋地交头接耳，马克斯感觉到心脏在胸腔里怦怦直跳。他的眼光无法从魔术师的身上移开，这儿的每个人都和他一样。扎巴提尼不再是那个衰老虚弱的老头——他是占星家，高级祭司，米底王国的后人！

"能把本子还给我吗？纸张请您保留。"扎巴提尼接过德博拉手上的本子，不着痕迹地瞟了一眼，然后放到了一边。接着他走向一个用来盛放索引卡片的小箱子，把它打开，里面装满了明信片，按照城市名称的首字母顺序摆放着。扎巴提尼用娴熟的姿势抽出三张卡片，把背面展示给观众看，只见上面写着三个大大的数字：1、2、3。

接着扎巴提尼把这三张卡片正面朝下地放在了小桌子上。

他凝神看着哈里，特意延长了一点时间，因为他知道，寂静和沉默是制造戏剧性的最好帮手。

他用特别庄重的语气要求哈里："请您从三张卡片里挑选一张。"

哈里点了点头，指了指上面写着"2"的那一张。

啊哈。他应该猜到的。一般情况下人们会选择"1"，因为"1"比"2"更具有魔力。"2"是那么地日常。但哈里不是一般人，哦，不！他是如此沉醉于自己"特立独行、不随大流"的角色设定。笨蛋，扎巴提尼想。不过他丝毫没有把这种情绪表露出来。反正无所谓。他知道卡片的反面是什么。

"2，"他高声说道，"很好。请您拿起卡片，翻转过来，并展示给我们尊敬的观众。"

哈里乖乖照做。当他看到卡片正面的照片时，忍不住惊呼了一声。德博拉不安地看着他。他用微微颤抖的手翻转卡片，高高举了起来。

孩子们看到的是一张埃菲尔铁塔的照片，上面印着"巴黎"两个字。

孩子们目瞪口呆，大口地喘着气。接着，潮水一般的掌声响了起来。马克斯鼓掌的声音最响，可是就连大人们也大为震动，尤其是德博拉。她看上去像是真的受到了惊吓。

"我现在想知道，这个魔术到底叫什么名字？"奶奶不甘寂寞地追问着。

扎巴提尼没有理睬这个问题，只是微微地鞠了一躬。突然，他好像想到了什么："这份爱是双向的。"他点着头说，"因为如果德博拉爱着您，真正地爱着您，"说到这里，他又转身对着哈里，"她就能感受到您的思想，甚至是遥感到您独特本质的蛛丝马迹，您的戈勒姆。"

"他的什么？"德博拉怀疑地问。她只希望，这个戈勒姆不是什么不道德的东西。

"我未成形的体质，你的眼早已看见了。"扎巴提尼说道，"你所定的日子，我尚未度一日，你都写在你的册上了。"

效果很好。孩子们鼓起掌来。只有德博拉心存疑虑，她板着脸看着哈里，嘴唇紧抿着。与此形成鲜明对比的，是满面春风、笑容咧到了耳根子的马克斯。

扎巴提尼领着德博拉来到舞台中央的小桌子边上。现在她正好和哈里面对面，两个人之间只相隔半米，任谁都能感觉到两人之间的紧张感。扎巴提尼把明信片挪开，拿出三个一模一样的木制首饰盒放到桌上，上面也写着"1、2、3"。前面两个盒子都是空的，第三个盒子里装着哈里的手机。

"三个盒子里的某一个装着这个男人的一件东西。"扎巴提尼指了指哈里，"私人物品。请您选择一个盒子。"他坚定地说。

德博拉指着 1 号盒子。

"太棒了！"扎巴提尼叫道，一边激动地拍着手，"您已经排除掉了一个。"他打开盒子给观众看，盒子里空空如也。"还有两个。"

德博拉看上去有些犹豫，扎巴提尼把已经完成历史使命的盒子摆到一边，现在桌上只剩下 2 号和 3 号盒子。现在的几率是百分之五十对百分之五十。

德博拉猜是 2 号。

扎巴提尼打开空盒子，给观众短暂地展示了一下，又把它放到了一边。现在他无须多言，观众已经明白了。现在只剩下 3 号盒子。

德博拉和扎巴提尼一起盯着剩下的盒子。

扎巴提尼用深沉的声音宣布道："好了，这是您的盒子。"

德博拉没有动，她很紧张。

"打开盒子！"扎巴提尼吼道。

德博拉吓了一大跳，机械地打开首饰盒，用颤抖的手指拿出了哈里的手机，展示给孩子们看。

震耳欲聋的掌声再一次响了起来，因为一直在鼓掌，马克斯的手都拍疼了。今天看到的一切实在是令他太开心了。

不过演出离结束还早着呢。扎巴提尼从袖子里面抽出一套塔罗牌，就好像它们是从空气中蹦出来的一样。孩子们压抑着兴奋交头接耳。这套牌是他好多年前在布鲁克林买的。牌上的画颇具新艺术风格。他向观众展示着不同的牌面：恶魔、太阳、愚者、死神、命运之轮等等。接着，他把牌堆成一沓，牌面朝下地扣在桌上。

扎巴提尼以一种独白的方式介绍着塔罗牌的神奇力量：来自远古时期的智慧，能够预知未来、窥探人心等等。他一边说，一边绕着桌子打转，他转了好几圈，并且不断地把手放在卡牌上。他的演讲稍显累赘，但效果颇佳。

"两位，请共同抽取一张卡牌。"扎巴提尼把整沓卡牌以扇面状在手中展开，对着德博拉和哈里说道，"这张卡牌会告诉我们，两位是否相爱，"接着他又威胁着补上一句，"或者不相爱。"

德博拉和哈里紧张地看着对方。

"请同时抽，"扎巴提尼说，"两个人一起。"

德博拉伸手去抽一张牌，哈里跟随着她的手势，抓住了同一张卡牌的另一个角。

"请把牌翻转过来。"扎巴提尼命令道，"并且举高！"

他俩一起举高卡牌，牌上，一对恋人亲密地拥抱在一起。

卡片上的人像是裸体的，但并不能看清性器官，毕竟这是个面向青少年的演出。不过画像上的女子有着丰满的乳房，这对于扎巴提尼买下这副牌起到了决定性的作用。

"恋人！"扎巴提尼喊道。

观众们喧闹起来。马克斯深受感动，努力忍住泪水。

然而扎巴提尼举起了手，观众再一次安静下来。"还缺少一样，"扎巴提尼大声说，"钥匙！"他迈着从容不迫的步子走向哈里，"它还在您这儿吗？"

哈里点了点头。扎巴提尼板着脸瞪着他，哈里手忙脚乱地从口袋里掏出钥匙，结果一个不小心掉到了地上。

马克斯尖叫着跳了起来。

"没事没事。"哈里安抚地叫道。他的儿子沉重地喘着气，满脸责备地看着他。哈里跪在舞台上，到处触摸着，最后终于找回了钥匙。他胜利地把它举起来，然后走向德博拉。德博拉像一根盐柱一样一动不动地站着。

他的手靠近她脖子上的项链。

"怎么样？可以插进去吗？"扎巴提尼问。

"等一下……"哈里低声说道，一边小心地去够小挂锁。他把钥匙插进挂锁，转动了一下，发出"嗒"的一声。

锁开了。

"永恒的爱呀呀呀呀呀！"扎巴提尼的声音隆隆作响，双手也配合着摆出相应的姿势，令人印象深刻。

马克斯蹦了起来，大声地欢呼着。其他好多孩子的屁股也坐不住了。

"这两个人，"扎巴提尼继续说道，"属于彼此。他们的灵魂结合在一起。就算生活的逆境想要分开他们，他们的爱也不会熄灭。他们是一体的，从开始到永远！"

作为一名注重细节的艺术家，他还适时从袖子里抽出一朵玫瑰花，递给了哈里。哈里把花送给德博拉，德博拉看起来也被深深地感动了。

马克斯几乎不敢相信这一切！起作用了，真的起作用了！他开心地蹦跳着，一直一直鼓着掌。扎巴提尼鞠了一躬。

马克斯的身后突然传来一声不耐烦的轻咳。

"您叫什么名字？"奶奶严厉地问，"现在我总可以知道了吧？"她很不习惯居然有人会违抗她的要求。

扎巴提尼叹了口气，认命地说道："我是伟大的扎巴提尼。"

"胡扯！"奶奶喊了起来，"我指的是您的真名！"

扎巴提尼微笑着没有说话，他不打算告诉她这个。在舞台上，他只是伟大的扎巴提尼，不是任何其他人。他再次鞠躬，这次他张开双臂，并大声说道："伊斯特嘉禾，嘉塔，寇雅斯特！"

突然传来一声大叫，接着是一阵丁零当啷。所有人都转头看向奶奶，她跳了起来，撞倒了自己的椅子。

罗塞尔·科恩脸色刷白，她喘息着，大口地吸着气，她的嘴张开又合上。她伸出手，指着老魔术师："请问火车站在哪儿？"她叫道。

扎巴提尼一下子愣住了，眯着眼睛看着她。

"是你！"她叫道，"真的是你！"

扎巴提尼又眯了好几下眼睛，似乎很惊奇，但是除此之外他丝毫没有动弹。

"戈尔登希尔施，"奶奶喊着，"你是莫舍·戈尔登希尔施！"

她摸索着慢慢向他走去，想要更好地看看他。马克斯目瞪口呆地轮番看着奶奶和扎巴提尼，这里究竟发生了什么，他毫无头绪。

"真的是你！"奶奶又喊了一声，"这怎么可能？"她来到舞台前，因为激动而发抖，"是我！我是火车上的小女孩！"

所有的颜色"刷"地一下从扎巴提尼的脸上消失了，他将双手放在胸前，大约在心脏的位置，喉咙里发出呼噜呼噜的声音，接着，他倒在了地上。

马克斯像子弹一样从椅子上弹了起来，迅速冲向舞台。妈妈和爸爸像被雷击了一样站在那儿一动不动。

"帮帮我！"扎巴提尼喘息着说，他的眼睛凸了出来，痉挛的手像鸟爪抓住树枝一样死死地拽着白色长袍。

"我要死了！"他说，"好疼啊！我要死了！"

奶奶已经来到舞台上，跪在他的身旁。马克斯的父母突然从僵硬状态里回过神来，德博拉指着台下椅子上她的手提包叫道："拿我的手机！叫救护车！"

哈里从夹克口袋里掏出自己的手机，输入了三个数字。

当马克斯来到扎巴提尼身边时，他的脸因为疼痛已经变形，好像一张苍白的鬼脸，鼓着充血的眼睛。老魔术师抓住了马克斯的手。

"握着我的手，"他低声说，"我害怕。"

老人感觉到自己的时日已近，幕布现在要永远地降下了。

"救护车马上就到！"爸爸呼喊着。

奶奶抓住扎巴提尼的另一只手，放在她的腿上。老人尽力把头转向她。

"罗塞尔，是你啊。"他说。

奶奶的眼泪突然涌了上来，她尽力克制自己，注视着老人，点了点头。

"真是个奇迹……"扎巴提尼的声音几乎听不见了。

突然他抽搐了一下，发出一声痛苦的叫喊。他的手指松开马克斯的手，垂落到地板上。马克斯觉得一股恐慌的情绪席卷了他。

扎巴提尼躺在地上一动不动。在他的躯体左边，比真人更大的米老鼠仍然在规律地挥动着手臂。

31

山鲁佐德的告别

泰雷津，德语名叫"特雷津施塔特"，又被称为"犹太之城"。这里的集中营是纳粹最好的集中营，围墙和棚屋都刚刷新过。因为不久前，红十字会曾派人来参观过这里，以确定第三帝国没有虐待犹太人。可惜这些外国客人刚刚满意地离开，集中营里的氛围就没有那么友好了。

一段漫长而艰难的旅程之后，扎巴提尼来到了特雷津集中营，现在他唯一的愿望是想一个人静一静。集中营位于某前卫戍部队的基地上，离他的出生地布拉格不远。莫舍和其他几百个被运送来的人一起，不安地站在绵绵细雨之中。

第一眼看上去，这里的环境其实不算差。房子的门面保养得当，犯人也没有显露出瘦骨嶙峋的样子，看不出来什么暴力的痕迹，至少目前看不出来。

"也许并没有那么糟糕。"一个站在斜坡上的新来者低声说道。

"也许。"莫舍说，但他并不是很确定。他只要看看自己的左胳膊，就能确定纳粹的目的。心存希望是危险的，这只是一种幻象。直到不久之前，莫舍一直凭借类似的幻象挣着每天的面包。就好像临死的人死死攫住一根吸管，即使只剩最后一口气，依然认为："也许不会那么糟的。"

令莫舍大吃一惊的是，他在特雷津施塔特受到了相当热情的接待。当他和那些与他同属一个"部门"的人一起待在斜坡上等待被"处理"的时候，一位个子很高、相貌英俊的男人，身穿刚烫好的军装，大步走了过来。男人先是和其他一些穿着军装的人低声交谈了几句，接着就面带兴高采烈的笑容向莫舍伸出手来表示欢迎。

"快看哪，伟大的扎巴提尼！"军官说道，显然是发自内心地感到开心，"终于能够认识您了，这真是我的荣幸！"

直到最后一刻，莫舍也不忘保持专家风范，他微微鞠了一躬说道："也是我的荣幸，指挥官先生。"

军官用胳膊肘捅了捅陪同者的肋骨："我说过的吧，这个男人是个预言家！"

陪同者摸着自己的肋下点了点头。

军官又转向莫舍，问道："您是怎么知道我是这儿的指挥官的？"

莫舍并不知道。他只是根据来人自信的样子大胆一猜而已。而且，就算他猜错了，依据以往与纳粹交往的经验，他也知道，他们很乐意被称为"指挥官"。

莫舍只是耸了耸肩，微笑了一下。"请原谅，"他说，"但我内心最深处的思想活动，连我自己都不清楚是怎么回事。"

事实上他内心最深处的思想非常简单：他吓得快要尿裤子了。

但是指挥官西格弗里德·塞德尔今天心情大好，他挽着莫舍的手臂，带他参观整个营区。指挥官的态度越友好、越和蔼，莫舍就越紧张。他已经通过惨痛的教训明白了一点：要小心穿军装的微笑男人！但他同时也是一个表演家，参加过千百次的演出，什么样的场面都见过，他早就学会在观众面前隐藏自己的情绪。此外，多多恭维集中营负责人，肯定不会给他带来坏处。最后他终于得知，塞德尔曾经在温德嘉登看过扎巴提尼的演出，对他留下了极为深刻的印象。此后他一直十分关注这位魔术艺术家的飞黄腾达，因为他自己也是该领域的深度爱好者。当他听说扎巴提尼实际上是个犹太人，将要被运送到特雷津施塔特——他自己的王国——来的时候，他非常兴奋。于是他立刻给盖世太保司令部打了电话，要求他们一定要让这位杰出的艺术家带着他所有的道具和行头上他这儿来。

现在轮到他向偶像展示自己了。

塞德尔对于自己的营地非常自豪，就像个孩子自豪于他的新玩具。他向莫舍介绍了集中营的来龙去脉，还顺便讲述了一下当地的历史。泰雷津于 1780 年由皇帝约瑟夫二世建立，它的定位是一个自给自足的要塞，其运转方式类似于一个小城市。塞德尔指给莫舍看位于马格德堡兵营的"犹太委员会"、营地的内院和棚屋以及——带着一种并不太遮掩的警告态度——位于要塞地下墓穴中的所谓的"死亡室"。那儿埋葬着"少数一些因为伤寒而去世的不幸的人"，他们被埋葬在一起，每个坑里三十五个。

在一个地下坑道中，莫舍看到了一些面黄肌瘦的集中营犯人，他们推着手推车，把尸体往一个张着大口的坑穴里运送。另一些犯人把苍白且骨瘦如柴的尸体卸下来，扔进黑漆漆的穴口。坑穴旁粗糙的石墙边站着一位拉比，他的身体机械地前后摇摆，嘴唇不停地开合着，颤抖地念出祈祷词。

莫舍的膝盖软了，胃里在翻滚。他又想起了在汉诺威停尸房里度过的漫长夜晚。他的呼吸变得沉重，每一次吸气，那种熟悉的、令人憎恶的、甜甜的腐烂味道都越发深入地侵入他的体内，就像毒气一样。眼泪涌上了眼眶。在他眼中，这些尸体好像是被切断了拉线的洋娃娃。他们的手脚以诡异的姿势附着于躯体上。这一定很疼吧，莫舍想。但他们已经不疼了，他们已经远离了这个疼痛的世界。莫舍心头涌起一阵惊异，紧接着是一阵羞愧。这里每个人的死都让他感觉羞愧。他为自己活着而羞愧，也为所有这些人生命的易逝和与之相随的无法衡量的损失而羞愧。他们曾是怎样的人？他们本应成为怎样的人？他们是谁？如果他在街上遇到他们，他们本来应该是什么样子？他的胸中升腾起一股怒火，一种对掠夺了这些人的未来的强盗的怒火。

这时，塞德尔以一种父亲般的姿态，用手臂搂住莫舍的肩膀，并带领他离开了这个深坑。"也许，"他说，"您愿意教给我您的一些魔术技巧？"

莫舍强迫自己点了点头，回答说："乐意至极，指挥官先生。"

*

塞德尔很得意于自己"艺术资助家"的身份。绝大部分来到特雷津施塔特的人，都是学者、艺术家抑或音乐家，甚至还有几个诗人。他们受到鼓励要在生活中进行创造。集中营里有小型公园、绿地、花圃和音乐厅，所有这些都服务于唯一的目的：对非常明显的事实——亦即特雷津施塔特是通往死亡之路的中转站——进行否定。大多数聚集在这里的知识阶层，都逃不过或早或晚被送进死亡集营的命运。那儿不会再有公园，也不再有音乐厅，那儿政权会露出它的真面目。在柏林时莫舍已经听到了风声，可是和大多数人一样，他选择闭上眼睛，不愿相信。真相太苦涩了，它不可能是真的，他们不愿相信它是真的。

在接下来的几天里，莫舍了解到了营地的日常生活。尽管有花圃和音乐会，但这儿的生活并不那么令人愉快。生活在这里让人尊严尽失。这儿的汤——如果那东西能被称为"汤"的话——让他拉肚子。棚屋里的夜晚简直是恐怖。莫舍憎恶和陌生人睡在一起。他们咳嗽、吸鼻涕、呜咽、疼痛、低声交谈、抓痒，甚至祷告。还有恐惧，无处不在的恐惧。他几乎无法合眼。

来到这儿大约一个星期之后，有一天，正当莫舍排队等待着打到一勺子汤的时候，奇迹发生了。

莫舍前面的队伍里站着一个老男人，和这儿的大多数人一样骨瘦如柴。他看上去衰弱不堪，走路时已经无法直起腰杆，就好像多年以来一直承受着千斤的重担和无数的不公，他的胡子也全白了。莫舍直直地盯着他。真的是他吗？

"爸爸？"莫舍犹豫地叫了一声。

老人没有任何反应。难道他弄错了？

"爸爸，"莫舍提高了音量，"你不认识我了吗？"

老人慢慢地转过身子。当他认出儿子的时候，他那疲惫灰黄的脸仿佛被一道光照亮了。莫舍感觉热泪涌进了眼眶。

他抱住了他的父亲。

莱布尔·戈尔登希尔施讲述了纳粹如何在某一天破门而入，并把他拽出家门的经过。莫舍想知道锁匠的下落。他上吊死了。父亲告诉他，现在他所有的锁都没用了。莱布尔的朋友金斯基医生曾是希特勒的狂热崇拜者，可是他们强迫他在衣服上别上一个粉红色的三角形[1]，这给他招来了厄运。一群党卫队在大街上羞辱他，折磨他，并且把他践踏至死。

莱布尔说到这里的时候哭了起来。

我妈妈死的时候，他没有哭。莫舍苦涩地想，可是他为他的家庭医生流泪了。

莱布尔用双手搂着莫舍被踩躏的左手手臂，说道："我真的很抱歉……"

*

有时候，营地指挥官会让莫舍去他装饰豪华的办公室。他请莫舍喝烈性酒，他们谈论魔术艺术，扎巴提尼则会露几手给指挥官看看。有一次，他把塞德尔的党徽变没了。虽然是个小小的玩笑，却

---

[1]　纳粹用于识别同性恋者的标识。

同时也是个冒险的反抗行为。然而塞德尔只是大笑着鼓起掌来，好像是个听话的中学生。莫舍开始教他一些简单的技巧。同时他很注意，不会一次解释太多东西，因为他很快就明白过来，他能否活下去，就看他能否让塞德尔开心。他就是《一千零一夜》里的波斯公主山鲁佐德，而塞德尔就是残暴的国王，每天晚上国王都会娶一个新的少女，就是为了在清晨杀死她。当然山鲁佐德是个例外，她一直没有被杀，因为她用故事吊住了国王的胃口。

就这样，在特雷津施塔特城塞德尔的办公室里，伟大的扎巴提尼把所有他从半月先生那儿学习到的魔术知识都转换成了可以用来续命的硬币。他把所有的知识和技巧倾囊相授：变形、生产、消失、瞬移以及读心术。他展示诀窍，对着愚蠢的笑话哈哈大笑，以此换取在上帝的土地上再多活几天，再和他的父亲多待几天。

*

好几个星期过去了。这是一段寒冷、艰难且悲伤的日子。有一天，莱布尔——就像其他人一样——患上了伤寒。莫舍尽最大的努力照顾着他的父亲。在死神面前，父亲和儿子同心协力，想要弥补错过的岁月。

就像里芙卡之前一样，莱布尔也得以在自己孩子的怀中死去，这真是上帝的仁慈。但是他的死漫长而痛苦，这一幕是在夜里发生的，就在棚屋之中，莫舍紧紧地搂着父亲滚烫的身体。

莱布尔不停地打着寒战："莫舍，"他说，"好疼啊。"

莫舍把一根手指放在嘴唇上，说道："嘘！"就好像他面对的是一个孩子。

"我怕！"莱布尔叫道。

"你再也没有什么需要害怕的了。"莫舍回答说。

"里芙卡在哪儿？"

莫舍沉默了一会儿，接着说道："她在家里。她在等你。"

他看到他的父亲哭了起来，他不知道，这眼泪是为了她，还是为了儿子，抑或是为了自己而流，为了所有这些错过的年月。

"我什么时候能见到她？"莱布尔在谵妄中问道。

"快了，"莫舍说，"很快，也许明天就能见到了。"

莱布尔没有明天了。太阳升起的时候，莫舍抱着他的父亲来到万人坑，看着那个把他拉扯大的男人的尸体，掉落进黑漆漆的深渊之中。

现在他是个孤儿了。

*

和塞德尔的课程继续进行下去，莫舍不停地以此来换取一点苟活的时间。他的学生并非冰雪聪明，却渐渐取得了进步。在莫舍眼中，塞德尔就像个孩子，他会淘气地笑，开心地笑，高兴地拍手，会把本来一目了然的事情当作天大的诀窍。但是他也随时可能失去兴趣，或者因为一个魔术无法上手而大发脾气。扎巴提尼是个耐心而平静的老师。他早已学会屏蔽自己的感官，情绪对他而言太奢侈了。他既不特别幸福，也不显得不幸，他只是在场，除此之外没有更多。

这是他真正的绝招：在屠宰场继续生活，并且似乎对周围的屠宰毫无察觉。

当某一天有人告诉他，他将被运往"东方"时，莫舍并不显得特别意外。

他知道，这意味着，塞德尔开始对他感到厌烦。上一次莫舍出现在他办公室的时候，指挥官露出了无聊的表情。莫舍施展出浑身解数，他开玩笑，扮鬼脸，可是塞德尔始终心不在焉，时不时地在写字台上一堆纸张里搜寻翻找着。

因为莫舍已经没有可以传授的秘密了。他早已把自己所有诀窍的每一个细节都透露给了塞德尔。他已经一无所有。山鲁佐德讲完了她最后一个故事。莫舍将他不多的家当收拾到大旅行箱里，和其他成百上千个被诅咒的灵魂一起等待着，等待那辆将要带着他们驶离这个世界的列车。

32

最后的战斗

马克斯和家人坐在格伦代尔纪念医院的等候区里。几个小时过去了，仍然没有新消息。扎巴提尼一进急诊，就被送去了手术室。马克斯坚持要跟他一起进去，可是阿拉克良医生，一位身强力壮的亚美尼亚女医生，顶着一头狮子鬃毛般的蓬乱黑发，用一种不容置疑的语调对他说，他最好乖乖待在外头，他们不知道现在具体是什么情况，但会尽一切努力挽救他。

扎巴提尼的状态一直都不太好。有时候，通往手术室的双开门会突然打开，马克斯能够看到里面一派忙碌的样子。医生和护士们围着老人站着，一台机器发出一声拖长了的"哔"声，马克斯知道，这不是个好迹象，这是他看了无数电视剧得出来的经验。一个医生好像要在扎巴提尼的胸脯上挠痒痒，他把一个金属船桨一样的东西贴在扎巴提尼的身上，然后做出一个手势，扎巴提尼立刻就抽搐起来，好像是个被人拉动了提线的木偶。双开门一旦关上，就仿佛来到了广告时间，剧情很突兀地被打断了。马克斯站起来，焦虑地走来走去。他来到奶奶身边，老太太正一动不动地坐在等候室的一张长椅上，双眼盯着脚底下的树脂地板。马克斯主动坐到了奶奶边上，他已经很久没有这样做了。

"奶奶？"

过了好一会儿，奶奶才好像注意到了他。

马克斯清了清嗓子，问道："你是怎么认识他的？"

妈妈和爸爸抬起头来。爸爸往奶奶这边挪了挪。

"对，"他说，"我也很想知道。"

奶奶心不在焉地摆了摆手，这是她经常做的动作，"唉。"她咕咕哝哝地说。

"妈妈！"爸爸听上去都快哭了，"求你了！"

要是在平时，马克斯根本受不了爸爸的这种声调。奶奶抬起头，看了他俩一眼，仿佛刚刚从混沌中脱身，突然露出了小婴儿第一次留意到周围世界的惊奇神情。

"他救了我的命。"奶奶说。

*

医生和护士不断地进出手术室，同时，马克斯和他的父母都聚集到了奶奶的身旁。

"水，"她对哈里说，"给我倒杯水来。我渴了。"

爸爸站起身来，走向一台饮水机。他用一个纸杯装满一杯水，端到奶奶面前。他母亲把水杯放到身边的茶几上，完全没有注意他。

"战争开始的时候，"她开始了，"我刚刚出生。"

"我知道，"爸爸说，"你跟我讲过的，那是在奇恩多夫……"

"没错，"奶奶说，"在巴伐利亚。"

马克斯伸长了两条腿，关于这段故事，他已经听过很多遍了。但是大部分时候，奶奶的回忆都像是炒鸡蛋，各种细节混成一团。像今天这样又清楚又专注地讲话，对于奶奶来说，是不太常见的。

"虽然战争已经肆虐了很多年，在我们奇恩多夫，人们却并没有受到太大的影响。我们那儿依然是相当太平的。"

"妈妈，"爸爸说，"你不是要喝水吗？"

"不要打断我，"奶奶盛气凌人地叱责道，"你总是不让我讲完。"

"对不起，"爸爸说，"你继续。"

奶奶重新拾起话头："一切都很太平，至少妈妈是这么说的。我们很幸运，因为我们的邻居非常友好。他们为我们冒了很大的风险，让我们住在他们的谷仓里面。那时候，做个犹太人是不被允许的事情。"

"不被允许？"马克斯不明白。

"是的，"奶奶说，"当时有很多条法律，如果你是个犹太人，你天然就触犯了这里面的大多数条款。"

"这怎么可能呢？"马克斯追问，"怎么可能光是存在就是错误的呢？"

奶奶耸了耸肩，去端水杯，以便营造出一段戏剧性的停顿。

"德国人当时，"她说，"把不可能的事情变成了可能。"

她喝了一口水，重新放下杯子。

"那时候，"奶奶继续讲道，"德国人很穷。然后希特勒来了，对他们说，'让我们把犹太人的钱拿走'。所以他们就选了他。他们偷走了我们所有的东西，等他们发现，我们已经一无所有，他们什么也偷不到了，就把我们关进了犹太人区，最后关进了集中营。他们还侵略了其他的国家：波兰、法国、俄国，在那儿他们也偷光了一切。德国人就像喜鹊一样，他们打劫一切闪光的东西。"

"后来发生了什么？"马克斯问。

"后来他们就必须杀掉所有人。偷光别人的东西，还留着他们的性命，这是不明智的。"

"但你们不是没事吗？"

"一开始是这样。我们的邻居是正直的人，他们一直把我们藏在家里。但是你得明白，这不是免费的，爸爸付了他们钱。"

"啊——"马克斯说。

"过了一阵子，那时候我已经5岁了，爸爸——也就是你的曾祖父——的钱花光了，我们没有钱再付给邻居了。"

"然后呢？"

"然后他们就去找盖世太保。盖世太保抓到了我的爸爸妈妈，就付给邻居钱。"

"盖世太保是什么？"马克斯问。

"他们是希特勒的秘密特工。"爸爸突然插嘴。

"秘密特工？"马克斯糊涂了。据他所知，秘密特工应该是好人。希特勒是坏人，可是詹姆斯·邦德是好人。詹姆斯·邦德肯定不会为希特勒工作。

"他们是坏特工。"妈妈带着勉强的微笑说道。

好吧，马克斯想，明白了。有时候詹姆斯·邦德也会碰到坏特工。

"所以，"奶奶接着说道，"盖世太保就来到了我们躲藏的谷仓。"

"他们想让你们出来是吗？"

奶奶摇了摇头。"不，"她说，"他们想让我们待在里面。"

"可是我以为，他们想要偷你们的东西？"马克斯问，现在他彻底糊涂了。

"他们已经偷完了。他们已经拿走了我爸爸所有的一切，包括他的店。他以前是钟表商。"

"后来呢？"马克斯问。

"他们敲着谷仓的门。我妈妈把我藏在稻草里，用她的手牢牢地捂住我的嘴，不让我发出一点声音。我们一声都没有吭。他们继续'咚咚咚'地敲门，一边喊着说：'我们知道你们在里面，你们这些犹太猪。'"

"可是你们没有出去？"

"没有，"奶奶说，"我们没有出去，我们暗暗希望，如果他们没有找到我们，他们就会离开。"

"后来呢？他们离开了吗？"

"没有。他们把谷仓从外面锁上，然后点着了。"

马克斯惊呆了，他想了一会儿才问道："但是你们活下来了？"

奶奶点了点头。"火已经快要烧到我们身上了，这时候我爸爸跳了起来，喊道：'让我们出去，让我们出去！'"

"然后呢？"

"他们打开谷仓的门，我们就出去了。啊，你不知道那些德国人笑得多带劲儿！"奶奶一边说，一边忍不住也微笑起来，"只有那些邻居很恼火，因为他们的谷仓被彻底烧没了。"

"他们去找一个军官抱怨，于是他给他们开了一张收据。德国人就喜欢这种东西，收据。可是邻居还是不甘心，他们非常生气。"

"那你呢？"

奶奶两手一摊，叹着气说："我父母非常害怕，所以我也很害怕。我一直紧紧地抱着我的泰迪熊。我们被迫上了一辆车，然后就被运到了菲尔特的警察局。我们就在那儿等待着。"

"然后呢？"

"几个小时之后，我们和其他一些犹太人被塞进汽车，运到了慕尼黑的火车站，接着他们就把我们从慕尼黑运往东边去。"

33

箱包工厂

　　罗塞尔·费尔德曼和她父母的苦难还远远没有结束。首先他们不得不顶着令人窒息的酷热在火车站等了好几个小时。他们周围足有几千号人，每个人都在等待自己的命运。人们沉默地站着，冒着汗，忍受着折磨。开始的时候还有人互相交谈，可是不久之后，谈话声就消失在午后的炎热中。没有人再愿意说话。最后火车终于来了，罗塞尔和父母在一个带有窗帘和丝绒座椅的包厢里找到了靠窗的座位。

　　到了达豪，火车慢了下来。罗塞尔的父母有些迷惑，达豪？他们以前来过这里，有时是拜访朋友，有时是来逛逛市场。火车居然带着他们途经熟悉的地方，这种感觉真是奇怪。罗塞尔让她的泰迪熊向窗外看时，他们正停在一个被铁丝网包围起来的地方，这真是一个糟糕的征兆。尽管如此，罗塞尔的父亲却坚持认为，事情肯定不会变得更糟了。他就是不愿意相信，情况很有可能还会继续恶化。事实上对于变糟这件事情，命运多的是各种阴谋诡计，它根本就还没有施展开来。他们只是短暂地在达豪停留了一下，很快又上路了。旅途的终点是波兰一个名叫奥斯威辛的小地方。这趟旅程持续了很多天，费尔德曼家迄今为止从未经历过如此糟心的日子。丝绒座椅已经成为过去，在波兰的一个小火车站，他们不得不转车。罗塞尔和父母跟其他几百号人一起，被赶到了一个装运牲口的车厢里。所有人都没有洗漱，车厢里弥漫着体臭和恐惧的味道。车上唯一供人解手的是车厢角落里的一个小桶，旅伴们称它为"波兰最美的厕所"。那东西散发出的臭味简直让人无法忍受。

没多一会儿，这个桶就装满了。这时候罗塞尔想上厕所，她实在憋不住了。她把泰迪熊紧紧地贴在心口，挣扎着穿过周围的人腿森林。可是当她终于来到桶边的时候，她怀疑起来。就在这儿？直接这样？也许她可以蹲在桶的上面，虽然在一辆运行中的火车里这么做非常艰难。可是，请问，厕纸在哪里？罗塞尔转头看了看，她看到一个年轻男人，脸上带着乖张又傲慢的神情。他正坐在一个大旅行箱上，像这里的很多人一样，他穿着一件条纹西装，西装的外面则披着一件破旧的黑色斗篷。他注意到了她的目光。

"你想干吗？"他生硬地问。

罗塞尔看向地面。"没什么。"她轻声说。

但是男人注意到了她偷瞄便桶的眼光，他明白了，站了起来。

"来吧小公主，"他说，"您的宝座在等着您呢。"

罗塞尔小心地向着便桶走去，发现桶边上已经积了一圈臭烘烘的液体，耳边充斥着苍蝇嗡嗡的叫声，她努力地和自己的恶心做着斗争。男人把斗篷抖开，替她遮挡住其他人的眼光。

"去吧，"男人说，"我保证不偷看。"

她抬头看着他，把泰迪熊递给他。他叹了口气，从她手里接过了小熊，再次张开了斗篷。

"谢谢。"罗塞尔喃喃地说。她踮着脚走近散发着臭味的桶。拉下短裤，小心地撩起裙子，接着蹲下来，闭上了眼睛。

"快点，"男人咬牙切齿地说道，"我可没有那么多时间。"

"是吗？"罗塞尔说，她一点都不喜欢别人催促她，"你今天还有什么别的安排呀？难道是要去公园散步？"

"不是，"男人勉强地按捺着性子，"但是我的胳膊很累。"

"哦！"罗塞尔说。她突然发现，他的左边胳膊看上去确实有点不对劲。她加快了速度。

"你有厕纸吗？"她问。

"当然了，"男人回答，"玫瑰香味的可以吗？"

"对不起。"罗塞尔含糊地说，她觉得自己很蠢。

出乎意料的是，男人把手伸进口袋，真的递给她一张纸。那是一张类似传单的纸，上面印着一个穿白色连衣裙的女子，她正飘浮在空气中。纸上还印着几个大写的彩色字母，可是罗塞尔还没有正式学会拼读。她喃喃说了一声"谢谢"。

"好了。"她很快宣告。

"那曾是我的生活。"男人突然说道。

"请再说一遍？"罗塞尔礼貌地问。这是妈妈教她的。

"那张纸，那是我的生活，之前我的一切，而现在……"他的声音忽然变得极其悲伤。

罗塞尔不知道对此该如何回答。为了转移他的注意力，她问道："箱子里是什么呀？"

他强迫自己挤出一个微笑："通往自由之路。"

罗塞尔把手叉在腰上，放肆地说："才不可能呢。通往自由之路怎么可能塞进一个箱子里？"

"这是魔术。"男人说，"如果你钻进箱子，就能逃离这儿。"

有那么一会儿，她试着相信他。"那你为什么不逃呢？"她问。

"因为我个子太大了，我进不去。"

她点了点头，这倒说得通。

"那你呢？"男人带着一种更像是伤感而并非开心的微笑问道，"你想离开这儿吗？"

她思考了一下，摇了摇头。"不行，我得待在这儿，照顾我的爸爸妈妈。"她偏了偏脑袋，指向车厢另一个角落里的父母，他们正精疲力竭地靠在木板隔墙上，半睡半醒，嘴巴张开，看上去像是干涸了的鱼缸里的鱼。

"你的父母在哪儿？"罗塞尔问。

"他们死了。"男人回答。

"真抱歉。"

"不用感到抱歉。"男人说，"这对他们是好事。我们这儿所有的人都被监禁着，只有死人是自由的。"

"还有能钻进你箱子的人。"

"对，他们当然也是。"然后他问罗塞尔，"你想让我把你的泰迪熊放归自由吗？"

她看向她的熊，又看了看男人，最后点了点头。"好的，谢谢。"

罗塞尔很清楚，这是她生命中极其严肃的一个时刻。她要和她的熊分离了，也许是永别。这只泰迪熊保护了她一辈子，从现在开始，她必须一个人承受一切了。可是这样对它更好。她最后拥抱了它一次，然后把它递给了男人。

"给它一个离别之吻吧。"他说。

她在小熊毛茸茸的脑袋上亲了一下，做出一副很勇敢的样子："它说，它准备好了。"

男人打开旅行箱，箱子里什么都没有，罗塞尔向里面张望着，却只看到隔板，她皱起鼻子。箱子散发出一股霉味，有点像经年的汗味。

"我没看到通往自由之路。"她说。

"看好了。"男人回答。

不知不觉间，小女孩和穿斗篷的男人的对话引起了站在周围的一些人的好奇，他们探头看向他们这边。男人小心地从罗塞尔手中拿过泰迪熊，把它放进箱子。接着，他锁上箱子，闭上眼睛，开始喃喃地念起神秘的句子。突然，他睁开眼睛，就好像刚从沉睡中惊醒。

"现在看好了。"他说。

当他打开箱子的时候，小熊消失了。罗塞尔不知道自己应该哭还是笑，这样的事她还从来没有遇到过！

男人又闭上眼睛，他皱着眉头，嘴里念念有词。

"怎么了？"罗塞尔问。

男人张开眼睛，说道："它想待在你身边。"

说着，他又锁上箱子，接着再次打开了它——小熊突然又出现了！罗塞尔高兴地惊呼一声。她一把抱过小熊，紧紧地搂着它。

　　男人又笑了，这一次，他的微笑没有了伤感的味道。"伊斯特嘉禾，嘉塔，寇雅斯特！"他说着，微微鞠了一躬。

　　"伊斯特嘉禾，嘉塔，寇雅斯特，"罗塞尔跟着他念道，"这是什么意思？"

　　"这是波斯语。"

　　"可这是什么意思？"

　　"你真的想知道吗？"

　　她点了点头。

　　男人好像在思考，接着他朝她弯下腰来，"我还从来没有告诉过任何人。"他对着她的耳朵悄悄说道。

　　"真的吗？"

　　"这是我在一本词典里找到的，意思是'请问火车站在哪儿？'。"

　　罗塞尔哈哈大笑起来。"伊斯特嘉禾，嘉塔，寇雅斯特！伊斯特嘉禾，嘉塔，寇雅斯特！"她开心地叫着。接着她问道："你叫什么名字？"

　　他本来想用艺名介绍自己，可是很快又改变了主意。"我叫莫舍，"他颇为自豪地说，"来自布拉格的莫舍·戈尔登希尔施。"

　　"我是罗塞尔，"她回答，"来自齐恩多夫的罗塞尔·费尔德曼。"

　　"很高兴认识你，年轻的女士。"他深深地鞠了一躬，做了个行吻手礼的姿势。

　　罗塞尔咯咯笑着，羞红了脸。"我得去我父母那儿了。"她说。

莫舍·戈尔登希尔施点了点头。

*

两天之后，他们来到了奥斯威辛，这个被上帝遗弃了的地方，这个德国人称为奥斯维兹的地方。当火车慢慢减速，人们紧张地透过木板间的空隙向外窥视，想要知道，在终点站等着他们的究竟是什么。

一个穿着过于肥大的大衣、看上去精疲力竭的女人努力穿过车厢里拥挤的人群，向莫舍走来。

"这位先生！"她喊着，"就是您！"

莫舍向她投去一记疑问的眼光。

"请您帮帮我。"女人说道。

莫舍装模作样地笑了起来，带着一股傲慢之气。"帮您？"他问道，"怎么帮？我连自己都帮不了。"

火车发动机规律的隆隆声撕扯着他的神经，他的心情越发地阴郁，怒气随时都会爆发。他已经预料到，在旅途尽头等待他们的不会是什么好结果。

女人更加靠近了一些，她靠得太近了。"救救我的女儿吧，"她哀求着，"求您了！"

她的身后站着一个小女孩，莫舍认出那是罗塞尔·费尔德曼。

他又看向女人。"为什么我要这么做？我有什么好处？"他冷冰冰地问。

女人安静下来。最后她终于说道:"我什么都没有了⋯⋯"她突然歇斯底里地尖叫起来,"我没法给您任何东西⋯⋯"

接着,她做了一件让莫舍无法想象又极其尴尬的事:她跪在他面前,正好在便桶的旁边。她抱着莫舍的腿,开始抽泣:"请您救救我的女儿,求您了,您的箱子⋯⋯"

莫舍无助地四下看着,其他旅客似乎并没有注意到这边的动静。每个人都担心着自己的命运,专注于自己的绝望。到处是迟钝的眼光、泪水和祈祷。而他的脚下,哭泣的女人仍然抱紧他的腿:"在这个世界上我已经一无所有了。求求您,求求您救救我的孩子吧!"

莫舍想尽快结束这尴尬的一幕。"好吧,"他说,"我们试试看。"

现在女人开始亲吻起他的手,这比她的眼泪更让莫舍受不了。

"谢谢。"她喘息着说道。

莫舍把手抽了回来。女人站起来,把女儿推到前面。

"哈罗。"罗塞尔害羞地说。

"哈罗,罗塞尔,"莫舍回答,"你妈妈说,我应该试着让你自由。"

女孩却摇了摇头,"我想跟妈妈在一起。"

火车在这时候突然往前一晃,罗塞尔和妈妈差点摔倒,幸亏在最后一刻稳住了身体。车厢里传来此起彼伏的呻吟声,火车头咝咝地响着,好像一只垂死的动物。

莫舍知道,车门每分钟都可能打开。他"啪"的一声打开箱子:"要么现在,要么就算了。"他说。

"听话,罗塞尔,"妈妈乞求着,"为了我,求你了。"

然而罗塞尔扑到她的脖子上,用细瘦的胳膊搂住妈妈,放声大哭起来。"不！"她喊着，"我要跟你在一起。"

莫舍看到一个男人来到了她的身边，这应该是她的父亲。"罗塞尔！"他气急败坏地叫道，"听妈妈的话！"

"不要！"女孩跺着脚嚷道。

突然，罗塞尔的父亲伸出右手，赏了女儿一个耳光。女孩惊异地看着父亲，她的脸颊红肿起来，罗塞尔委屈地抽泣起来。

"快！"妈妈嘘声说着。

小女孩害怕地点了点头，屈从了。她转过身，爬进了箱子里。泰迪熊必须跟着她。

莫舍弯下腰对着她，指给她看那个可以从里面打开箱子的按钮。接着他说道："罗塞尔，听好我说的话：千万不能动，无论发生了什么，都不许动，不管你听到了什么，都不要动，也不要发出声音，而且你绝对不能出来，明白了没有？只有当周围一点声音都没有的时候，才可以出来。"

小女孩胆怯地看着他，慢慢地点了点头。她又看向她的父母。

他们眼中饱含着泪水。父亲脸上的恼怒早已不见了踪迹。"我爱你。"妈妈说。

罗塞尔只是张大眼睛看着她。

莫舍"啪"的一声关上了箱子。真是千钧一发，因为正在这一刻，车门被推开了，新鲜空气涌进车厢，其间弥漫着骨灰的味道和某种特殊的甜味，莫舍立刻就闻出了它。外面传来呼叫声和狗叫声，士兵开始把人们拽出车厢。车厢慢慢地变空了，罗塞尔的父母看了莫舍最后一眼，下了车。

从莫舍身边经过的人似乎并不关心箱子里面的女孩。确实有几个人留意到了刚才发生的事儿，可是那跟他们有什么关系呢？一位年纪较大、身形瘦弱的犹太人一直密切注视着他们，他看向莫舍的眼睛，露出一个像是个微笑的表情，点了点头。莫舍松了口气。观众已经看穿了他的戏法，可是他们不想拆穿他，他们不愿毁了他的表演。

车厢已经半空，这时莫舍发现，木头地板上躺着几具尸体。都是些老年人，没能熬过旅途的辛劳。人们就这样踩着他们的尸体走了过去。

莫舍提起箱子下了车。女孩虽然很瘦，但是莫舍已经筋疲力尽，他手里的箱子直往下坠。

外面天已经黑了。对于小罗塞尔来说，这是件好事，因为太亮的灯光会破坏所有的幻象。莫舍和其他千百个迷失的灵魂一道，挤挤挨挨地站在一个宽阔的水泥斜坡上。党卫军不停地在周围走动，呵斥、教训着他们这些新来的人。在前面，他看到了警犬、穿着制服挎着长枪的军人以及铁丝网。卫兵开始把这些新来的人分成两队，莫舍马上明白了其中的含义。最近几个月，他已经学到了纳粹的思维方式，这两队人的区别没能逃过他的眼睛：一队都是老弱病残，而另一队中的人看上去都还算健康。健康意味着能干活，能干活意味着可能还有机会。莫舍把箱子放在地上，他不想让他们觉察到他体力不支。党卫军大声喊叫着，像是疯了一样。莫舍看到罗塞尔的母亲——她在火车上看起来就已经摇摇欲坠了——被一个戴黑色皮手套的卫兵拉到了左边那个老弱病残的队伍里。她的丈夫想跟过去，但是穿军装的卫兵把他推了回来。

"你不过去。"他呵斥道。

"求您了,"女孩的父亲说道,"请让我和我的妻子待在一起吧。"

"你不去。"卫兵重复了一遍,举起手做了个拒绝的姿势。

罗塞尔的父亲看向他,极其平静地说:"无论她去哪里,我愿意跟她一起。"

卫兵承受不住他的目光,把手放了下来。

罗塞尔的父亲轻轻说了一声"谢谢",从沉默着的党卫军身边走过,来到左边的队伍里,站在妻子身旁。她看着他,好像认为他彻底失去了理智。

莫舍看到卫兵从军装口袋里掏出一个扁酒瓶,猛地喝了一口。他的目光显得既疯狂又心不在焉。然后他继续工作,顺着人群一个个地分派着,时不时地大声吼叫,下手痛揍。选择必须进行下去。

当他来到莫舍跟前时,莫舍害怕地屏住了呼吸。

"你去右边。"党卫军说道。他的眼光移到下方,看到了地上那笨重的大箱子。"行李放到那儿。"他指了指大约五米开外的一大堆东西,那里堆满了大包小包,各种箱子和各式女士拎包。"别忘了写上你的名字,省得以后找不着。"

一个穿着囚衣、骨瘦如柴的集中营犯人递给莫舍一根粉笔。莫舍在箱子上写下了"扎巴提尼",并在名字底下画了一条弧线,就像他在温德嘉登表演结束之后给观众们签名时一样。

"扎巴提尼?"党卫军问道,"这是个什么名字?"

"我是波斯人。"莫舍说。

"胡说八道，你是犹太人。"

"我祖籍波斯，"莫舍坚持着，"波斯人是雅利安人。"

"你是个犹太人，"党卫军说道，"你就是一坨屎，不比屎更值钱。永远不要忘掉。"

莫舍无助地点了点头。

"重复一遍。"党卫军命令着。

"我是一坨屎。"莫舍说。

"你没有活着的权利。"

"我没有活着的权利。"

"这就对了。"党卫军微微一笑，像是老师教会了学生一些有用的东西。他做了个手势，瘦弱的囚犯接过莫舍的箱子，想把它和其他行李拉到一起。箱子的重量让他发出一阵呻吟。

莫舍环视四周，罗塞尔的父母正从左边的队伍里紧张地关注着这一幕，党卫军也发现了，拖行李的囚犯搬得很吃力。

"箱子里装了什么？"他怒吼起来。

"什么也没装。"莫舍说，"他们把我的一切都拿走了。这是个旧型号，箱子本身很重。"

党卫军怀疑地看着他。"给我打开！"他对囚犯说。

莫舍衷心希望，康拉迪·霍斯特的机关不要在这个时候失灵。他强迫自己不要看向小女孩的父母。

囚犯的手被冻麻了，他打不开箱子上的锁。

"快打开，动作快点，快！"党卫军重复了一遍，声音里带着一丝令人胆寒的怒气。

"好的。"犯人说，因为害怕而颤抖着，他费劲地摆弄着锁，却依然没有打开箱子。

党卫军受够了。他掏出手枪，一枪击中了犯人的脑袋。枪声几乎被周围的嘈杂声和斜坡上的怒吼声掩盖了。犯人像个被压碎了的洋娃娃一样倒向地面，他的脑袋上出现了一个大洞，箱子上溅满了血。

党卫军重重地走过来，一把拉开箱子。

莫舍闭上了眼睛。

哦，上帝啊，亲爱的上帝，我恳求你。

他的心脏剧烈地跳动着。如果小女孩被发现了，他们两个都得死。

他睁开眼睛。

党卫军向箱子里张望着。天已经黑了，而他喝了酒，这帮了大忙。他摇了摇头。

"空的。"他说。声音里带着一丝失望。

他挥了挥手，叫来另外两个囚犯，把死去的囚犯抬起来，丢到一辆装满尸体的手推车上。党卫军合上了箱子，推着莫舍继续往前走。

直到这时候，莫舍才敢转过头去，看了看罗塞尔的父母。他们眼中露出大大松了一口气的表情。

党卫军吹响哨子，选择结束了。新来的人被分成了整齐的两排，向着不同的方向列队前行。莫舍看到女孩的父母手牵着手，消失在了一个拐角之后。

在离开斜坡之前，莫舍又向旅行箱投去最后一眼，它正立在一堆其他行李中间，无人看守。

34

活着的人

通向手术室的门打开了，阿拉克良医生走了出来。她先是看了看一个随身携带的文件夹，然后抬起了眼光。

科恩一家看着她，除了奶奶。奶奶脑袋靠在墙上，正打着呼噜。哈里四肢伸展地躺在一条长椅上，德博拉握着马克斯的手。

大约十五分钟之前，马克斯和妈妈终于开始说到了之前的那次吵架。就是在那次吵架之后，马克斯从房间的窗户爬了出去。他们谈到了互相攻击时使用到的那些可怕的语言。自从那件事发生之后，母子俩一直尽力避免这个话题。现在德博拉把儿子搂进怀里，轻声地说："我真的非常非常抱歉说了那些话。"

马克斯也紧紧抱住妈妈，说道："我也是。"

爸爸带着一丝恼怒，又带着一点感动地看着这和谐宁静的画面。他原本坐在和他们隔着几个位子的地方，现在挪得靠妈妈近了一些，但是妈妈把身子转过去，避开了他。

阿拉克良医生咳嗽了一声。

"请问您们几位是这位老先生的家人吗？"她问。

马克斯和妈妈互相紧张地看了一眼。

"不是，"最后德博拉终于说道，"不能算是真正的家人。他是我们家的一个朋友，是家里的一位客人，他已经没有活着的家人了。"

"我明白了。"阿拉克良医生说。

"他怎么样了？"马克斯问。

医生耸了耸肩，"很难说，现在他的状态稳定下来了，但仍然比较危急，这么说吧，他还没有脱离危险，我们把他送到了特护病房，以他的年纪……"

"我们能进去看他吗？"德博拉问。

"我认为这不是个好主意。"阿拉克良医生说，"他需要休息。"

"休息？"奶奶醒了，"你说休息是什么意思？"她愤怒地问，"好几个钟头了，他一直都躺着。"她站了起来，抓过手提包，"我们走。"

"特护病房在哪儿？"妈妈问。

阿拉克良医生指了指电梯。"在二楼，不过探视时间已经过了。病人需要休息。"

"一派胡言，"奶奶说，"看到我他会高兴的。"

"上一次他看到你的时候，"爸爸突然插嘴，"他心肌梗死了。"

在一阵讨价还价之后，阿拉克良医生终于同意让他们进去五分钟。看来在奶奶的钢铁意志面前，哪怕是老练的医生也要败下阵来。一定不能让病人激动，医生嘱咐道，不过看来她也明白了，在现在这个困难的时刻，让扎巴提尼知道自己并不孤单，对他更有好处。

电梯把他们送了上去。门开了之后，他们发现自己来到了一个粉刷成淡绿色的走道里，走道墙壁上挂着莫奈的画做装饰。阿克拉良医生把他们带到了扎巴提尼的病房。

老人躺在床上，身上插满了各种各样的管子和电线。监视器有规律地"哗哗"叫着。他醒着，当科恩一家进来的时候，他转过头来，露出虚弱的微笑。他看上去就像一只濒死的乌龟。

"莫舍·戈尔登希尔施，"奶奶说着，来到床边，"我还根本没有向你道谢呢。"

他无力地摆了摆手，低声说道："哎呀，没事没事。"

"没有这个男人，"奶奶说，"我就根本不会活下来。"她指了指哈里和马克斯，"而你们，先生们，你们根本不会出生！"

奶奶的这番话在马克斯听来简直像一个威胁。他点了点头，只简单地回答道："是的，奶奶。"

扎巴提尼挥手示意奶奶靠近一点。"能……"他开口说道，"能不能帮我把枕头抖松一点？"

"男人哪！"奶奶嘟囔着，叹了口气。她小心地把枕头从扎巴提尼脖子底下抽出来，拍了拍，抖了抖，又把他的脑袋再次搁到枕头上。"没有我们你们还能做成什么事？"马克斯听得出来，她为自己能够像妈妈一样照顾扎巴提尼而感到有些高兴。

奶奶拉过一张椅子，坐到扎巴提尼床边，两个人对视着，眼睛里都盛满了毫不掩饰的惊奇。在他眼中，她还是当时那个小姑娘，而在她看来，他仍是火车上那个瘦弱、英俊的年轻男子。

"你竟然活着！"扎巴提尼低声惊叹。

奶奶点了点头，她拿出手帕，偷偷擦拭掉一滴泪水。"我也从来没有想过，你能在集中营里活下来。"她说。

"只要活着，"扎巴提尼说，"就是一种祷告。"

"什么？"

"这是我父亲常说的一句话。"扎巴提尼轻声解释道。

她小心地用自己的手握住了他的手。他没有拒绝。

"你是怎么逃出来的？"他问。

奶奶深深吸了一口气，扶正了眼镜。"首先，我爬进了箱子……"

"没错，箱子。"扎巴提尼打断了她，露出一丝微笑。

"通往自由之路。"奶奶说。

35

魔术

　　罗塞尔·费尔德曼完全没有感到获得了自由，她原本以为，箱子里会出现一条神奇的隧道，通过这条隧道她会去到另外一个地方，一个充满阳光、可以呼吸新鲜空气的地方。可是现在，她被困在这个又黑又窄的箱子里，就像来到了棺材里一样。她的身体上方是箱子的假底。待在这里的这段时间，已经足够让她弄明白箱子工作的原理。她把身体尽量缩成一团，同时尽力平静地呼吸。这就像玩捉迷藏一样，现在最重要的就是不能让别人发现自己。她听到外面传来愤怒的吼叫，高声的呼喊，还有犬吠的声音。一片嘈杂。她感觉到箱子被提着走，接着有人在地上拖着箱子走，为了避免剧烈的摇晃，她不得不用胳膊和腿抵着箱壁。然后箱子停了下来，好一会儿，什么事也没有发生，她能听到外面传来交谈声。

　　突然间，有人想要打开箱子。罗塞尔非常惊慌，差点要尖叫起来，但是她用双手紧紧捂住嘴，咬住自己的舌尖。莫舍·戈尔登希尔施说过，千万不能出声。她又听到了说话声，接着是一声枪响。

她吓了一大跳，但是控制住了自己。她带着一股顽强，始终保持着沉默，她从来没有预想到，自己有这么坚强。箱子边上有什么东西倒在了地上。是人吗？

箱子突然打开，冰冷的空气灌了进来。她起了一身鸡皮疙瘩，当然不只是因为寒冷。罗塞尔死命地闭紧双眼，强迫自己去想"我是隐形的"。至少她希望自己是隐形的。而且事实上，她好像真的做到了。没过多一会儿，箱子又被关上了。她暗暗地吐出一口气。接下来没有再发生什么，她听到了一阵锐利的哨声，渐渐地，说话声和嘈杂声都越来越远。她感觉好像已经过了一辈子那么久，她的四肢开始僵硬，胳膊和腿都开始发痒，后背开始疼痛。她试着让自己想点别的事儿。她想到在齐恩多夫时爸爸总会给她讲的睡前故事，那些关于好心的小精灵和友善的小矮人的故事。她必须分散自己的注意力，因为她知道，只要发出一点声音，或是乱动一下，自己就有可能被发现。不知什么时候，因为抵不过害怕和困顿的侵袭，她终于迷迷糊糊短暂地打了个盹。

箱子突然又动了起来，她一激灵吓得醒了过来，但立刻又强迫自己保持平静舒缓的呼吸。她出汗了，但是她额头上的汗似乎全是冷汗。她的胳膊和腿都麻木了。箱子被粗鲁地拖走了，接着被抬到了什么地方，也许是一辆手推车上。罗塞尔以一种极不舒适的姿势斜躺着，她不禁呻吟了一下，可是立刻就后悔了。

女孩不知道，她现在已经离开了最危险的区域。党卫军们已经走远，他们去忙别的事情了，负责运输箱子的是集中营里的囚犯。手推车吱吱呀呀地震颤着往前走，罗塞尔想到了父母，不知道他们在哪里，也不知道什么时候才能够再看到他们。想到这些，她的眼中不禁盈满泪水，但是她克制住了自己。不管发生什么，她必须继续玩捉迷藏的游戏。

箱子和箱中的宝藏被卸了下来，接着又被抬起，并再一次被粗鲁地堆放到不知哪里的地面上。这一次罗塞尔做好了准备，她支撑住自己，也没有发出呻吟。寂静。从很远的地方传来微弱的说话声，她的眼皮又开始打架，她感觉自己仿佛被推远了，终于放松了，自由了。

她不知道自己到底睡了多久。总之她是被四肢的疼痛弄醒的。外面仍然没有声音，她下定决心。她已经无法再忍受这逼仄狭小的藏身之处，而且莫舍·戈尔登希尔施说过，如果外面一点声音都没有，她就可以出来了。她打定主意要打开箱子，冒险向外头偷瞄一眼。她小心地用一只手托起双层底座，另一只手伸了出去，在缝隙处摸索着莫舍·戈尔登希尔施指给她看的按钮。她非常小心地按了一下。箱子开了一条缝，罗塞尔偷偷向外窥视着。

她正躺在堆成了山的行李当中。她还从来没有见过如此多的大包小包和各式箱子。它们堆在一起，每一件行李的上面都有一个名字，还标着几个数字。她又向四周看了看，发现自己身处一个贮存仓库里。

这是哪里？她问自己，我流落到什么地方了？这里看上去像个工厂，一个箱包工厂。

她看到砖砌的墙和木板做的天花板。天花板上挂着的吊灯勉强照亮了大厅。大厅中间有许多大桌子，上面摆放着打开的行李。

罗塞尔听到声响，她赶紧盖上了箱子。

她没有看到，一群囚犯在两个党卫军的押解下来到了大厅里。囚犯们开始把一件件行李从行李山上搬到大桌子上，在党卫军的监视下，他们打开箱子，开始仔细翻找起来。衣服和不值钱的东西被扔到一边，钱、黄金和珠宝则必须立刻送到一个穿制服的男人那儿去。这个男人进来得比较晚，一进来就坐到了边上的一张桌子旁。他的面前摆放着一本展开的大本子，他把这些值钱的东西仔细地记录在本子上。两个卫兵则一边监视所有的囚犯，一边聊着天。

他们就站在罗塞尔箱子的边上，小女孩偶尔能听到几句谈话。他们正在说着一场足球比赛的结果。罗塞尔听到行李发出的咚咚声，想要试着弄清楚外面到底发生了什么。有一件事她很清楚：要想现在爬出箱子而不被发现，那是绝对不可能的。她必须继续等待。可是她还能在箱子里头忍多久呢？

她的箱子突然被举了起来，罗塞尔的心失控地狂跳着。如果她被发现了，他们会怎么处理她？她问自己。会杀了她吗？还是把她送到爸爸妈妈那儿去？那可就太好了，不过她觉得这不太可能发生。

也许他们会杀了她。她闭上眼睛，试着去设想，死该是一种怎样的感觉，可是她想象不到。也许就跟沉沉地睡着了差不多，只是不会再醒来。那样也不坏。无论如何，她马上就要知道了。

她被抬着走了几米远，然后被放了下来。箱子打开了，一双皮包骨头的瘦削的手摸到双层底座，把它掀了起来——她看向一张枯槁而吃惊的脸庞。这张脸让她想到了骷髅头，她为这个男人感到抱歉。罗塞尔举起一根手指，放到了嘴唇前面。

男人反应很快。他用自己瘦弱的身躯挡住箱子的开口，阻断了任何想向里窥探的视线。接着他拿起一条旧毯子，盖在了罗塞尔的身上。女孩在脏脏的羊毛毯子底下把自己尽量缩成一团。突然她听到有脚步声向这边走来。

"你在干吗？"有人问道。

"没什么。"男人用颤抖的声音回答。

"让我看看。"

"都是些旧衣服。"

有那么几秒，她什么也听不到，接着另一个声音说道："接着干，快点！"

她感觉到囚犯的手伸向她，把她连同毯子一起抱出了箱子，就好像她只是一捆布料。他把她放在一堆柔软的东西上，那是一堆衣物。更多衣物扔到了她的身上，没多一会儿，罗塞尔就被一堆破布烂衫盖住了，在箱子里待了那么多个小时之后，这种感觉真是太美好了。她稍稍伸展四肢，希望没有人注意到她。

然后她就睡着了。这一次，有这些柔软的衣物为床，她进入了深沉、平静的梦乡。

当她醒来的时候，发现自己在移动。她正——仍然被那些衣物包裹着——躺在一辆手推车上。她听到车轮的吱嘎声，闻到了新鲜空气的味道，也感觉到了夜晚的寒意。车子在道路尽头停了下来，有人竖起车子，她滑了下去。

罗塞尔大叫起来！她根本不可能阻止这件事的发生。她什么也看不见，只能感觉到自己在坠落，并因为害怕而神志恍惚。可是她安全平稳地着陆在一堆柔软的东西上。

她试着平息自己的呼吸和狂乱的心跳。等待了几分钟之后，她慢慢地把自己扒拉出来，爬了出去。

她的周围散落着衣服、鞋子、食物残渣和粪便。那股臭味简直让人无法忍受。罗塞尔四下里打量着，一个人影也没有。根据她的判断，她正处在一大堆垃圾的中间……她逃出来了，她在外面的某个地方，在空旷的田野里。遥望着远处的探照灯和铁丝网，她晕了过去。

*

当罗塞尔·费尔德曼再次醒来的时候，太阳已经升起。早晨的气温比夜里上升了好几度，白天即将到来，初升的阳光照亮了世界。忽然间她听到了一阵窸窸窣窣的声音，有人在垃圾当中翻捡着，她的心跳停顿了。一只手伸向裹着她的毛毯。在她有所反应之前，毛毯被拽走了。她毫无遮蔽，哆哆嗦嗦地躺在那里，就在毫无怜悯的日光底下。

来人是个穿着又脏又旧的破衣服的男人。当他看到她的时候，自己也吓得后退了一步。接着他粗鲁地抓住了她。罗塞尔根本没来得及看清他的脸，对她来说他不过是个黑色的影子。男人把她拽出垃圾堆，抱着她离开了那里。

走了没多远，他们来到了森林的边缘。男人粗手笨脚地把她往地上一放，蹲下身子看着她。他对她说了几句话，可是她没法听懂他的语言。

但是有一点她明白了：他伸出的手。她也伸出手拉着他的手，任由他带领她走进了森林。

他们手牵着手步行了大约半个小时，接着拐上一条田间小路，来到了一个小村庄。这个时刻，村庄似乎还沉浸在酣睡中。

男人把他气味难闻的大衣搭在她的肩膀上，把她拉到自己身边，和她一起走向一座小教堂。教堂旁边有一座两层楼高、粉刷成白色的房子。男人敲了敲门，没有人应答。他坚持不懈地继续敲着，直到门最后终于打开了。

一个黑色的人影出现在他们面前。男人和人影用他们那古怪的语言迅速又悄声地交谈了几句。接着罗塞尔被粗鲁地推进了房子里，门在她身后关上了。男人走了。她看向面前的黑色人影。这个人浑身上下都包裹在黑色的布料里，看上去简直像个鬼魂。但是她穿着皮鞋的脚露在外面。据罗塞尔所知，这是女式的鞋子。

鬼魂对着她说起话来，可是罗塞尔一个词都听不懂。黑色人影弯下腰来对着她，罗塞尔终于看到了她的脸——这是一张老妇人的脸。她的眼睛很和善，脖子上挂着一个银色的十字架。她正微笑着。

罗塞尔也回以微笑。

36

落幕

"然后她对着我笑了。"奶奶说。

她看向病房里的众人。家人和老魔术师都沉默地看着她。

扎巴提尼点了点头,"她是个修女?"

"是的。"奶奶说,"村子里有个小修道院,拾破烂的就把我带到了那儿。修女们把我藏了起来,一直到战争结束。我跟她们住在修道院里,她们教会了我波兰语,还给我解释了她们的信仰。"

她看着扎巴提尼。罗塞尔·科恩,父姓费尔德曼,能够活下来,多亏了他——还有许多其他人——伸手相助。扎巴提尼看起来精疲力竭,他躺回了病床上。

"我爸爸妈妈后来怎样了?"她问道,声音忽然变得像个小孩。

扎巴提尼悲伤地摇了摇头,"他们在左边那个队伍里。"

罗塞尔点了点头,她明白这意味着什么。

"我最后一次看到他们,是在他们离开那个斜坡的时候。"他绝望地看着罗塞尔,"他们手牵着手。"

好一会儿，谁也没有说话。

过了一会儿，罗塞尔以几不可闻的声音低声说道："感谢你，救了我的命。"

扎巴提尼微笑起来。

"不，"他说，"是你救了我的命。"

*

科恩一家离开医院的时候，已经过了午夜。他们先是一起坐德博拉的车前往米奇比萨宫，好让哈里拿到他停在那儿的车。在那儿他们互相告别。哈里把母亲送回恩西诺，而马克斯和妈妈则开车回家。

"星期一我必须去上学吗？"马克斯满怀希望地问。

"是的，"妈妈颇为严厉地说，"你必须去。"

"为什么啊？"马克斯嘟囔着。

"这样你才能学到有用的东西。"接着她又加了一句，"这样你才不会变成魔术师。"

到了家里，马克斯一眼看到扎巴提尼空荡荡的沙发床，心里感到沉甸甸的。他希望他尽快好起来。

已经很晚了，妈妈带马克斯上了床，给了他一个晚安吻。"祝你生日快乐。"她悄悄地说，关上了灯。

马克斯立刻就睡着了。

周一早上，来到学校之后，马克斯惊觉自己突然变得大受欢迎，简直好像审判黑手党的庭审中的主要证人。乔伊·夏皮罗迫不及待地想知道扎巴提尼后来怎样了。毫无疑问，这是他参加过的最酷的儿童生日会。

马克斯讲述了自己如何跟着救护车一起去了医院，如何看着扎巴提尼在手术室与死神做斗争。对着好朋友，他把这个在医院度过的夜晚渲染得极其紧张。

"后来呢？"乔伊问。

"后来，"马克斯说，"我们就去了他的病房拜访他。"

他告诉乔伊，扎巴提尼年轻的时候救了他奶奶的命。乔伊被震撼到了。

休息的时候，米丽娅姆·刑和其他十几个孩子把马克斯围成了一个圈，有些孩子马克斯根本都不认识。至少在今天，他是个明星。

放学之后爸爸来接他。他们去了"巴哈鲜"墨西哥烤肉店，马克斯点了一份奶酪卷饼。

爸爸从公文包里拿出一支笔和一张纸。

"你在干吗？"马克斯好奇地问。

"列个清单。"爸爸说。

"什么清单？"

"我想记下所有的人名，那些，如果扎巴提尼没有把你奶奶藏进箱子里，今天根本不会活在世界上的人。"

纸上有七个名字：奶奶，贝尔尼伯伯，马克斯的堂姐弟迈克、卢卡斯和埃丝特，列在最后，但最重要的是马克斯和爸爸。

爸爸轻轻地吹了一声口哨，靠到塑料座椅的背上。"七个人，"他说，"哇哦！"他看着自己的儿子。

马克斯耸了耸肩，把一小片牛油果塞进嘴里。他那些可怕的堂姐弟，这世界上有他们的存在，真的是件幸运的事吗？

"否则我们一个人都不会出生，包括你和我。"爸爸说。他看向窗外，看向洛斯费利兹大道，看着汽车呼啸而过。它们的引擎盖和挡风玻璃在中午明亮纯粹的阳光下闪闪发光。

*

医院打来电话的时候，马克斯正坐在电视机前打电子游戏。

妈妈拿起话筒。她之前刚从离婚律师那里回来，一副精神紧绷的模样。一回到家，她就开启了狂热打扫模式，这是个很明显的征兆，显然有什么事正在折磨着她。

离婚文件就放在厨房的桌子上。她仍然没有在上面签字。德博拉觉得自己内心很分裂。她不能原谅哈里和瑜伽婊子偷情，但是她同时也知道，马克斯需要爸爸，尤其是现在。而且星期六晚上他确实在陪儿子，这点他并非没有做到。可是在她和哈里之间的信任已经永远被破坏了的情况下，她怎样才能再给这段婚姻一次机会呢？她需要更多的时间。

"好消息，"今天早上古铁雷斯先生在电话里告诉她，"法庭批准了您和您丈夫的离婚。我已经准备好了文件。您二位只需要今天下午过来在证书上签个字，这样就可以了。"

这样就可以了。

德博拉沉思着挂上了电话。

346

下午她又横穿城市去了伍德兰希尔斯，去了古铁雷斯先生的事务所。当她踏进他的办公室时，哈里已经在里面了。他看起来很苍白。

"那就开始吧。"古铁雷斯先生开心地拍着手说道。

"真棒。"哈里嘟囔着说，一点欢喜的表情都没有。

德博拉只是点了点头。

古铁雷斯先生小心地把文件整齐摊在桌上，举起一支钢笔，"谁先来？"他问道。

哈里和德博拉看着对方，没有人动弹。

古铁雷斯先生皱起了眉头。

一番支支吾吾之后，他们最终决定，让德博拉先把这些文件带回家，这样她可以在完全不受打扰的环境下仔细阅读，签好字之后再把文件寄回来。

可是现在，她变身为清洁狂魔。德博拉套上黄色的橡胶手套，真的不能再等了，她必须马上把窗子擦干净！

就在这时候，电话响了起来。

当妈妈奔向电话的时候，马克斯从游戏里抬起头来看了一眼。一分钟之后，妈妈走向他。马克斯立刻预料到有什么不对劲。他看着妈妈，她的表情告诉他，有坏事发生了。她脱下手套。

"怎么了？"马克斯问，声音里充满了恐惧。

"过来。"妈妈温柔地说。

马克斯站了起来，走向他的母亲。她把他抱入怀中。

"我得告诉你一件事。"妈妈开口道。这时候马克斯已经明白了她要说的话。

＊

扎巴提尼的死简直可以称得上无比幸福。阿拉克良医生此时已经明白，他的大限已至，因此仁慈地允许护士在病人最后几个钟头里大量注射吗啡。让他再受苦已经毫无意义，他的心脏如此脆弱，每一分钟都可能停止跳动。吗啡一流入血管，扎巴提尼的情绪就好了起来。他感到又温暖又平静，就像获得了新生。当护士进来查看情况的时候，他以为尤利娅·克莱因来到了面前。他高兴地睁开双眼，艰难地举起手，微弱地呻吟了一声。护士躬身看向他，扎巴提尼仿佛来到了极乐世界，他的波斯公主回来了，他穿越了时间，又来到多年前的那个时刻：他弯下腰，亲吻了飘浮在空中的她的嘴唇。现在是她弯下腰来亲他了。他闭上眼睛，感觉到她的吻落在他的嘴唇上。世界上再也没有比这更轻柔、更甜蜜的了。

"我爱你。"他轻声说道。

"您说什么？"护士脱口而出，震惊地看着他。他是指她吗？最后她摇了摇头，将死之人总是会胡言乱语。

病人虽然还躺在她面前，但事实上他已经不在了，他已经去了其他地方。这一切实在太简单了，他只要放手就好。

莫舍依然能感觉到尤利娅的手轻抚着他衰老、布满皱纹的脸颊。

她的眼睛深深看向他的眼睛，说道："一切都被宽恕了。"

原来这就是死亡。宽恕生命，宽恕活着的人。没有昨天，没有今天，也没有明天。

他的周围一片寂静。和平而安宁。

他的父亲、母亲，以及，他惊讶地发现，楼上的锁匠出现在了尤利娅身边。

他的父母们来了，三个人都来了，来与他告别。

他伸长了手，眼泪涌进眼眶，"你们来了。"他说道。

死亡治好了莱布尔生活中的伤痛，他用手握住儿子的手，在他活着的时候，这样温柔的姿态难得一见。锁匠沉默而感动地看着莫舍。他的母亲微笑着，轻轻哼唱着一首歌，一段简单、淳朴的曲调。

这首歌，她在怀里抱着小婴儿莫舍的时候就唱过：

> 在那又高又远的天上
> 一只雄鹰在无忧无虑地飞翔
> 在那又高又远的天上

这段漫长的旅途终于到头了。来自布拉格的小莫舍·戈尔登希尔施，在穿越了一个世纪和整个大洋之后，终于到家了。

37

世界以及它真实的样子

　　莫舍·戈尔登希尔施没有留下遗产。他的保险仅够支付医疗和葬礼的费用。让他按照习俗体面地下葬，成了德博拉和哈里不得不承担起来的义务。

　　妈妈给马克斯买了一件深色的休闲西装，坚持要他穿上。马克斯觉得自己穿着这个好傻。他们开着车穿城而过，来到了森林草坪公墓。妈妈的汽车车窗上贴着一张黄色的不干胶，上面写着"葬礼"两个字。这天，南加利福尼亚阳光灿烂、温暖如春，和马克斯心里的天寒地冻形成了强烈而鲜明的对比。他觉得自己被彻底遗弃了。

　　当他们来到绿树掩映下的公墓大门时，马克斯发现没有几个人来观礼。伟大的扎巴提尼一辈子没有交到多少朋友。他或早或晚地避开了大部分人，不再与他们来往，就像他对待自己的父亲一样。他一生都没有结婚，总是毫不留情地离开情人们，让她们独自心碎。没有几个人能够回忆起他，想要跟他道别的就更少了。马克斯看到了"大卫王"的负责人龙尼，他来了。魔术店的路易斯也来了。还有几位来自魔术城堡的魔术师同事和招待员，马克斯不认识他们。

妈妈把车停好，他们一起走向一个不分宗教派别的小教堂。爸爸和奶奶已经在等着他们了，爸爸穿着他最好的西装，奶奶穿着一件深色的连衣裙。马克斯吃惊地发现米丽娅姆·刑和她的父母也来了，更令他吃惊的是，他发现自己很高兴看到她。

仪式简洁而短暂。拉比是一位留着大胡子、眼神清淡的小个子正统派教徒。他握了握马克斯和爸爸的手，但是没有碰妈妈和奶奶。他不能够碰触女人。

妈妈很生气，愤愤地缩回了伸出去的手。

大家坐下来，木头长椅很硬，坐在上面很不舒服。

"我们今天聚集在这里，"拉比开始了，"是为了向……"他停住了，看向一张小纸条。

"戈尔登希尔施，"爸爸提醒他，"摩西·戈尔登希尔施。"

"没错，"拉比说，"向摩西·戈尔登希尔施告别。"接着他按照规定，用希伯来语喃喃说了一些什么。

接着一个穿着蓝色工装的帮工从后门把棺材推进了小教堂。这是个没有任何装饰的松木棺材，放在一个金属托架上。

"他来了！"拉比愉快地叫了起来，好像某个大家等了很久的客人终于出现了一样。拉比大声宣布道："无论是王子还是乞丐，死亡面前人人平等。"

对于如此波澜壮阔的一生而言，这个棺材显得太小了。马克斯很伤心，伟大的扎巴提尼和组成他的一切的一切，居然用一个这么小的箱子就能装下。

看来最后剩不下什么东西，马克斯想。

拉比问向参加追悼会的众人，谁愿意来抬棺材，爸爸和马克斯互相看了一眼，站了起来。

他们托住托架上冷冰冰的金属，抬着它穿过小教堂的双开门，走到闪亮的阳光下。这个动作比马克斯想象的更为吃力。

埋葬死人是个艰苦的工作，他想。

一位穿着刺眼的荧光黄套装的公墓工作人员，带着一种格外严肃的表情走到他们面前，给他们指明了道路。

不一会儿，他们来到一个空空的墓穴跟前。墓穴的边上堆满了新挖出来的泥土，旁边停着一台挖土机，两个墨西哥工人靠在挖土机上，百无聊赖地看着这支短短的队伍。

当来宾们围着墓穴站定，工人们开动起来，他们走到金属托架边上，抬高棺材，把它放到两根传送带上。接着，扎巴提尼的棺木慢慢地沉降到他最后的安息之所。

现在他就要走了，马克斯阴郁地想。他很不舍得和扎巴提尼告别。虽然他们相识只有短暂的一段时间，但他就像一个老朋友一样。

棺材降到了墓穴中，工人们把传送带收了上来，拉比抽出祈祷书，重新用希伯来语念诵起来。

终于他用英语说道："在此，我们告别摩西·戈尔登希尔施，一个善良的灵魂以及以色列忠诚的儿子。"

爸爸用铁锹挖了一锹土，撒在棺材上，落在棺木上的泥土发出噗噗的响声，好像雨水敲击着窗户。接下来轮到马克斯，接着是妈妈，然后是奶奶，再接下来是其他人。

拉比问道:"谁来念卡迪什?"

爸爸清了清嗓子,向前跨了一步。他紧张地对着拉比点了点头,围上了自己的祈祷披巾——这还是他在受诫礼上得到的,就是那场扎巴提尼没有出现的受诫礼——不太自信地用希伯来语祈祷起来。渐渐地,他的声音越来越响,越来越自信。奶奶来到他的身边,加入了祈祷,接着是妈妈,贝尔尼伯伯,海蒂婶婶和她的三个孩子,最后马克斯也加入其中。

当他看向爸爸妈妈时,发现他们手拉着手,这样的场景已经几个月都没有出现过了。

这是怎么回事?他想着。

妈妈看了他一眼,向他伸出了另一只手,马克斯握住妈妈的手。站在他左边的是米丽娅姆·刑,她也伸出了手,马克斯犹豫地握住了——米丽娅姆毕竟是个女孩子。可是随着大家齐声念诵卡迪什的时间越长,马克斯就越发感到安宁,这种安宁的感觉已经很久没有出现了。他不知道未来为他准备了什么,但是有一点他现在清楚了:他的父母很爱他,两个人都是,无论将来会发生什么,他都可以解决。

他把目光投向墓穴,简直好像希望扎巴提尼能立刻从里面跳出来,希望眼前的这一切不过是一场幻觉,一场魔术秀。可是这不是幻觉,那下面已经黑了,铺满了泥土,但那下面也躺着一整个世界。

他们的声音越来越响,升腾而起,向着天空飘去。这是活着的人的声音,是如果没有莫舍·戈尔登希尔施,原本不会出生的人的声音。

当马克斯抬起头,仰望蔚蓝的天空和树梢间若隐若现的太阳,他深深地感到，他不仅仅要因为自己的生命而感谢那个男人。伟大的扎巴提尼把全世界所有的美好都送给了他。马克斯现在知道了，这一切并非魔术。

而是一个奇迹。

致谢

　　在您合上本书之前，我想借此机会表达我的感谢。亲爱的读者，首先我想对您致以诚挚的谢意，感谢您阅读本书付出的时间和您对我的信任。

　　其次我要感谢我的父母，他们在我孩提时代的分手是这个故事诞生的直接原因。但除此之外，他们是充满爱意、非常了不起的父母。我也要感谢我的兄弟加布里埃尔和吉迪恩。我很感激他们的存在，并为他们感到骄傲。

　　我还要特别感谢曾经的老师们，他们陪伴我走过了人生的道路，并塑造了我。尤其是我在萨尔布吕肯罗腾布尔中学时的德语老师朔尔女士。还有洛杉矶城市学院的朗达·格斯教授，从她那里我学到了很多关于新闻写作的技巧，甚至我整个写作的能力都是在她的指导下获得的。

　　我要衷心感谢埃尔克·科斯迈尔女士，正是她发现了我的手稿，并将它推荐给了第欧根尼出版社。这本书最终能够在第欧根尼出版社出版，我还必须特别感谢马尔戈·德·韦克女士，她不辞辛劳地审阅了我的手稿，并提出了许多明智的建议，如此，才有了这本书的面世。我还要特别感谢第欧根尼出版社的老板菲利普·克尔先生，他一直相信这是个好故事，并且不惮于为了它而冒险。当然我还要感谢我的朋友，同时也是我的经纪人马克·寇拉尼克。

在此我还要特别鸣谢给予我极大帮助的魔术师们：洛杉矶的安德鲁·戈登赫什，他允许我在书中使用他的名字；布鲁克林的阿什利·斯普林格，每当我有问题时，都可以向他请教；斯图加特的奥利弗·埃伦斯博士，作为特聘顾问，他帮助我构思了故事中的魔术招数，有关魔术历史的章节也离不开他的鼎力相助。对此有兴趣的朋友请点击他的网页 www.zauberbuch.de。吉姆·斯坦迈耶的著作《藏起大象》（*Hiding the Elephant*）也给我以极大的帮助和灵感。

最后我要全心全意地对我心爱的莉莉表示感谢。生命中有你，真好。

埃马努埃尔·伯格曼

文
景

Horizon

社 科 新 知　文 艺 新 潮

谎言守护人

[德] 埃马努埃尔·伯格曼　著

景丽屏　译

出 品 人：姚映然
责任编辑：杨　沁
营销编辑：杨　朗
装帧设计：汐　和

出　　　品：北京世纪文景文化传播有限责任公司
　　　　　　（北京朝阳区东土城路8号林达大厦A座4A　100013）
出版发行：上海人民出版社
印　　　刷：北京盛通印刷股份有限公司
制　　　版：北京楠竹文化发展有限公司

开　本：890mm×1240mm　1/32
印　张：11.375　　字　数：215,000　　插页：2
2021年10月第1版　　2021年10月第1次印刷
定　价：59.00元
ISBN：978-7-208-17160-2/I·1969

图书在版编目（CIP）数据

谎言守护人/（德）埃马努埃尔·伯格曼
（Emanuel Bergmann）著；景丽屏译. —上海：上海人
民出版社，2021
　　ISBN 978-7-208-17160-2

　　Ⅰ.①谎… Ⅱ.①埃… ②景… Ⅲ.①长篇小说-德
国-现代　Ⅳ.①I516.45

中国版本图书馆CIP数据核字（2021）第111079号

本书如有印装错误，请致电本社更换　010-52187586

Der trick

A
Novel
by

Emanuel
Bergmann